沈世豪
何英
著

方圆密码

共和国金融之源

Fangyuan Mima
Gongheguo Jinrong Zhi Yuan

海峡出版发行集团 | 海峡文艺出版社

图书在版编目(CIP)数据

方圆密码:共和国金融之源/沈世豪,何英著.—福州:海峡文艺出版社,2022.4(2024.2重印)
ISBN 978-7-5550-1938-1

Ⅰ.①方… Ⅱ.①沈…②何… Ⅲ.①报告文学－中国－当代 Ⅳ.①I25

中国版本图书馆CIP数据核字(2021)第119836号

方圆密码
——共和国金融之源

沈世豪 何英 著

出 版 人	林 滨
责任编辑	任心宇
出版发行	海峡文艺出版社
经 销	福建新华发行(集团)有限责任公司
社 址	福州市东水路76号14层
发 行 部	0591－87536797
印 刷	福州德安彩色印刷有限公司
厂 址	福州市金山工业区浦上标准厂房B区42幢
开 本	720毫米×1010毫米 1/16
字 数	200千字
印 张	15.75
版 次	2022年4月第1版
印 次	2024年2月第2次印刷
书 号	ISBN 978-7-5550-1938-1
定 价	68.00元

如发现印装质量问题,请寄承印厂调换

序

李安东

人们喜欢钱，但很少人会喜欢读一本关于孔方兄的书。尽管金融让我们的社会丰富多彩，但经济学知识却有些枯燥。

《方圆密码》是一部对人民共和国金融追本溯源的史书，翻的是近百年前的一本旧账，读者会感兴趣吗？

想来，写这本书是一个挑战，读这本书也不是一件易事。然而，当我品嚼了这十几万字的文字后，却有一种回味无穷的感觉，并产生了把这种感觉写出来的冲动。

首先这书名颇具悬念，这方圆之间有什么密码？这些密码背后有什么样的故事？今天为什么要破解这些密码？还挺有诱惑力的。

在瑞金中央革命根据地历史博物馆，珍藏着一张中华苏维埃共和国中央政府的苏区货币，堪称"财经国宝"，它上面印着的两个签字，60多年无人能解其中之谜。直到20世纪90年代，人们找到了当年这套纸币的设计者黄亚光，才破解了这个密码，原来那是时任苏区国家银行行长毛泽民俄文签名的防伪标志。

而被誉为"红色货币之父"的黄亚光在20世纪30年代曾作为肃反对象被关进监狱并将开刀问斩，关键时刻，是毛泽民火急赶到保卫局局长邓发处，要他刀下留人，才使到了刑场上已经一脚踩进地狱的黄亚光奇迹般地逃脱死神的魔掌。

这只是其中的一个事例，沿着这个路径往下探索，会发现更多鲜为人知的故事。

你知道早在1930年苏区就发行过红色股票吗？

你见过标有地球赤道图案和"世界大同"字样的股票吗？

你见过印着五角星以及闪光线条、内嵌锤子和镰刀标志的股金收据吗？

你知道1930年在龙岩就成立了闽西工农银行吗？

你知道第一个红色中央银行——中华苏维埃共和国国家银行1932年2月1日就正式成立了吗？

你想象过在穷乡僻壤的苏区展示金山银山的场景吗？

你知道红军长征时有一个由警卫连专门护送的"十五大队"吗？这支由150多位运输员组成的队伍，挑着苏区铸造的光洋、票子和印钞机，几乎担着全军的家当。这就是"扁担银行"。

……

不要以为这部报告文学只是单纯的猎奇，它以金融为主线，贯穿的是20世纪30年代中国共产党领导的波澜壮阔的革命斗争历史，是一个宏大背景下的叙事。透过苏区大办信用社，建立工农银行，发行货币和红色股票等诸多金融事件，一幅苏区工农业生产和商业经营以及人民生活的巨大画卷展示在读者面前。同时，作者还把发生在闽西的著名战斗，如奇袭和攻坚并用的三打龙岩城，第五次反"围剿"血腥而惨烈的松毛岭之战，都做了必要的介绍。虽比例不重，却把苏区经济工作对革命战争的支持和关联做了准确的描述。

龙岩、上杭、汀州、才溪，书中写到的闽西这些地方，我都去过，也研读过这片红土地上的红色历史，但从金融这个角度去解读还是第一次。可以说，作者选的这个切入点是很独到的。

社会上曾经有一种观点，认为共产党人只会打仗，不懂得搞经济。读了这本书，我们会发现事实并非如此，这些生动的历史事实一定会颠覆人们的观念。

　　书的独到之处，还不仅是作者从一个冷门入径，讲述了这方圆之间有什么密码和背后的故事，更诠释了破解这些密码的历史意义和现实意义。不只是在讲述历史，更是以历史映照现实，让历史告诉未来。从当年苏区想方设法服务"三农"解决"剪刀差"的问题，到建立"闽西工农银行"扶持苏区工农商业发展，我们看到了中国共产党人的初心。

　　作者把苏区解决"三农"问题的实践，与今天党中央对"三农"的高度关注进行了比较，揭示了共产党以民为本的思想传承，在随着时代变化而发展。纵观历史，以民为本，不是纯粹为了夺取政权、巩固政权的需要，而是出于共产党人最终的奋斗目标，那就是让老百姓过上幸福美好的生活。

　　《方圆密码》是一部政论体报告文学，它不仅具有文学性和新闻性，更有着强烈的政治意识和思想性。细细读来，书中许多精彩的议论令人拍案。我认为追溯人民共和国的金融之源，解读闽西苏区红色金融的密码，会让我们加深对中国共产党历史的认知和理解，会更加感到我们的党是多么伟大而光荣。这本书出版之际，恰逢党的100周年诞辰，这无疑是一份厚重的献礼。而我写作此文时，也正在为庆祝中国共产党百年诞辰拍摄100集系列纪录片《旗帜·中国青年说》，表达的是当下青年人对党史的认知和理解，向党的倾情相诉。今天是节目开播的日子，我把为这部纪录片创作的主题歌《我想对你说》作为文章的结尾，相信这也是《方圆密码》作者的心声。

　　　　我想对你说，
　　　　风霜雨雪你百年走过。
　　　　镰刀锤头的旗帜，
　　　　染尽硝烟鲜艳如火。

方圆密码——共和国金融之源

你用信仰凝聚的力量，
砸断了无产者身上的枷锁。
你前赴后继血沃大地，
催生了一个新中国。

我想对你说，
一路坎坷你百年走过。
以民为本初心执着，
不畏艰难探路求索。
你为扶贫解困踏遍山河，
人民幸福是庄严承诺。
你为改革开放引航把舵，
筑梦一个富强中国。

百年的风百年的雨，
百年的狂飙洗礼了我。
百年的树百年的果，
百年的辉煌告诉了我。
接班重任在肩上，
复兴大业情相托。
我想对你说，
我想对你说，
江山有人守，
红旗永不落。
未来世界看中国。

写于 2021 年 6 月 14 日

（李安东，著名纪录片导演。曾任中央电视台高级记者，人民武警出版社副社长、编审。大校警衔。中国视协纪录片学术委员会副会长，享受国务院政府特殊津贴。曾获得"五个一工程"奖、中国新闻奖、金鹰奖等国内外200多个奖项，多部作品被中国国家博物馆和中央档案馆收藏。代表作有《毛泽东》《刘少奇与新中国》等。）

目 录

小引	1
第一章　大办信用合作社	4
第一节　时代选择了闽西	5
第二节　"剪刀差"	11
第三节　第一个信用合作社	16
第四节　没有规矩不成方圆	24
第五节　呼之欲出	31
第二章　红色银行风采	36
第一节　闽西工农银行	36
第二节　职责使命	43
第三节　搞活经济	49
第四节　初试锋芒	55
第五节　服务全局	59

第三章　独占鳌头的股票　67

　　第一节　追本溯源　67

　　第二节　股票　73

　　第三节　股金票证　78

　　第四节　金山、银山　84

　　第五节　光辉典范　87

第四章　货币佳话　93

　　第一节　第一张纸币　93

　　第二节　刀下留人　99

　　第三节　信誉　107

　　第四节　剑走偏锋　113

　　第五节　奥秘何在　117

第五章　中流砥柱　124

　　第一节　毛泽东的合作经济思想　124

　　第二节　中流砥柱　130

　　第三节　制度为先　135

　　第四节　理论之光　141

　　第五节　坚定不移　146

第六章　以民为本　152

　　第一节　服务"三农"　152

第二节　着眼根本　　158

　　第三节　不改初衷　　164

　　第四节　一个极为重要的政策　　166

　　第五节　令人感动的一则附注　　171

第七章　金融家的摇篮　　178

　　第一节　苏区金融的领航人　　178

　　第二节　红色大管家的风采　　185

　　第三节　诗心如火照汗青　　194

　　第四节　曹菊如的道路　　200

　　第五节　从当挑夫起步　　205

第八章　闽西红色金融精神与贡献　　211

　　第一节　从长汀到瑞金　　211

　　第二节　神韵相通　　216

　　第三节　信仰的伟力　　220

　　第四节　和谐之美　　225

　　第五节　闽西苏区金融的主要经验　　231

并非尾声　　238

附录　　240

　　一、主要参考文献　　240

　　二、提供有关材料的主要单位　　241

　　三、提供有关材料的主要个人　　241

小　引

　　密码，特殊且有点神秘的符号，一种出于某种需要用来屏蔽的技术。以此延伸开去，历史的密码，却有着更为深刻、丰富、厚重的蕴含。它如明镜，可以照亮伸手可触的现实；它如种子，播撒在岁月的土壤里，可以孕育出明媚的春天和金色的深秋；它更像是睿智的哲者，蕴藏着无穷的智慧，莫道缄默无言，却暗示着正向人们走来的明天。于是，解读以方圆组合的钱币为标志的红色金融的历史密码或文化符号，探索人民共和国金融之源，"不忘初心，牢记使命"，便是我们的重任。

　　闽西的上杭县古田镇，如今，已经成为闻名遐迩的革命圣地之一。因为，《中国共产党红军第四军第九次代表大会决议案》即《古田会议决议》，就诞生在这里。从1929年12月28日召开的古田会议到今天，92年过去，恰似大潮退尽。拭目这片沉淀了太多红色元素的热土，青山苍翠，田野如织，近处的彩眉岭，远处梅花山深处的延绵群山，都在静静地守望，守望天光云影，守望日月星辰，也守望生于斯长于斯的客家儿女。尤其是位于五龙溪背村廖氏宗祠的古田会议会址，屋后那片郁郁葱葱的风水林，该是守望千年了吧！一脚踏进密林，雄奇沉郁之气扑面而来。香樟、古松、苦槠、栗树、枫树，还有高耸入云的红豆杉和铁杉，依稀都在翘首期待，是期待从这里走出的人们谈笑凯歌还吗？

他们走了，他们中的绝大多数人没有回来，连同被他们带走的几万优秀的客家儿女，闽西多少父老乡亲望尽了秋水，望白了头发，望穿了双眼，灯油熬尽了哟！他们走进了彪炳千秋的人民共和国的史册，走进了神州亿万老百姓崇敬的目光。他们化为巍巍长城不屈的脊梁，化为了长江、黄河气冲斗牛的绝唱！严峻而多情的历史，只留下如今花团锦簇的古田，留下遗落了他们的脚印、故事、传奇乃至深情呼唤的这片大地，让后人慢慢地回忆、揣摩、品味。

古田是不朽的雕塑，耸立在浩渺的历史长河中；又让人可亲、可感，点点滴滴，分分寸寸，尽入胸襟。

古田是壮阔的史诗，回荡在祖国960万平方公里的大地上，一草一木，一颦一笑，皆是风流。

时代选择了古田，古田影响甚至在某种意义上改变了一个时代的走向和命运。或许，这只是无数擦肩而过的历史机遇中的一次偶然。正是天人合一堪称绝唱的偶然，成就了此地无比的辉煌！

枪杆子里面出政权，这是颠扑不破的真理。正因为如此，《古田会议决议》，确定了党指挥枪，即将军队置于党的绝对领导之下的原则；确定了从政治思想上建军，即必须把思想政治建设放在军队建设首位，确保人民军队本色的原则。《古田会议决议》，确定中国共产党建军基本纲领的地位，一言九鼎，坚如磐石。那是军魂，古田会址因而成为永放光芒的丰碑。

烽火岁月，鏖战不息。人民的江山的确是靠枪杆子打出来的。回首峥嵘岁月，人民军队从无到有，从小到大，由弱到强，直到数百万雄师，横扫千军，威震天下，打出屹立东方的中华人民共和国。

中国有句老话：兵马未动，粮草先行。稍有点军事常识的人都明白，战争，打的是后勤保障，必须有强大的经济支撑，不能做无米之炊。用一句通俗的话来说，就是要有足够的金钱。没有钱，哪来的粮草辎重？深得人民支持的军队，有一条铁的纪律：不拿群众一针一线。因此，中国共产党领导的人民军队之所以能够创造如此的奇迹，其中有一个往往被人忽视的因素，那就是在长期的严酷战争环境中，高度重视经济问题，重视钱袋子。军队如此，党领导的红色根据地同样如此。实践证明，在波澜壮阔、不断迈向胜利的伟大征程中，钱袋子同样发挥着鼎足天下的伟大作用。这，就是我们今天写作《方圆密码》的初衷。

枪杆子、钱袋子，中国共产党领导的新民主主义革命，改天换地，取得推翻蒋家王朝、建立新中国的伟大胜利，紧紧依靠的就是这两个极为重要的台柱子。

进入改革开放的社会主义新时代，毫不动摇地坚持以经济建设为中心，是党和国家的根本决策，经济领域以及民生中的金融，犹如生命之泉，须臾不可缺失。中华人民共和国的金融之源在哪里？闽西苏区。它有哪些值得人们解读的密码呢？

第一章 大办信用合作社

暴动以后怎么办？经过血战，虽然打败了国民党反动派，建起了中国共产党领导的苏维埃政权，但面对一片凋敝的严峻的经济局面和敌人的重重封锁，如何坚持红旗不倒，并让老百姓渡过难关，不断夺取更大的胜利？于是，闽西，这片红色的土地，便揭开了人民共和国金融辉煌的第一页，造就了人民共和国金融的雏形。

永定太平区信用合作社旧址——高陂镇西陂村裕安堂
（永定区委宣传部提供）

第一节 时代选择了闽西

以国共合作为基础的第一次国内革命战争，轰轰烈烈，席卷大江南北，但因为以蒋介石为代表的国民党右翼集团的可耻叛变，失败了。中国共产党人和革命群众被残酷地浸入血海之中。

于是，1927年在武汉紧急召开的中国共产党"八七"会议，决定了以武装起义对付国民党血淋淋的屠刀的策略，这一年的8月1日，南昌起义爆发，中国共产党领导的第一支人民军队诞生，南昌成为军旗升起的城市。同年的9月9日，毛泽东同志亲自领导的秋收起义爆发。这两次起义虽然遭受严重的挫折，但在血雨腥风中，革命部队硬是杀开一条血路，最后会师井冈山。

上井冈山的部队经过整编，组建为中国工农红军第四军。

井冈山的道路，开辟了工农武装割据并以农村包围城市、最后夺取全国胜利的道路。中国共产党独立领导革命的新的一页，终于揭开了。

与此同时，中共福建临时省委在闽西领导和发动了土地革命斗争和苏维埃运动，开展分田斗争，1928年春夏之际，先后举行了龙岩后田、平和、上杭蛟洋、永定等四大暴动，并建立了永定溪南苏维埃区域，开展分田斗争。1928年7月15日，中共闽西临时特委成立，成为闽西党的统一领导机关。

闽西暴动，震动全省乃至全国。初建的苏维埃政权，虽然弱小，却是一面鲜红的旗帜，给全国处于一片白色恐怖之中的共产党人和革命群众带来了希望。

在福建，中国共产党领导的红色革命，为什么会爆发在闽西呢？

闽西历史悠久。公元前111年，汉武帝设揭阳县，边界就到达当时的苦草镇，即今天龙岩市的城区。三国孙吴政权曾经营闽地，驻军当时的东冶，即今天的福建。后来，孙权的儿子孙和的太子位遭到废弃，全家迁徙福建，他们带来了龙文化，闽西成为中国南方龙文化的发源地。

司马氏禅魏灭蜀、吴建立晋朝，继而发生"八王之乱"，中原士庶大规模南渡，这是中原第一次大移民浪潮，他们带来了河洛文化。一支进入闽西，这就是客家。客家向来以耕读传家为本。深厚的文化积淀，造就了闽西人正直、善良、勤劳、坚忍、勇于开拓创新的素质和敢为人先的风采。

因此，闽西是个有着传统文化包括古文化深厚沉淀的地方。

以五四运动为标志的新文化运动，揭开了中国现代史的序幕。其时代的主旋律是高举反帝反封建的旗帜。在此之前，从闽西走出的邓子恢、傅柏翠等到日本留学，接受新文化的洗礼包括接受社会主义学说。邓子恢因家里经济拮据，无法继续留学，不得不提前回国，暂在江西崇义县杰坝墟堂兄开的"庆昌和"杂货店当店员谋生。在此期间，他订阅了五四运动后出版的大量进步书刊，并结识了当地的进步青年陈赞雍，向他借来了陈望道翻译的《共产党宣言》等书籍，他的思想从激进的民主主义向共产主义转变。1921年春，他回到龙岩白土桐冈小学当教员。

如大潮奔涌的新文化运动中，最为醒目的事件是：十月革命一声炮响，给中国送来了马克思主义。共产主义学说以锐不可当之势，在中国知识界引起强烈的震撼和回响。各地共产主义小组纷纷成立，中国共产党应运而生。回到龙岩的邓子恢曾经上书陈独秀，希望在龙岩成立共产主义小组。他和陈明、林仙亭、张觉觉、章独奇、苏庆云、张双铭、曹菊如等一群志同道合的青年成立了读书社，并印行《读书录》。后来，读书社改名为奇山书社，并在闽西印行了第一个宣传马克思主义的刊物《岩声》。其寓意是，龙岩不再沉默，其代表闽西发出的向旧世界宣战的声音，回荡云天。

闽西的星星之火,点燃了。

正因为如此,在第一次国内革命战争期间,闽西的优秀儿女郭滴人等前往毛泽东创办的农民运动讲习所学习,回来后,成为农民运动的骨干,被人们誉为威风凛凛的"滚地龙"。闽西的农民运动,如火如荼。北伐军进入闽西,得到了闽西人民的热烈欢迎和支持。

福建的第一个党支部是1926年2月在厦门大学成立的,支部书记是罗扬才,发展了阮山、胡西冷等入党。随后,阮山从厦门回到闽西永定湖雷,在上湖羊头村"万源楼"成立党支部,这是福建省最早的农村党支部。闽西形成了从中共福建省委、闽西特委、各县县委到农村基层党支部的相对比较完整的共产党各级组织。有一大批紧密联系群众的党的领导干部和骨干,意气风发地站在时代潮流的最前列。无论是从党组织的基础还是从群众觉悟的基础来看,闽西都属于福建省革命条件最为成熟的地区。

正是有这样的文化、思想、组织基础,面对第一次国内革命战争失败后的严峻局面,当党中央以武装的革命反击武装的反革命,时代便郑重地选择了闽西。

闽西暴动,第一声春雷是龙岩的后田。

1928年3月4日,为贯彻中共"八七"会议精神,中共龙岩县委罗怀盛、郭滴人、邓子恢等领导后田农民举行武装暴动。这次暴动准备充分。暴动之前,共产党人以该村的青年国术馆为基地,准备步枪、大刀、长矛等武器,组织武装队伍;暴动中,一举打垮了国民党军阀陈国辉支持的地主武装"老人会",并且破仓分粮,焚烧田契债约,没收地主粮食和钱财。后田暴动,打响福建农民武装暴动第一枪,揭开了福建农民武装暴动的序幕,成为福建土地革命之先声,在福建革命史乃至中国革命史上具有重要和深远的意义。

对后田暴动,专家这样高度评价:在福建乃至中国革命史上创造了五个纪录:打响福建武装斗争第一枪;建立了福建第一支红色武装；在此建立的中共后田支部，是福建省最早建立的农村党支部之一；培养了福建省第一个农民党员和第一个农村女党员；坚持武装斗争，保卫土地革命胜利果实，是全国开展保田斗争持续时间最长的地区。在后来毛泽东亲自主持的上杭"南阳会议"上，毛泽东高度赞扬后田暴动辉煌的功绩，尤其是在土地问题上所做的贡献。

闽西暴动中，规模最大、影响最深远的是永定暴动。

1928年6月中旬，中共永定县委召开党员代表紧急会议，决定举行武装暴动，攻打永定城，营救被捕同志，并成立了暴动委员会，由张鼎丞任暴动总指挥，制订了暴动计划。

6月29日，经过共产党人耐心细致的工作，湖雷镇30名保安队士兵起义，加入暴动队伍。当晚，在共产党员阮山、卢肇西的带领下，陈东、岐岭、石岭、高头、溪南等地暴动队伍500多人在陈东圣庙会合，组成金丰暴动队，揭开了暴动的序幕，在陈东、岐岭等处逮捕镇压了地主豪绅11人，焚烧田契、借据。接着，攻打岐岭、下洋、古洋、坪水等地，取得胜利。

湖雷大规模暴动的消息，引起了永定城内敌人的极度恐慌，由江湘率领三个步兵连、一个机枪连，奔袭湖雷进行镇压，城内空虚，只留下一个迫击炮连。共产党人得知消息，在张鼎丞的果断指挥下，立即动员并组织了500多人的暴动队伍，于7月1日凌晨4时，兵分三路围攻永定城。

红旗飘拂，杀声震天。暴动队员架起云梯，勇敢地登上城墙，攻入城内，直捣县衙门和监狱，营救出被捕同志。敌人进行疯狂的反扑。为了保存实力，暴动队员撤出城外，将县城围困了3天。邓子恢从上杭赶到永定了解攻城情况，沿途看到参加暴动的农民正撤出城外，当即向永定县委建议趁热打铁，到乡下去开展土地革命。

暴动队伍到金砂金谷寺后，将骨干组成一个红军营。这是福建第一支以红军命名的武装。随后，红军营在溪南里收缴地主武装，没收地主财产，发动群众，分配土地。8月，共产党人在金砂金谷寺召开溪南区工农兵代表会，成立区苏维埃政府。在不到一个月的时间里，13个乡完成了分田工作，创建了闽西第一块苏维埃区域。

永定暴动震撼八闽。全省各地的暴动风起云涌。

蛟洋暴动的发生，具有某种特殊性。

蛟洋的傅柏翠，大地主家庭出身，他曾留学日本东京法政大学，1914年加入中华革命党，参加同盟会。1927年8月加入中国共产党。1928年春，邓子恢调任上杭县委宣传部长，在蛟洋文昌阁举办平民夜校，开展农民运动。3月，中共上杭县北四区委成立，傅柏翠任中共上杭北四区支部书记、区委组织部长。在响应党的号召，举行武装暴动的问题上，邓子恢和傅柏翠有不同的意见。

原来，蛟洋主要由傅柏翠经营，他组织了一支有800多人的自卫军，训练有素，装备还不错。当时，北四区有3万多人口，农民运动搞得很不错，起义的条件基本成熟。傅柏翠却担心因为起义，会引来国民党部队的镇压。他想保家乡蛟洋的一方平安，并醉心进行具有某种空想社会主义性质的"共耕社"试验，在蛟洋，只减租，不分田。1927年靠乡亲们"卖树筒"筹集8000大洋，创办了"蛟洋农民银行"。随即发行了4000大洋的流通券，面值有1元和3角两种，主要在上杭蛟洋，龙岩的大池、小池和连城的庙前、莒溪一带流通。

一个意外事件，把傅柏翠逼上了暴动的道路。

这一天，国民党军阀郭凤鸣部的一个连长带兵到郭车清乡，在郭车与龙岩大池交界的塍头平牵了群众的一头牛，蛟洋的农民知道后非常气愤，一齐出动打死了连长，之后把牛送回去给塍头平的群众。塍头平的群众给蛟洋的农民送了一面锦旗，上面写着"除暴安良"四个大字。

傅柏翠得知后，立即警惕地说道："郭凤鸣早就不满我们北四区的农军和他分庭抗礼,他势必抓住此事派兵来犯!"要大家做好打仗的准备。于是,他立即派人和北四区的党组织联系,同时解散了才成立半年的蛟洋农民银行。

1928年6月25日,郭凤鸣的军队果然浩浩荡荡地出了上杭城,兵分两路直扑蛟洋,傅柏翠亲自指挥农民军伏击敌人,在杀伤了部分敌人之后,终于因为寡不敌众,不得不撤往附近的山中。进犯的敌人进入蛟洋,烧杀抢掠,无恶不作,激起傅柏翠和农民的极大愤慨。后来,傅柏翠指挥暴动队伍在山中打了个漂亮的伏击,双方对峙。暴动队伍100多人辗转于森坑、洋稠、大坪、巫坑一带,开展游击战。7月下旬,根据闽西临时特委指示,暴动队伍开赴永定大平里一带坚持斗争。

席卷闽西的大暴动,虽然由于敌人的疯狂镇压,之后不得不将暴动的武装力量转移到大山深处开展游击战争,但动员了群众,积蓄了革命力量,为以后建立革命根据地打下了坚实的基础。

1929年1月14日,毛泽东、朱德、陈毅率领红四军的主力红二十团、红三十一团以及特务营3000多人下井冈山,向赣南、闽西挺进,开辟新的根据地。敌人闻讯组织"会剿",不断围追堵截。江西会昌境外的大柏地的伏击战,红军大胜,消灭敌人800多人,缴枪800多支。经永丰出广昌、石城,果断进入闽西。长汀一仗,更是大获全胜,消灭了军阀郭凤鸣旅,并击毙了疯狂镇压革命的郭凤鸣。长汀是闽西最为富足、繁华之地,红军在这里得到很好的休整,第一次穿上了统一的灰色军装,戴上红领章、红帽徽,部队威武、精神,每人还发了一个大洋的军饷。红军长汀大捷之后,回师瑞金。这次主力红军的入闽作战,极大鼓舞了闽西的共产党人和革命群众,暴动队伍编为红军十九师,下设五十五、五十六、五十七三个团。闽西的土地革命进入高潮,一片欢腾的大好局面,正如毛泽东在《清平乐·蒋桂战争》词中所咏唱的:

红旗跃过汀江，直下龙岩上杭。

收拾金瓯一片。分田分地真忙。

时代就这样选择了闽西。

第二节 "剪刀差"

有了自己的红色政权，组建了红军队伍，农民又分得了土地，土豪劣绅被镇压或者抱头逃跑了，大地一片灿烂的阳光，根据地一片喜气洋洋。这就可以过上幸福生活了吗？

情况并不是人们所想象的那么简单。

国民党对共产党和革命群众采取极为残酷的屠杀政策。毛泽东率领红军主力离开井冈山以后，井冈山由彭德怀率领的红五军坚守，蒋介石调动了30多倍的兵力进行"围剿"。红五军寡不敌众，井冈山失守，敌人残酷地血洗井冈山。

闽西红色根据地属于武装割据的格局，始终处于敌人的重重包围或围困之中，国民党除了不断派兵进行军事"围剿"以外，在经济上则同样采取严酷的封锁政策。红色区域，大部分是农村，经济问题日益严重。由于敌人严禁根据地的米谷等农产品出口，农产品的价格飞快地降低。据1929年统计的大米价格，大池的每个大洋4斗多，古田2斗多，虎岗3斗多，上杭的北三、四区2斗多，龙岩城区价格最低，每个大洋居然为5、6斗；肉价、鸡蛋价格等都在大幅度下跌。而城市的工业品价格却是急速上涨，尤其是人们生活必需的盐、布匹、糖、洋油即煤油涨得特别快。工人的工资随之提得很快，龙岩城里提了四成，农村中也普遍提了两成。农产品的价格和工业品的价格相差太远。这种情况就像剪刀的刀口一样，越张越开。这就是人们所说的"剪刀差"现象。

工农业产品的"剪刀差"现象，原来是人类社会由农耕社会进入工业社会的产物，根据马克思的劳动价值和商品交换理论，是不可避免的。然而，在当时的时代背景下，却是共产党领导的红色区域和国民党控制的白色区域对峙下两党生死较量的结果。

中国农村长期处于自给自足的农业自然经济的状态，但进入现代社会之后，已经无法离开生活必需的工业品。如布匹，人人要穿衣服，传统的男耕女织的模式早就被打破了。农民只能用大量的农产品去换取少量的工业品。因此，这种因敌人经济封锁所造成的"剪刀差"现象，本质是剥削农民。

1929年9月30日中共闽西特委发的第七号通告中，非常科学地道破了当时出现的"剪刀差"现象。通告中举了一个很有意思的例子：做一件很普通的衬衫，要洋布6尺，以2角钱一尺的洋布计算，要花小洋1元2角，若拿此钱到大池，可买米1石以上。而当时大池农民粜出1石米，才能买到一件衬衫的布料。根据一般农民的计算，农民要收得1石米，自犁耙、播种、插秧、耕耘到收获，要耗费4天人工，另加肥粪人工1天，共是5天，只收得实谷8斗，如果做米4斗，每天只得米8升。按照大池的情况计算，每天工人的工钱要小洋1元2角，按照米价计算，可得米5斗，这5斗米农民要整整花6天工夫，才能收回一天的价值。这种极为悬殊的价值比，怎能不令人震惊！因此，这篇颇有眼光的通告的结论是：这种剥削简直比任何方法都要厉害，农民受了这种剥削，必然要穷困。

不得不佩服当时闽西特委锐利的目光，这些以坚定的共产主义信仰为灵魂的共产党人，并非打家劫舍的"草莽英雄"，不少是经受过现代教育熏陶的知识分子，有些还曾经赴欧洲留学或到莫斯科学习过，他们具有深厚的理论修养，通晓马克思主义理论，对于如"剪刀差"这样涉及现代经济理论的问题，可谓耳聪目明，很快就从严峻的现实情况中洞察其中的要害和本质。这是闽西苏区之所以独领风骚的地方。

毛泽东同志曾经有个英明的论断，农民问题是中国革命的根本的问题，要害是土地。中国的革命战争，实质上就是无产阶级领导的农民战争，农民是人民军队的主要来源。在建立了红色政权，解决了土地问题之后，如何让处于敌人重重包围之中的苏区最广大的农民，能够在经济上突破难关，走出因"剪刀差"引起的困境，真正获得自立和解放，就成为闽西苏区领导人和各级共产党组织面临的新考验。

这是需要胸襟、情怀、眼光的。

历史是一面镜子。回首这段历史，对照当前的现实，依然令人感慨不尽。

发轫于20世纪70年代末的中国改革开放，最早也是从解决农民以及农村问题开始的。由安徽凤阳小岗村21户农民开始的"分田单干"即土地承包制，在得到邓小平同志的首肯和党中央批准后，席卷全国，激发农民压抑太久的积极性，如火山喷发，让农村一片热气腾腾，困扰中国的粮食等问题立即迎刃而解。然而，曾几何时，随着城市建设的突飞猛进，大批农民涌进城市打工，绝大部分农村只剩下老人和小孩，农村不可阻挡地进入凋敝状态。于是，"三农"问题，振兴农村问题，包括解决贫困地区问题，提上了党中央的议程。究其原因，同样蕴含着工农、乡村和城市的"剪刀差"。不过，时代不同，性质有别，产生的原因和结果也不相同，解决的方法和成效当然更不一样了。细细分析，有一点却是不变的：以民为本，立足农民，服务农民。因此，解决新形势下的"剪刀差"，尽量缩小城市和农村、农民和城市市民的差距，实行乡村振兴，让全社会走上共同富裕的道路，是必要的选择。

闽西苏区的领导者之敏锐，值得赞叹。他们认识到，如果"剪刀差"问题得不到科学、及时、有力的解决,在农产品价格不断跌价的情况下,必然造成农民不愿意耕田甚至消极怠工的现象,农民收入的不断减少,势必影响到消费能力的锐减,其结果是商业萧条,百货滞销,又直接牵涉和影响到工人,引起工人失业。这是一条连着的锁链,从全局来看,将使整个苏区的经济陷入全面的困境,如果产生如此的恶果,势必为敌人的欺骗宣传"共产党欺骗农民""共了产农民没有得到好处"等提供口实,更为重要的是,苏区经济实力受到严重的削弱,支援红军、支撑反"围剿"战争都有可能受到严重的影响。

当时的"剪刀差"现象是怎么发生的?从表面上看,是因为敌人对苏区的严密封锁,农民急需的工业品以及生活必需品无法进来,商人借此提价。农产品为什么会大规模跌价呢?一是暴动以后,有钱的地主、豪绅、财主没有了,他们掌控的资本藏匿起来了。二是暴动取消一切债务,金融的流通处于停滞的状态。三是农民不交地租,虽然有了粮食等农产品,惧于"会剿"的严峻局势,担心被前来"围剿"的敌人抢了去,急于出售,因此造成粮食市场供大于求的局面。

摸清了"剪刀差"造成的原因,苏维埃政府就把调剂"剪刀差"现象作为施政重要任务。关键是解决工农群众尤其是农民的生活问题,而政策却是作为调剂"剪刀差"现象的最为重要的杠杆。

政治思想先行,是共产党和红军的光荣传统。苏维埃政府通过召开群众大会或代表大会等形式,进行生动有力、广泛深入的宣传,让广大的农民明白,米价的跌落和工业品的涨价,不是共产党造成的,而是敌人的封锁和"围剿"的结果。以前,是土豪劣绅操纵米价,现在,应当相信苏维埃政府完全有能力解决这个难题,刹住农产品的跌价和工业品的涨价风。

开始,苏区政府曾经想用政府强行定价稳定市场,发现效果并不理想。市场的性质是商品交换，自有其内在的商品规律，用简单的行政手段，即使是当时的情况下，也是行不通的。

透过种种的表面现象，人们发现，关节点是商品流通因敌人的封锁出现了障碍。根据地农民的农产品卖不出去，而急需的工业品和生活用品又进不来，应努力打通流通渠道，包括动员商贩和白色区域进行正常的贸易。与此同时，加强打击奸商蓄意哄抬物价搅乱市场的行径。

农民手上有粮食等农产品，但缺钱。核心的金融问题就这样浮出水面。俗话说，手中有粮，心中不慌。其实，实际的生活中，如果只有粮食没有钱，同样是无法生活的。尤其是当时苏区因反对高利贷而采取取消一切债务的偏激做法之后，贫困农民借贷无门。面对苏区存在的普遍情况，当时的决策者首先就想到自己办信用合作社，自己办银行，这无疑是大胆的创举、创新，是摆脱当时困境，并缩小"剪刀差"的重大决策。

有了自己办的信用合作社、银行，就可以办理低利借贷，使贫苦农民不至于借贷无门而不得不低价贱卖粮食等农产品。

人民共和国的方圆密码，就此埋藏于闽西大山之中。人民共和国的金融之源，就是在如此特殊的情况下被逼出来的。共产党领导的暴动和红军战争打出了红色的根据地，锤炼了党和苏区人民，也锤炼出最早的一批金融工作者。

办信用合作社、银行是需要基金的，基金在哪里？一部分从打土豪所得的款项中拨出一部分，一部分则募集私人股金进行集资，两者集合，问题就得到解决了。

当时，闽西苏区政府成立了经济委员会，派得力干部从事这项工作。特别值得注意的是，当时并没有把此项工作仅仅作为政府的行政范畴，而是广泛发动群众积极参加兴办信用合作社、银行，同时帮助和奖励农民组织生产合作社、消费合作社，甚至信用合作社。

组织起来。这是一条极为重要的历史经验。组织起来有力量，组织起来有保障。正应了一句民俗，众人拾柴火焰高。共和国的方圆密码，源于早期共产党领导的智慧。共和国的金融之源，源于共产党的领导，源于闽西苏区这片热土，源于组织起来的觉悟的人民群众。

它是植根于深厚大地上生长起来的嘉禾。

它是深深植根于人民群众中不断成长的大树。

与此同时，苏区政府还筹集资金，在收获季节，高价收购粮食，运往缺少粮食的地区出售，或者储存起来，进行米价调节。

对于农村的工人包括店员，苏维埃政府出面做工作，要求他们不要把工资提得太高，导致物价飞涨。告诉他们，这是一种间接的剥削行为。同时规定，如果提薪，须取得政府同意。

对于商人，政府也出面做工作，不得肆意抬高物价，尤其是老百姓不可缺的重要商品如盐、糖、洋油即煤油等的价格。发挥工会的作用，在避免与商人发生冲突、影响市场正常流通的情况下，进行必要的协商，稳定物价，鼓励他们收购苏区的农产品销往白色区域，从白色区域运进苏区的必需品，打破敌人的封锁。

革命，没有纯粹的经济问题，它总是和政治、时代、思潮紧紧相连的。金融是经济中最为活跃的元素，谁掌握了它，谁就获得了自由、主动乃至现实和未来。

第三节　第一个信用合作社

永定，值得骄傲的红色故土，对中国共产党领导的革命有着特殊的贡献。

峥嵘的历史铭记着这件轶事：1929 年 8 月 21 日到 9 月 17 日，被迫离开红四军领导岗位的毛泽东化名杨子任，在永定湖雷的牛牯扑养病。他住在深山老林中一座简陋的草寮里,旁边是造纸的竹池。此时,他身患疟疾,身体不佳,又远离亲手缔造的主力红军,心情忧虑而惆怅,但他依然不乏伟人风采,把他屈居的这座草寮命名为"饶丰书屋"。他多次听取邓子恢、张鼎丞、阮山、罗肇西、赖祖烈的工作汇报,指出要广泛发展生产、消费、信用合作社在内的合作经济。

兆微县临时信用合作社收据（红色农信诞生地展览馆提供）

极端危险如狰狞的凶神,突然向毛泽东逼近。一个敌人的密探探到了杨子任的真实身份,大批敌人立即向牛牯扑扑来。虽然粟裕带领的部分红军在附近活动,承担暗地保卫毛泽东的重任,奋起阻击敌人,但已经来不及了。危急时刻,当地的赤卫队员陈添裕带领三个赤卫队员,背起毛泽东就跑,倒穿草鞋,跋山涉水,跑了十多里,终于跳出敌人的包围圈,脱离了险境。1953年国庆前夕,毛泽东想起此事,特地请陈添裕赴京参加国庆观礼。不巧,陈添裕的老婆正生孩子,他一时走不开,只好派弟弟陈奎裕代他前往北京。毛泽东一见陈奎裕就大笑:"当年,你是看茶桶的,怎么背得动我?"毛泽东热情地招待他,留下一段佳话。

毛泽东是人民的大救星。其实，人民也曾是毛泽东的救星。正因为他得到人民的衷心爱戴，始终和人民在一起，才一次次摆脱敌人的魔爪，1949年10月1日走上中华人民共和国成立后的天安门城楼。

永定不但群众基础好，更为重要的是，党的领导力量很强。主要是有邓子恢、张鼎丞等一批领导人。张鼎丞是闽西革命根据地的主要创建人之一。他是永定湖雷人，家里贫农，当过小学教师，接受了马克思主义。1927年蒋介石发动"四一二"反革命政变后，他加入中国共产党，参加并领导了龙岩、永定、上杭等县的农民武装暴动。规模空前的永定暴动就是他直接发动和指挥的。暴动成功之后，他亲自组建了红军的一个营，担任营长。

有这样深厚的基础，永定成立闽西苏区也是全国苏区的第一个信用合作社，也就如水到渠成，颇为自然了。

闽西特委高度重视根据地出现的"剪刀差"问题。1929年9月30日，发出的第七号通告中明确要求："县区政府经济委员会有计划地向群众宣传，并帮助奖励群众创造合作社，如生产合作社、消费合作社、信用合作社等，使农民卖米买货不为商人所剥削，则农村储藏资本得以收集，使金融流通。"显然，成立信用合作社是当时突破敌人的层层封锁，依靠自己的力量，在经济领域使几乎停滞了的金融事业鲜活开来，成为最为活跃的元素，推动根据地的经济发展的创新之举。

永定的局势如大潮滚滚，气派非凡。

1929年10月26日，永定县工农兵代表大会在湖雷庆兴寺召开，大会宣布成立永定县苏维埃政府，要求"举办地方建设事业，如开办学校、阅报室、图书馆、医院、合作社，修筑道路、整顿水利，以及救济失业者"。随即，永定太平区、丰田区和上杭北四区率先响应，于同年10月至11月相继成立信用合作社，成为全国最早成立的红色信用合作社。

以永定苏区为例。至1931年4月，永定苏区共成立第一区湖雷、第二区堂堡、第三区溪南、第四区合溪、第五区岐岭、第六区下洋月流、第七区湖坑、第八区古竹、第九区坎市（太平区）、第十区培丰、第十一区高陂、第十二区田地9个区级信用合作社，下辖的12个区级苏维埃政府都创办了信用合作社。短短的时间内，在闽西各地，信用合作社如星罗棋布，意气风发地崛起在这片红土地上。

其中，办得最早最好的是永定太平区信用合作社。它成立于1929年10月，集股金3000多元。社址起初设在高陂黄田村茂龙楼。主任由区苏委派，一年一任，前后经历4任。第一任主任由太平区苏维埃政府财经委员会主任陈海贤担任。1930年秋，陈海贤调任县苏维埃政府执委、财政部长，永定太平区信用合作社主任一职由西陂乡信用合作社主任林清风接任。同时，由于太平区苏维埃政府迁至西陂天后宫，林清风遂将永定太平区信用合作社迁至西陂天后宫，后再迁西陂裕安堂，与西陂乡信用合作社合署办公。后由林锦彬、沈集仁接任。1931年8月国民党军队攻打虎岗，信用合作社被迫停止营业。永定太平区信用合作社是闽西最大的红色信用合作社，辖区最广，极盛时期负责永定北部的第九、十、十一、十二区，总计4个区苏、46个乡苏，均占永定区苏、乡苏总数的三分之一。

莫道岁月无情，数十年过去，今日走进永定，依然可以看到当年信用合作社的一些遗址。

太平区，古时叫太平里。最早建制于宋朝。其管辖的范围包括今日的虎岗、高陂、坎市、培丰登四个乡镇，面积达400平方公里。苏区期间，在太平里设立了太平区，创建了20多年红旗不倒的光荣业绩。今日，太平已经成为宁静和谐的山中小镇。清澈的山溪，从镇中潺潺流过。昔日的石板路已经换成平整的水泥路。两侧是两层或三层的楼房，楼下多数是店铺。太平区信用合作社的旧址还在，一幢不大的二层农家小楼，楼下是展馆。虽然资料有限，但办得像模像样，令人肃然起敬。

墙上的人物介绍，第一位是陈海贤，他是永定高陂人，全国最早的红色信用合作社的创办者，1929年10月任太平区苏维埃政府财经委员会主任，1930年10月任永定县苏维埃政府执行委员兼财政部长，1931年4月接任永定县苏维埃政府主席，其间创建了粮食调剂局、消费合作社、信用合作社等经济组织，为发展苏区经济，组织后方群众的生产生活做了大量的工作。他是十分能干的苏区干部，令人惋惜的是，1931年6月因为"肃清社会民主党"被错杀，中华人民共和国成立以后被平反，追认为革命烈士。

第二位是林修纪，也是永定高陂人，1929年6月至1930年2月任高陂乡苏维埃政府第一任主席，后来任太平区信用合作社的工作人员。1931年6月因为"肃清社会民主党"被错杀，中华人民共和国成立以后被平反，追认为革命烈士。

第三位是林锦彬，店员出身，高陂人，1930年9月至1931年1月任西陂乡苏维埃政府第四任主席，后调入太平区信用合作社任主任。他不幸也和前面的两位一样，1931年6月因为"肃清社会民主党"被错杀，中华人民共和国成立以后被平反，追认为革命烈士。

太平区信用合作社的三位最早的领导和工作人员，皆牺牲于"肃清社会民主党"错案，让人唏嘘不已。据统计，在"肃清社会民主党"事件中，闽西苏区有6500多人被错杀，其中不少是苏区优秀干部。这是惨痛的血的教训。

太平区信用合作社设在西陂的裕安堂旧址，是当地一个晚清政法科举人的老屋。门口的对联颇有意思。右联是：孝道乃天经地义，左联是：慈祥合国法人情。横批是：文明进步。一侧挂着的木牌上，白底黑字，上书：永定县太平信用合作社。里面也是一个小小的展馆，除了介绍红色信用合作社的有关内容以外，还特地介绍一个特殊人物：薛仙舟。他原名颂瀛，字仙舟，广东香山人。早年肄业于北洋大学法科，曾留学美、德，专攻经济学；1914年起在复旦公学任教，宣传合作主义；1919年创办中国第一个合作金融机构——上海国民合作储蓄银行；1920年起指导早期中国合作事业最重要的理论刊物——《平民》周刊；1927年6月起草中国合作运动纲领性文件《中国合作化方案》；同年9月意外去世，时年49岁。他被称为中国合作运动之父。

我们佩服布展的人，通过对他的介绍，让人们进一步了解，闽西苏区的共产党人办信用合作社，是有深厚的时代、文化背景以及渊源的，他们善于学习，汲取中外的先进经验，并非是突发奇想。

以永定的太平区信用合作社为代表的闽西苏区信用合作社创造三个"全国之最"：即在中国共产党领导下，苏维埃政府最早成立信用合作社，最早发行股票，最早发行纸币。

发行纸币，是必须十分慎重的事情。1930年3月25日闽西第一次工农兵代表大会通过的《取缔纸币条例》中有一条明智的规定，"信用合作社要有五千元以上的现金，请得闽西政府批准者，才准发行纸币，但不得超过现金之半数……信用合作社发行的纸币仅限于一角、二角、五角三种，不得发到十角以上"。也就是说，不是所有的信用合作社都可以发行纸币，而且发行的数量是有限的。永定的太平区、丰田区信用合作社就是当时少数几个发行了纸币的信用合作社。

永定太平区信用合作社发行的纸币面额仅为1元一种，1931年由林清风（林在参加革命前，曾在上海当过店员）写信委托上海经营永定条丝烟的裕隆烟行经理林新，请他在上海代印太平区信用合作社的纸票。当时为了避免印制过程中出现不必要的麻烦，也是为了保密，券面发行单位特意空白。纸票面额分1元、5元、10元等三种。印妥后，面额5元和10元的打包邮寄时被邮件检查部门查出，不准邮寄而报废；寄 1 元券则采取化整为零的方式，分几个小件由几个小邮政所寄回永定。

该纸币长 14.6 厘米，宽 8 厘米，系石印双面印刷。正面紫褐色，上端自右至左横书"信用合作社"，其下以红色印泥加盖"第三区" 3 个字，左右加盖发行编号"001332"，正中主图案是福州马江罗星塔，两侧各书面额"壹圆"，其下署以小字"凭票兑付通用光洋""民国二十年印"，下端以黑色油墨加印英文签名和实际发行年份，分别为"Sin. fung""F. H, ing 1930"，左右两端花纹图案上各加印黑色"永定"两个字，四边角花纹图案内均标以"壹"字；背面赭黄色，中间小字为"信用合作社流通票"，两侧花纹图案内各署大写"壹"字，左右两端及四边角均标阿拉伯数字"1"。流通使用的范围包括高陂、坎市、田地、虎岗、红坊乡悠湾村、上杭大洋坝一带。在龙岩县城的"谦记"金银店还为太平区信用合作社办理纸币的兑换，有些商人持银圆到"谦记"兑换纸币，到高陂、坎市、田地、虎岗一带订货。

如今，走进颇具规模的古田红色农信展览馆，尚可以看到当年太平区信用合作社最早发行的纸币。就在该展馆的附近，还有一家由巫中民先生私人办的福建省中央苏区文化园古田馆，他收集的苏区纸币更为丰富多样。他的微信号是"价值连城"，如今，这些穿越时光 90 年，见证了当年火红岁月的苏区纸币，真的是价值连城了。

太平区信用合作社并非一枝独秀，在纷纷办起的众多信用合作社中，还有几家是很有名气和影响的，其中有永定丰田区信用合作社，又称第三区信用合作社（1930 年 2 月 9 日起改名为第一区信用合作社）。

永定丰田区信用合作社于 1929 年 11 月创办，股金 5000 元。社址设在湖雷墟坝对面的新盛昌店，毛泽东当年曾经在这里住过，红四军前委指挥部也曾设在此店。该社的第一任主任是赖祖烈。1930

年9月赖祖烈参加筹办闽西工农银行后,由阮守昂任主任,阮春任会计,赖柏修任业务人员。1931年3月25日国民党军队占领湖雷后,阮守昂和阮化鹏(阮山长子)等人携带信用合作社财物住城关大斜里王仁珊的家中(王是城关信用合作社干部),再转到合溪,将财物交给永定县苏维埃主席范乐春。纷飞战火之中,信用合作社干部的无比忠诚和高度负责精神,十分可贵和感人。不幸的是,阮守昂不久被诬为社会民主党而被捕,险遭杀害,后来侥幸逃了出来,到广东一带谋生,中华人民共和国成立以后,才回到老家湖雷。阮化鹏因工作需要调到虎岗,信用合作社暂时停办。

丰田区信用合作社1930年2月15日也开始发行纸币,有银毫票5000元,分5毫、2毫、1毫三种,由湖雷进化社印制,目前仅发现面额1毫一种,实物由永定区博物馆收藏。该银毫票仅存三张半(其中三张完好,一张残缺仅存一半),纸张陈旧泛黄,面背均已部分褪色,长10.5厘米,宽6.5厘米,重5克,为石印版双面印刷。正面为草绿色,上端中间自右至左弧形横书"永定第三区信用合作社",系发行单位名称;正中花纹图案内有一颗大五角星,星中有镰刀斧头,象征工农兵苏维埃政权;花纹左右两侧均直书"壹毫"二字以示面额;下端中间自右至左横书"苏维埃政府特许发行",表明其发行曾经法定程序批准;四边角花纹图案中各有一个圆圈,上标"壹"、下标"毫"字。背面为土红色,上端中间亦自右至左横书"永定第三区信用合作社",正中为天坛图案,两侧亦均书有"壹毫"二字;右边和左边分别书有小字"十足""兑现",表示该票为兑现纸币;中间下端为阿拉伯数字"1930.2.15",以示发行日期;四边角花纹图案的圆圈内均标有"1"字。纸币正面左右印有统一编号"No.720821",发行时再书写发行编号。

佩服当年苏区纸币的设计者,精致、简洁、严密,而且具有诸多的红色元素。

永定堂堡区朱罗坑乡信用合作社也是办得比较好的信用合作社之一。阙成传为该社主任，有股金 100 多个大洋。信用合作社资金不足部分由工农银行和上级信用合作社拨给，解决了农民群众借贷无门的困难，打破敌人的经济封锁，并有计划地调节货币流通，办好群众储蓄，实行低息贷款，扶助商业的发展，受到朱罗坑人民群众的欢迎。

第四节　没有规矩不成方圆

这是 1930 年 3 月 25 日闽西第一次工农兵代表大会上通过的一份珍贵的文件，后在 1930 年 5 月以闽西苏维埃政府布告进行公布，即合作社条例。文件不长，实录如下。

闽西苏维埃政府布告第十一号
——合作社条例
（一九三〇年五月）

闽西自暴动以来，已建立了许多县、区、乡苏维埃政府，在苏维埃政权下的群众，解除了国民党军阀的政治压迫，与苛捐杂税的剥削，但是因为受到军阀的经济封锁，商人的购买怠工，以致物价高贵，金融停滞，群众痛苦尚不能彻底解除，因此合作社的组织，是目前闽西群众最急切的需要。兹将第一次代表大会决议公布如下，仰各级政府及全体群众一概知悉，并切实进行为要。

附合作社条例
1. 有下列条件者，始得称为合作社：

（甲）照社员付与合作社之利益比例分红，而非照股本分红。

（乙）社员是自愿加入的。

2. 在业商人可以加入，但不能办事。

3. 合作社所得红利照如下分配：

（甲）百分之四十作为股金分配，作为利息。

（乙）百分之十，作为公积金。

（丙）百分之十，抽与办事人的花红。

（丁）百分之四十，照社员付与合作社之利益比例分红。

4. 合作社办事人，由社员公选，政府不予干涉。

5. 合作社不受工会法之支配。

6. 合作社货物之运输，及账目之追收，政府应予以保护及帮助。

7. 合作社免向政府缴纳所得税。

8. 合作社有向政府廉价承办没收来之工商业及农业之优先权。

9. 合作社借贷买卖，及各种章程，分红办法，及办事人的姓名报告政府登记。

主席兼经济部长　邓子恢
公历一九三〇年五月

这里所说的合作社，不只是信用合作社，还有生产合作社、消费合作社等合作组织。鉴于当时的环境尤其是红色区域处于经济十分困难的情况，苏维埃政府高度重视各类合作社的组织，把其视为突破敌人封锁、解除困境的极为重要的途径与组织形式。合作社是群众的集体组织，落脚点是苏区的群众，苏区党和政府的领导人心里十分明白，只有依靠最为广泛的群众，积极地把他们动员起来，才能形成强大的力量和优势。而参加合作社，是群众自愿的，不搞强迫命令、统一行动，完全相信群众、立足群众，走群众路线，是这份文件的坚实基点和出发点。

对于商人，苏区政府有着警惕性。可以加入，但不能办事。也就是说，不能把领导权、办事权落在他们手里。这是符合商人的身份和实际情况的。在商言商，商人往往以获得最大利益为上，虽然并非是民间所云的"无商不奸"，但不少商人唯利是图的情况的确存在，很值得人们警惕，他们和广大的贫苦农民不同，不能让他们搅乱了阵线。

这份文件中没有提到富农，是个漏洞。昔日生长在农村的人们都清楚，农村中的富农往往和富裕中农不大容易区别，他们和地主又不大一样，不是完全依靠收租剥削农民过日子，而是参加了劳动，家庭富裕，而且不少还有点文化，在农村尤其是宗族中还颇有影响。后来在实践中，人们发现，因为政府开始的时候对合作社比较少过问，以致有些合作社被富农把持，成为私人商店的性质。此后，红军前委、苏维埃政府对富农予以高度重视。

1930年6月，红四军前委、闽西特委召开联席会议，在决议中就富农问题特别做了重要的阐述。明确地指出，富农有三种：一是半地主性质的富农，自己耕种，同时有多余的土地出租；二是资本主义性质的富农，没有把土地出租，甚至租别人的土地，但雇佣工人耕作；三是初期的富农，既不出租土地，也没有雇佣工人，只是自己努力耕种，但土地、劳力皆充足，每年都剩余粮食出售或出借。

值得称道的是，在这份文件中，十分精确地对富农进行了界定，其标准就是"剥削"二字。富农或利用多余土地出租，或利用经济充裕放多种形式的高利贷，其中有钱利、谷利、猪利、牛利、油利等，或雇佣工人等，皆属于对劳苦大众进行剥削性质。而且指出，各种富农有许多是兼营商业的，开个小商店及贩卖农产品等。

土地革命初期，农民的目光往往只注意到土豪劣绅，农村中的富农尚不是打击对象，对富农的债务保存不废，而且为了"流通金融"，希望富农能够再借钱给贫农。这份文件尖锐地指出：流通金融，摆脱困境，不能靠富农发慈悲，而只能依靠劳苦大众自己组织信用合作社。

营垒分明的阶级分野，是合作社制度上重要的政治保障。因此，1930年9月25日，闽西苏维埃政府经济、财政、土地委员会联席会决议案中，对合作社问题有一条重要的补充决定：富农分子不准加入合作社，已经加入合作社之富农，即刻取消其股东权，并停止分红，其股金和利息待一年后归还。当时，为了稳定社会局面，尽量缩小打击面，苏维埃政府将富农和地主进行区别对待，也没有没收富农的土地和财产，包括富农在合作社中的股金和利息，展示了很高的政策水平。

合作社的办事人员，由群众公选，政府不予干涉。马克思主义中关于巴黎公社的普选制度在这里得到真正的体现。这是一条了不起的规定。因为，当时合作社是群众自愿参加的集体组织，把群众自己的事情交给群众进行选举从而决定人员的任用，体现了当时决策者在相信群众、依靠群众方面，具有宽广的胸怀和坚定的信念。

共赢，今天人们熟悉的观念。在当年合作社的红利分配上，可以清晰地发现，这一观念同样得到充分的体现。

初期的合作社，红利的分配共有四份，第一个40%是作为股金和利息，这是保证合作社生存和发展之本。值得注意的是第二个40%，按照社员的利益进行分配。办社的初衷，不是谋取个人私利，而是为群众谋利益。这一比较大股的分配，正是从这个角度进行安排的。有了这个规定，群众不仅在物质上得到好处，更为重要的是在精神上得到激励，感到合作社的确是为人民群众谋福利的，进而更加积极参加、支持合作社。

政府对于合作社，一是不予干预，二是保护和支持。值得注意的是有优惠政策。一是免缴所得税。现代企业也有某些免税政策，如对残疾人开办的企业，政府不仅要扶持，而且免税。当年对初办的合作社，也是如此。二是对承办没收来的工商业以及农业具有优先权。壮大合作社的经济，利在群众，充分体现了苏维埃政府对尚处在初期集体经济扶持的目光和力度。此外，合作社条例的最后一条是：合作社借贷买卖及各种章程、分红办法及办事人的姓名报告政府登记。切莫小看这一制度，它实际是一种对合作社情况的全面把握。政府不干预不等于一切都不管，而是随时掌握合作社的情况，以免出现某些偏差和意外，这同样是负责的态度。

闽西苏维埃政府始终关注着合作社的发展，并为其进一步完善做了大量的工作。1931年中华苏维埃临时政府成立以后，从闽西起源的信用合作社以及各类合作社组织，更是在各红色根据地遍地扎根、生长、开花、结果。1933年9月30日苏区政府公布的《信用合作社标准章程》，完整地总结了办信用合作社的经验，不愧是典范之作。

这个章程一共有36条，全面、务实、细致，而且具有操作性。主要包括以下几个方面。

宗旨：便利工农群众经济的周转与帮助发展生产，实行低利借贷，抵制高利贷的剥削。开明宗义，信用合作社是为工农群众服务的，实行低利借贷，主要目标是对付农村曾经十分盛行并使相当多群众债台高筑乃至倾家荡产的高利贷。

根据这一宗旨，明确规定，信用合作社的社员为工农劳苦大众，富农、资本家、商人及其他剥削者不得加入。当地政府必要时可认股参加，但政府只有普通社员资格，没有任何特权。后面的这项规定，颇有新意。它体现了政府是为老百姓服务的，和普通社员一样平起平坐，不能把人民赋予的权力作为特权使用。反对特权的思想，至今依然具有现实和深远意义。

社员代表大会：这是信用合作社最高组织。由全体社员组成，新社员没有数量限制，准许自由加入，但信用合作社成立以后，新入社的社员要经社员代表大会通过。每3个月开一次会，要有三分之二社员出席才能开会。如有临时事故，经三分之一以上社员要求，可以由管理委员会召集会议。社员代表大会不是形式，而是有具体事务的，主要有：选举或罢免管理委员或审查委员；制定和修改本社章程及办事细则；制定贷款利率及贷款规则；通过或开除社员；审查3个月之营业报告及决策；制订下3个月之营业计划。

人民当家、民主管理、群众监督不是一句空话，正是通过社员代表大会这种很好的方式，使共产党人的这些一贯主张，变成了伸手可触的现实。这些宝贵的经验，至今依然没有过时。

管理委员会：由社员代表大会选举产生，由7到11人组成，设正副主任各一人。任期为3个月或半年，可连选连任。这实际是信用合作社的办事机构。规定每个星期要开一次会。其职责是：依照社员代表大会的决定议定出具体的执行办法；依照贷款的标准或规则，允许或拒绝社员及非社员借款之请求；聘请或辞退本社职员；按期向社员代表大会及当地政府做营业报告；处理其他日常事务；管理委员会的主任必须长驻本社，可与其他职员按照劳动法支付工资。

有了管理委员会，信用合作社就有人做具体的日常工作即诸项社务，从而保证了信用合作社的正常运转和不断增强的活力。

审查委员会：颇有点像今天的监事。由社员大会选举5到7人组成。任期也是3个月或半年，可连选连任。审查委员会每个月开一次会议，负责审查管理委员会的工作以及账目，如发现管理委员会中有徇私舞弊犯法事件，审查委员会可以召集社员代表大会进行改组或处分。

显然，这是专职的督察机构。防微杜渐，防止有人作奸犯科，尤其是在金融领域，在金钱的诱惑面前，更显得十分重要。关于监督，还有一条颇有深意的规定，如果管理委员会和审查委员会串通起来共同舞弊，怎么办呢？只要有三分之一的社员提议，就可召集社员代表大会进行改组，重者还可以向法庭控告。不得不叹服当年信用合作社制度的严密和完整。把权力放到法治的笼子里，这是今天的话语，当年红色苏区的人们早就想到了。

决算和分配：3个月决算一次，并制成表册、文书，经社员代表大会审定后，报告当地政府和中央政府。这些文件包括资产负债表、损益表、财产目录、营业报告书、红利分配表等。

规范管理，是当年信用合作社之所以能够持续保持信誉和活力的重要因素。

对人们关心的红利分配问题，和最早的合作社一致，只是在分成上有点改动：每期纯利的50%作为公积金，以壮大信用社的经济实力。10%作为管理委员与职员的奖励金，10%用于办理社员的公共事业，30%以社员所付利息额为标准比例分还社员之借款者。

股金和借贷：信用合作社采取股份制，每股大洋1元，以家为单位，不论家中人数多少，一家只算一股，交足股金，即发给股票，股票可以转让给承继人，但须得到管理委员会的批准。股票丢失，可以挂失，登报声明作废后可以补发。信用合作社以极低的利息，贷款借给社员，但社员借款用途为发展生产临时周转或特别用途，须经管理委员会认可。

细细研读红色信用合作社的章程，令人感慨，更令人敬佩之至。其中蕴含的思想、制度、规定，至今依然具有重要的价值。诚然，这也正是我们今天要解读的方圆密码的要素。

第五节　呼之欲出

信用合作社在当时产生的深远影响和发挥的作用不可低估。

闽西原来就是个穷地方，正如当地的一首山歌所唱的："种田之人空米仓，泥匠师傅住烂房，做衫工人破衣裳，木匠师傅篾缚床。"在"三座大山"的沉重压迫之下，农民处于严重贫困的状态，迫切渴望获得翻身解放。

1927年8月，周恩来、朱德带领南昌起义的部队来到闽西，极大地推动了当地的革命运动，毛泽东领导的秋收起义的爆发，更是点燃了闽西暴动的熊熊火焰。暴动之后，虽然经受了国民党军队的残酷镇压，但闽西红色区域依然在血与火的斗争中崛起于八闽大地。

面临敌人的层层封锁，红色区域在初期的确遇到前所未有的艰难，但在福建省委、闽西特委以及基层党组织的坚强而正确的领导下，采取组织各类合作社的形式，紧紧依靠广大的劳苦大众，终于逐渐地扭转了局势。

信用合作社的成立，不但使曾经长期祸害农民的高利贷绝迹，而且解决了农民几乎是身无分文的问题。尤其是那些经历过国民党洗劫过的村庄，不少农民一无所有，种子、耕牛等最为基本的生产要素，也被敌人抢去了。在近乎绝望的情况下，有了信用合作社的鼎力支持，农民可以用很低的利息，贷到最为急需的款项，以便生存下去，并继而开展生产自救。而新生的苏维埃政权，也可以运用信用合作社这种形式，和劳苦大众建立血肉关系，并进行各方面的支持，发挥红色政权的应有作用。

这是一个真实的故事：春耕大忙时节，信用合作社的创办人赖祖烈、陈海贤亲自带领有关人员，带着农民急需的款项，送款下乡，解决了农民的燃眉之急。因此，信用合作社不仅是群众自愿参加的集体性的经济组织，而且成为苏维埃红色政权和劳苦大众共度最为困难岁月的桥梁之一。正因为如此，信用合作社一产生，就得到群众的热烈拥护和积极支持，成为各个红色区域竞相组织的形式，后来，还传到赣南苏区以及其他苏区。全国各革命根据地的信用合作社，呈现星火燎原之势。初创这种组织形式的闽西苏区，功不可没。

信用合作社还有一个人们往往没有注意到的重大作用，那就是使几乎停滞了的金融活动重新出现了生机。如今有句时尚的话语：不能一切向钱看，但没有钱却万万不行。一分钱难倒英雄汉的故事，古已有之。据老同志回忆，当时闽西的一些偏僻地区，因为没有钱，没有最基本的现代金融往来，居然倒退到"以物易物"的原始阶段。

随信用合作社同时兴办的还有生产合作社、消费合作社等。闽西属于山区，不仅生产粮食，而且还有不少闻名遐迩的传统产品，如烟叶、土纸、香菇、钨砂，乃至鸡、鸭、猪肉、花生、莲子等。通过这些组织形式，群众发动起来，催动经济发展的金融活动也逐步活跃起来，生产、消费随之出现了欣欣向荣的局面。敌人虽然四面如铁桶般进行封锁，但苏区的群众一旦发动起来，种种打破敌人封锁的办法就产生了。

商业活动逐渐得以恢复。暴动开始的时候，绝大部分商人害怕被"共产"，都逃走或把资本隐藏起来了，局势基本稳定后，他们发现革命并没有共他们的产，又回来露面了。商人总是有种种特殊的关系和方法，苏区政府鼓励商人打破敌人的封锁，想尽办法，把苏区的商品运出去，把苏区急需的商品如盐、布匹尤其是药品等运进来，取得相当的成效。

有了信用合作社的鼎力扶持，农民的生产活动也开展起来，生产合作社的成立，为农民恢复劳作，互通有无，解决困难，同样发挥了作用。

然而，信用合作社毕竟是新生事物，总是有不完善的地方。因为农民缺乏文化，开始的时候，有的信用合作社被有些文化、头脑活络且能够懂得账目管理的商人甚至富农所把持，成为他们手中谋取私利的工具，苏维埃政府发现这种情况后，及时并果断进行了纠正和处理，并做出决定，商人和富农不得参加信用合作社，把信用合作社的领导权和管理权牢牢地掌握在共产党员或可靠的群众代表手里。

金融是信用合作社的核心元素，而表现形式是货币。按照马克思的观点，价值尺度是货币最基本、最重要的职能，即货币充当表现和衡量其他一切商品价值的尺度。商品价值量的大小，取决于它所包含的社会必要劳动时间的长短。

在商品经济条件下，商品价值量的大小无法用劳动时间来直接表现，而只能通过作为价值代表的货币来间接表现。价格是价值的货币表现。在当时的情况下，红色区域的杂币甚至伪币多，货币的混乱，不仅造成金融市场的混乱，而且给商品流通和人们的生活、生产造成不可估量的影响。

统一货币，本来是国家的职能。白区属于国民党统治，红色区域是共产党领导的苏维埃政权。两个政权，生死较量，水火不容。因此，信用合作社成立不久，睿智的共产党人就想到务必解决这一极为关键而且迫切的问题。

于是，从1929年下半年到1930年上半年组建的一批信用合作社中，永定和上杭两县的10个区组建的信用合作社，有3个发行了纸币。闽西苏区第一个信用合作社即永定太平区信用合作社率先发行纸币，紧接着，有上杭北四区信用合作社、永定第一区信用合作社（后改名为第三区信用合作社）跟着发行纸币。闽西红色区域自行发行纸币，是当时武装割据的产物，是红色苏维埃地区不得不采取的手段，同时是大胆的创新之举，但也带来了某些不便甚至容易造成混乱。原因很简单，因为各个区、乡情况不一，所发行纸币的价值如何计算以及转换等，都成为实际问题。

闽西苏区可以成立统一的银行吗？

红色信用合作社的发展，终于把这个问题提到闽西苏区领导人的面前了。

水到渠成，呼之欲出。当时代之大潮发展到这个新的阶段，工农银行的诞生就像已经成熟的婴儿，准备呱呱落地了。

闽西苏区已经不是1928年大暴动时期的局面了，经过几年的奋战，它已经成为中央苏区的核心和主要组成部分。上杭、永定、连城、长汀、龙岩的不少红色地区已经连成一片，建立统一的苏区银行，对便利苏区群众的生产、生活，进一步推动苏区的经济发展，壮大苏区和红军的实力，具有特别重大的意义。

成立工农银行的重要条件是人才。

在大办信用合作社的实践中，涌现了两位很有金融才华、后来成为苏区乃至中华人民共和国金融家的人物。

一个是赖祖烈。他是永定县湖雷镇人。湖雷是永定暴动的策源地。赖祖烈1928年加入中国共产党。1929年，红四军进入永定后，他担任中共石城坑支部书记兼赤卫连指导员。苏维埃政权成立以后，他出任永定县革命委员会委员和永定县苏维埃政府财政委员等职。他具体负责了永定太平、丰田等区的信用合作社，担任过信用合作社主任。他是个多才多艺之人，积极参加并支持了纸币的设计、股金的筹集、纸币的印刷发行等具体工作。在实际工作中，他务实能干，肯动脑子，在苏区经济困难的条件下，在有计划地调节货币流通，办理群众储蓄，实行低息贷款，扶持工商业的发展等诸多方面，都积累了丰富的经验。用今天的话来说，他不愧是个理财高手，所以，后来他被毛泽东誉为"大管家"。他历经战争岁月的严酷历练，成为党的重要干部。

另一个是阮山。他是永定县湖雷镇上南村人。早年毕业于福州法政大学，回乡创办毓秀学堂，任校长。1923年去广东，接受了革命思想。1925年参加中国共产党，随后任中共厦门特支书记，是中共厦门党组织的创始人之一。1927年夏，他受广东区委的委派，回到永定县，与林心尧等人一起，组建了福建省第一个农村党支部——中共永定支部，并担任支部书记。1928年6月参与并领导了永定暴动并出任副总指挥，组建了当地第一支游击队。1929年红四军入闽后，任湖雷乡革命委员会主席、永定县革命委员会秘书长、县苏维埃主席兼财政委员会主席、中共闽西特委委员、闽西苏维埃执行委员、闽西工农革命委员会委员、新红12军第3团团长。这位受过高等教育又经过革命斗争实践锻炼的优秀干部，还是永定丰田区（第三区）信用合作社的创办人。1930年，调任闽西苏维埃政府财政部长。在财政金融领域，他同样是个通晓其专业的行家里手。1930年11月创建的全国苏区第一家股份制的商业银行——闽西工农银行，他成为首任行长的最佳人选。惋惜的是，1934年10月，中央主力红军长征以后，他留下坚持游击战争，于这一年的冬天，在长汀谢坊村被叛徒杀害。

有了这两位苏区金融领域的领军人物，又有了大办信用合作社的经验，并具备了广泛而深厚的群众基础，成立苏区工农银行就只需等待时机了。他们，就是我们今天解读共和国方圆密码的核心人物。

第二章 红色银行风采

工农红军自己办银行，不愧是前所未有的创举。没有经验怎么办？学习、借鉴、开拓、创新。不得不佩服共和国金融前辈，他们率先创办的红色银行，不仅像模像样，洋溢着强烈的科学精神，而且为现代银行的建设、完善提供了极为宝贵的经验，为共和国金融业奠定了厚实的基石。

第一节 闽西工农银行

龙岩，千年古邑，闽西最大的城市。四面群山林立，清澈的龙津河穿城而过，清新、幽静、美不胜收。

城内，下井巷，昔日南门头，老城繁华之地。不见耸立的南门，却有一排骑楼式的民国建筑，100多年过去，虽然不乏沧桑之感，但依然洋溢着浓郁的南国商业街风情。一片摇曳的树荫下，有一块斑驳陆离的石碑，暗紫色，上书"新罗第一泉"。碑旁，有个清冽的泉水池，有点像天下闻名的山东济南城里的趵突泉，汩汩地不断冒着水泡，只不过比趵突泉小多了。

值得人们特别注意的是，此景点的一旁，一幢三层楼的民国别墅式建筑，青灰色，层层皆是半圆拱式的门楼，中西合璧，静静地伫立着。中间悬挂着一块暗紫色的横匾，上书"共和国金融摇篮"，行草，大气而庄重。这就是大革命时期中国共产党创办的闽西工农银行最早的旧址，像神情凝重的哲者，深情地守望着那远去的历史。

闽西工农银行，成立于1930年11月7日，是由中国共产党领导的全国革命根据地成立最早、制度最完善、覆盖区域最广、开办时间最长的红色银行，是以闽西苏维埃政府为主导，由广大工农大众参与的第一个股份制银行，所制定的闽西工农银行章程，成为中国共产党主导的红色金融史上首部"银行法"，开创了中国革命金融法制的新篇。

史学家认为，中央苏区首家农民银行，是上杭蛟洋的农民银行。早在1927年，在傅柏翠的倡导和策划下，蛟洋村就曾经在该村的"义合祠"创办最早的一家股份制的金融机构，也是全苏区的第一家农民银行。

蛟洋农民银行旧址义合祠（蛟洋镇政府提供）

傅柏翠的人生经历极富传奇色彩。他留过洋，见过大场面和外面的世界，且学识渊博，精心经营故园这片热土，有着睿智的经济头脑。当年，蛟洋山上的木头多，他组织农民去砍伐，卖到外地去，赚得8000大洋，用6000大洋购买武器，装备他亲自领导的农民自卫军，然后把剩下的2000大洋作为开设银行的经费，宣传、动员群众把闲散的资金存到银行去，可以入股分红，存取自由。他还发行流通券4000元，面额有1元、3角两种，与当时流通的银圆或铜圆等值。当地农会工作人员和农民自卫队员的津贴也用流通券进行支付。农民有困难，可向银行贷款，每人限流通券5元，不计利息。流通券主要在蛟洋和与蛟洋相邻的龙岩大池、小池和连城庙前、莒溪等地区使用，也可用于贸易往来频繁的区域。这家农民银行的创办，一定程度上解决了本地金融流通的问题，方便了农民，也为该地初期的建设奠定了一定的经济基础。然而，由于国民党军队多次派重兵"围剿"蛟洋，傅柏翠不得不率领农民自卫军退入深山老林坚持斗争，这家创办仅半年的农民银行被迫关闭。它虽然存在的时间仅半年，但却具有银行的雏形，为日后的苏区办银行提供了可以借鉴的某些经验。

如今，古老的义合祠已经了无痕迹。原来，20世纪80年代，蛟洋中学要扩建，把这座古祠堂拆了。琅琅的书声中，不知稚嫩的学子，是否还记得遗落在这里的那红色的岁月？

1929年5月，毛泽东、朱德、陈毅率领红四军再度入闽，其高潮是三打龙岩。

毛泽东用兵如神，史学家往往把此战与红军长征途中毛泽东率领红军二进遵义、四渡赤水的经典战例相提并论。6月19日，红四军与如潮水般从四面八方涌来的上万农民赤卫队员，经过激战，攻进龙岩城。杀声震天，红旗飘拂，全歼陈国辉旅2000多人，缴获枪支900多支、迫击炮4门、机枪10挺。陈国辉在亲兵的护卫下，只身狼狈逃跑。

三打龙岩的巨大胜利，大长了红军和革命群众的志气，闽西苏区迅速扩大，开辟了闽西大革命蓬勃发展的崭新局面。在共产党的领导下，各地兴起了土地改革的热潮。

1929年秋，在革命浪潮的推动下，永定、上杭相继成立信用合作社，一片如火如荼的喜人形势下，从信用合作社起步的苏区金融，终于升华为办正规银行的新阶段。

1930年9月，闽西第二届工农代表大会召开，通过决议，并由闽西苏维埃政府布告第七号郑重宣布，设立闽西工农银行。

在这份文件中，明确指出：设立闽西工农银行的任务是调剂金融，保存现金，发展经济，实行低利借贷。并推选阮山、张涌滨、曹菊如、邓子恢、蓝为仁、赖祖烈，加上长汀推举的1人共7人为银行委员会委员。阮山为主任，设立筹备处，立即开始工作。

在革命根据地筹办银行，没有现成模式和可资借鉴的经验，又没有专业人员队伍。闽西工农银行筹办主任阮山，身负重任，他广泛打听筹办银行信息，包括虚心请教国民党统治区银行从业人员，从中汲取筹办银行的经验。同时，想方设法通过远在香港的亲戚，购买有关的书籍，进行认真的学习。其他干部同样如此。大家边干边学，终于弄清了会计和出纳的责任，制定了收款单和付款单，与现代银行用的传票基本相同。记账也是采取中式账簿与旧的记账方法，后来又参照商店的记账方法，略加改进，结果和银行复式簿记原理正巧偶合了。

这是令人感动的一件轶事：有一次，从一个土豪家里，偶然发现了某大学商科银行簿记讲义，担任闽西银行委员的曹菊如如获至宝，尽管有的地方看不懂，但他还是把一张复杂的记账表画了下来，进行研究。后来，被毛泽民看到了，问他是否用这种账簿。曹菊如如实回答说，他还没有看懂。热情的毛泽民表示，要专门托人买一本送给他。后来，毛泽民果然从广东买到了一本《银行簿记实践》，并托地下交通员送到他手里。大家立即组织学习，终于初步获得现代银行会计营业与出纳等制度的知识。在创建闽西工农银行时，他们制定了一整套相对完整的制度和执行办法。后来，筹备苏维埃国家银行，用的也是这套制度和方法。闽西工农银行为苏维埃国家银行的创建奠定了坚实的基础。

今天，这本当年被奉为至宝的《银行簿记实践》一书，依然保存在龙岩这座闽西工农银行的纪念馆里。被岁月烟雨漂成灰黄色的册页，永远印记着那不凋的日子。

无独有偶，赖祖烈在他的回忆录中，也记载了一则类似的故事：有一回，他偶然在一张包装纸上发现了一张银行的三联单，无比兴奋。勤学肯钻研的他，从中学会了银行三联单的制作和银行工作的基本流程。

闽西工农银行是大气的，一开始，资本就定位20万元。分为20万股，采用股份制，股金以大洋为单位，收现金不收纸币。旧银器每两抵大洋6角，金器照时价推算，限期9个月内募足。募股的具体办法，是由各级政府、各工会、各部队组织募股委员会，县委员5人，区委员3人，各工会、各部队3人至5人。除向工农群众募股外，各合作社每100元资金至少应买股票10元，粮食调剂局每100元资金至少要买股票20元（先交半数，12个月交清），各级政府各工会及各机关工作人员至少应买股票1元。其时，创办人还向龙岩商会借了一笔资金以扩充本金。

股金是银行的资本，在当时苏区经济困难且人们并不富裕的情况下，工农银行充分发动群众和各级组织的作用，体现了共产党人紧紧依靠群众，充分发动群众，从群众中来到群众中去的路线，这是党的光荣传统，也是红色银行在创业之初留下的宝贵经验。实践证明，人民群众是革命事业最为可靠的基础和力量，什么时候离开了人民群众，违背了人民群众的意愿，甚至损害了人民群众的利益，就很可能迷失方向，乃至走上邪路。

在这份布告中，还附了闽西工农银行章程。此章程简洁扼要，对闽西工农银行的名称、任务、营业内容、资本、股票的形式、组织、职权等都作了精到的阐述，堪称典范之作。

其中规定，总行设在龙岩城，分行设在各县政府所在地，并在各乡、区政府附设代理机关。这是非常睿智的。因为，开办银行，必须具有广泛的覆盖性，用现在的观点和语言来说，必须要有客户，客户是上帝。佩服当时的决策者，他们充分发挥红色苏区各级组织严密的优势，覆盖闽西苏区的全部区域，也就是动员了各级的力量，办大事、办好事。

章程中对银行职权范围的规定很值得品味。

当时的组织机构是：银行委员会——主任——科室，科室包括秘书科、出纳科、会计科、营业科、司库。秘书科要管杂务、伙夫、特务组。银行委员会属于银行最高机关，要完成三大任务：计划一切事宜；任免银行主任以及各科科长；审查银行账目以及各项预算决算。充分体现了共产党人强调集体领导、避免个人独断专行的光荣传统。

对于人们所关心的利息和红利分配，也有初步的规定：放款的月利很低，只有0.6%。定期存款较高，半年期以上的，月利0.45%。活期存款月利0.3%，每一周年复利一次。它体现了工农银行重于对社会的支持，放利低，就像今天的优惠贷款一样。而存款利息比今天高多了，主要是鼓励储户。当时根据地百姓普遍比较穷，有钱存款的不多。因此，必须鼓励，这样做也有利于吸纳社会闲散资金。其实事求是的科学做法，是颇有远见的。

红利采取逐年盈利的办法，20%作为银行的公积金，20%用于奖励工作人员，40%归股东分配。让利，是为了"放水养鱼"，今天金融界的现代理念，其实，当时的闽西工农银行就付诸实践了。

起点高，科学、完整、严密，行之有效。回首闽西工农银行，

闽西工农银行（郭亦斌提供）

由衷地赞叹红色金融的创建者的动人风采。这些和苏区劳苦大众紧紧相连的人们，在最为困难又最为严峻的战争环境里，他们艰苦创业的精神、高瞻远瞩的目光、务实求真的科学态度以及不乏专业水准的一项项措施，都令今天的人们为之赞叹不已。闽西工农银行的建立和发展，从无到有，由弱到强，为稳定苏区金融，巩固工农政权，发展苏区生产，活跃和发展苏区经济，支援革命战争，建设闽西苏区乃至中央苏区经济发挥了重大的作用，为中央苏区金融事业奠定了坚实的基础，在血与火的时代，谱写了动人的华美乐章，书写了波澜壮阔的历史画卷，在中国乃至世界金融史上，都留下了一道道清晰而深刻的精彩记录。

1930年11月7日，闽西工农银行正式成立。

闽西工农银行开业的那一天，银行外彩旗飘扬，大门上方悬挂的红底白字的"闽西工农银行"的横匾更是分外引人注目。门口的四个柱子上，还分别贴着用彩色纸写的关于银行建设的任务、方针的宣传标语，即"调剂金融，保存现金，发展经济，实行低利借贷"四句话。门框也用青松翠柏装饰，显得更加生气蓬勃。银行所在地的下井巷口，就像过节一样，早上8点多钟，龙岩城里的各界人士和群众，纷纷来到这里表示祝贺。邓子恢、张鼎丞、蓝为仁等苏维埃政府的领导人兴高采烈地在银行内外的人群中和大家亲切会见、热情交谈，一起庆祝闽西工农银行的诞生。

这一天，正好是十月革命纪念日。

第二节　职责使命

共产党人办银行，在中国还是开天辟地第一回。一切都是新的，一切都需要重新学习。它的最大优势是，它是劳苦大众自己的银行，深得人民的全力支持。

苏区召开的群众大会上，经常出现这样的感人的场景：许多青年妇女自动拿下身上的银饰，变价来买工农银行的股票。她们爱美。须知，这些银饰，不少是她们当姑娘出嫁时，娘家特地赠送给她们的珍贵纪念，或许，是她们经过艰辛的劳作，用辛勤的汗水换来的，凝聚着她们追求美好的情感和向往。如今，响应党的号召，主动解下来了，用来表示她们对工农银行的一片赤诚之心。龙岩、湖雷等大城市的商家，得知消息，也热烈地向银行入股。众人拾柴火焰高，银行迅速发展和壮大起来了。

闽西工农银行做了些什么呢？踏着这些可敬的创业者坚实的脚印，穿越苍茫的时空，人们可以看到一个全新的天地。

银行只是赚钱的吗？当然，作为金融支柱的银行，并非是慈善机构，当然要把积累资金、强化实力作为重要的基础性工作，不赚钱当然是不行的，但银行最为重要的职责和使命却是"服务"二字。

打破敌人的层层封锁和不断的"围剿",争取筹集更多的资金,发展苏区的经济,增强苏区的实力。经过大家的共同努力,短短的时间内,银行的资金有了巨量的增长,各方面的工作也进入正常有序的阶段。虽然只有十多个工作人员,但银行身后是闽西各级苏维埃政权和广大的群众。

因此,闽西工农银行在集中全力进行募股的同时,把关注的目光凝聚到广袤的农村,在实行低利借贷的政策中,突出以农业贷款为主,有力地支持了农业生产。闽西苏维埃政府明确规定生产合作社有向银行借款的优先权,而只收低利(短期每个月不超过1分2厘,周年不超过1分)。这种低利借款的原则,既支持了群众生产的发展,又有效地打破了高利贷剥削。在繁忙的工作中,银行工作人员坚持下到农村基层,尤其是春耕大忙时节,他们经常亲自把贷款送到苏区的生产合作社和需要资金支持的农民手中,受到群众的热烈欢迎。

闽西工农银行股金收据(巫中民提供)

大办合作社是当时苏区冲破敌人封锁发展经济的重要手段，因此，闽西工农银行将信用合作社作为优先贷款的对象，给予利率优惠，提供"同业资金"，指导他们做好低息借贷，并且支持工商业发展，在全苏区实行统一货币、统一金融、统一财政。

粮食问题是当时面临的严重问题。收获时节苏区农民手中的粮食往往卖不出去，于是，各地相继成立了粮食合作社，和苏维埃政府的粮食调剂局一起调剂粮食。配合这项重要的工作，闽西工农银行曾以大批资金帮助各合作社的发展，特别注意帮助粮食合作社调剂粮食，发挥调剂金融、发展经济的作用。

国民党对苏区的封锁是全方位的，不仅是军事，还包括经济，敌人妄图把苏区困死。因此，闽西工农银行在加强现金管理上采取的主要措施，一是增加现金储量，积极回笼社会上流通的现金，二是限制现金的输出，建立了现洋出口登记制度。规定凡苏区群众往白区办货或白区商人贩货到苏区，带现洋出口20元以上者需经当地政府批准，1000元以上者需经县苏维埃政府批准。这样既保存现金，改变现金困难的局面，又提高了工农银行纸币的信用，有效地打破敌人的经济封锁。

货币问题是金融流通中十分重要的关节。闽西工农银行成立后，采取了多种方式与旧币进行斗争，如使用经济手段替换旧币，有计划地用于出口，去白区买苏区急需物资，并通过政府行政调控的手段，逐渐使新币代替旧币的功能。

当时，民间通用的是大洋，即坊间所说的"光洋"。为了掌控金融流通权，1931年1月5日，闽西工农银行决定自行发行纸币，一元纸币相当于一块大洋，并以闽西苏维埃政府布告13号的形式告知苏区群众。

1931年4月30日，闽西苏维埃政府为便利金融流通，再次颁布了统一金融问题的15号布告，做出了旧纸币照常流通、限制使用的规定。在这一布告中，为了防止商人操纵，特地对银价进行了规范。对原来由中国银行、中南银行发行的纸币，根据实际情况，没有完全废除，而是由闽西工农银行规定价格。这是明智的，既稳定了金融市场，也利于群众对白区的贸易活动。

战事不断。敌人一次次地调集重兵，对闽西苏区进行疯狂的"会剿"，敌强我弱，形势严峻，闽西苏维埃政府被迫不断转移地方，闽西工农银行也不断随之迁移，但始终红旗不倒。

1930年12月龙岩城失守，闽西工农银行随闽西苏维埃政府，迁至永定虎岗虎西村德和店。在虎岗发行的纸币，被称作"苏币"，有1元主币、1角和2角辅币。

1931年1月，敌人疯狂进攻虎岗。为安全起见，闽西工农银行于1931年1月由虎岗撤退到溪口镇云山村的犁头山黄氏祠堂里，并在坑口设立了兑换处。

闽西工农银行并没有因为战争环境的严峻停止工作，而是在极为紧张的战火硝烟中，继续履行银行的职能。在犁头山的7个多月时间里，为稳定闽西金融市场，繁荣苏区经济，保存现金，打破敌人的经济封锁，做了大量的工作。

1931年7月，闽西工农银行随闽西苏维埃政府迁至上杭县白砂镇中洋村。具体地点为三角坪的袁建华、袁富华等村民的农家老屋。这些农家老屋的房屋结构，当地百姓称为"金包银"，即墙体内为泥巴砖，墙皮则为厚实的青砖，当地人又称火砖，后大部分被国民党兵纵火烧毁。

利用军阀混战的有利时机，全国各地涌现多块红色革命根据地，红军的总兵力达到10万多人。蒋介石慌了，于1930年12月，调集10万兵力，对以赣南、闽西为中心的中央革命根据地进行"围剿"。

红军在毛泽东、朱德指挥下，诱敌深入，采取大踏步后退、大踏步前进，集中力量打歼灭战的战略战术，一举歼灭国民党总指挥张辉瓒部1万余人,并活捉了张辉瓒。后在宁都东韶地区又将国民党第50师歼灭一半,余敌纷纷溃退。短短的时间内,打死打伤敌人约1.5万人,中国工农红军第一次反"围剿"战争取得胜利。

借助第一次反"围剿"战争的雄风,1931年8月,红军再度解放了长汀。

1931年10月23日,闽西工农银行随闽西苏维埃政府迁到长汀汀州镇兆征路158号林姓私宅。林宅坐南朝北,二层楼房,砖木结构,面积150平方米。离此地不远就是原来汀州府古老的府试院,红墙、黛瓦,里面古木参天,有朱子祠等古建筑,这里曾经是福建省苏维埃政府所在地,福建省第二届工农兵代表大会也曾经在这里召开。如今,会场还在。

红军长征以后,瞿秋白同志不幸被捕,壮烈牺牲前,就关在此处后面的一间小木屋里。

闽西工农银行迁到长汀县城后,业务范围扩大,开始办理贸易。对购入苏区急需的布、棉、盐、煤油,外销粮食、土特产品的公营或私营商店给予优先贷款,并由闽西工农银行营业部承办。

银行大力支持企业,为发展和繁荣经济服务,在今天已经不足为奇,在当时可是新鲜事。

长汀紧靠江西,当时已经和赣南苏区连成一片,在局势相对稳定之后,便成为闽西、赣南最大的物资集散地和商贸中心。经济的发展尤其是商业的繁荣,系苏区一大盛景。

进入长汀以后,闽西工农银行进入迅速发展的阶段。在庆祝该银行成立1周年的喜庆日子里,金山银山堆满堂,堂前来客熙熙攘攘。行长阮山欣然写了一首诗歌,纵情歌唱银行的业绩:

工农银行周年纪念歌

银行出世在龙岩,各县工农尽喜欢。

现在汀州开纪念，欢迎群众来参观。
银行纪念一周年，群众参观几万千。
银塔金碑真好看，人人都说是空前。
彩红花镜赛琳琅，团体机关赠送忙。
希望银行加扩大，社会主义做桥梁。
社会主义争前途，经济中心不可无。
组织多多合作社，银行帮助各乡区。
工农群众有银行，借贷唔愁无地方。
低利六厘真正好，工农合作爱分详。
赤色闽西廿万家，一家一股不为差。
工农踊跃加入股，资本天天只见加。
工农自己设银行，纸票通行各地方。
到处都有兑换处，随时可以换光洋。
阶级银行势力强，推翻封建吃人王。
一般剥削悲劳动，最近将来必灭亡。
苏联革命十四年，经济发展一天天。
创造中华红十月，劳苦工农快动员。
银行纪念共三天，庆祝欢呼万万年。
拥护全苏开大会，工农群众更争先。

  这首朴实的诗歌，不仅通俗易懂，而且包含了非常丰富的内容，把闽西工农银行的性质、任务，特别是人们关心的银行发行的纸币的信誉，用朗朗上口的民歌体的诗意语言表述出来了，因而产生了很好的宣传效果。同时，这首难得的诗歌也是对闽西工农银行开办一周年最好的总结。

第三节　搞活经济

有一种偏见，认为共产党人只会打仗，不懂得搞经济，事实并非如此。创办金融，必须搞活经济，这是普通常识，也是真理，当年的革命志士对此深信不疑。

红军再度进入长汀以后，这座古城更加繁荣，成为名副其实的"红色小上海"。

1931年，包括周恩来在内的中共中央的大多数干部经过红色交通线进入中央苏区，到达长汀，然后进入中华苏维埃共和国的首都瑞金。所有到长汀的人们，看到城内处处商店林立，市场繁荣，和被誉为"东方巴黎"的上海很是相似，都为之惊叹不已。

长汀古称"汀州府"，具有特殊的地理优势。悠悠客家母亲河汀江与粤东的韩江河连接。自盛唐开始，这里就是州、郡、路、府、专署的所在地，历史悠久，文化沉淀特别丰厚，经济发达，是闽西八县的经济、文化中心。尤其是到了明清时期，汀江的船运业得到快速发展，来往商船众多，有"上河三千，下河八百"之说，汀州成为闽粤赣三省交界处的物资集散的重镇，可谓万商云集。因此，人们赞曰："阛阓繁埠，不减江浙中州。"

进入如此宝地的闽西工农银行从此大展身手，展翅腾飞。

交通是枢纽。福建省苏维埃政府迁至长汀之后，由于有闽西工农银行作为后盾，将整修汀江河道列入重要的议程，发动各单位、商人，不仅疏通河道，而且整修了长汀水东桥、五通桥、车子关等卸货码头。还在水口建起了一座造船厂，有职工100多人，平均每三天就有一艘木船下水。

水路交通迅速发展的同时，陆路交通也随之进行，修路、架桥。古香古色的长汀画眉桥，就是当时修建的。

这又是一件轶事：在第一次反"围剿"战争中，戎马倥偬，喜欢阅读报纸的毛泽东很久没有看到报纸了。有一次，红军截获了来自白区的一个邮包，里面有不少报纸，还有书信等。毛泽东喜出望外，把报纸留下，认真阅读，并交代红军，按照国际法的规定，即使是战争时期，私人的书信也是受到保护的，应当把私人邮件送到邮局进行处理，不负那些收件人。

邮电可谓是眼睛，通过邮电这个渠道，不仅可以了解外界的信息，为决策提供重要的根据，而且可以和外界进行联系。至今，当年红军书写的"保护邮局"的标语还留在长汀县城的墙上。由于敌人对根据地的层层封锁，苏区邮路不少被切断了。

1931年春，为了加强红色区域和在上海的中共中央的联系，中央交通局开辟了一条从上海到香港、汕头、大埔、永定、上杭、长汀至瑞金的红色交通线，一大批忠诚的共产党员和革命群众在这条隐蔽的战线上工作，有些还为此献出了宝贵的生命。正是有这条恰似命脉的秘密红色交通线，不少苏区急需的贵重物资如药品等才能进入苏区的，大批干部包括中共中央的干部也是通过这条交通线进入苏区的。

对此项工作，毛泽东高度重视。

红军入闽后，1932年，福建省邮务管理局在长汀成立，并在河田设立了长汀县邮务管理局，在馆前设汀东县邮务局，在长汀城关的兆征县设邮务管理局，和省局合署办公和办理业务。后来，苏维埃共和国临时政府下属的中央邮政总局还统一印发了苏区邮票，有0.5分、1分、2分、3分、1角、3角、5角等14种，还有欠资票两种。

水陆交通等基础建设的完善和通信事业的开拓，为闽西工农银行深度开创新的领域创造了良好的条件。它们在为发展闽西苏区经济建设提供了强有力的支撑的同时，也为自身的发展、壮大创造了条件。

1931年10月，汀州市委、市政府成立以后，为了解决财政收入和支出的混乱现象，认真贯彻闽西苏维埃政府、省苏维埃政府的有关政策，根据汀州的实际情况，做出了统一财税制度、建立金融机构、稳定市场经济、促进苏区经济发展的决定。

在建立红色苏区的初期，经费主要是通过打土豪进行筹款，而根据地扩大、局势相对稳定并进入如汀州这样的中等城市之后，光靠打土豪进行筹款就不现实了，要加强财政收入，主要是依靠税收。当时，苏区尚没有建立国库，所有的款项包括战斗缴获的金银财宝，全部交到闽西工农银行保存。

最大的税源来自何方？产业以及商贸活动。

产业是城市的支柱。闽西苏区主要是农村，农民生产的产品主要是粮食以及传统的农副产品，而推动经济的发展，还需要催生商品经济，使产品变为商品。以商品交易为中心环节的贸易活动，就成为活跃商品经济极为重要的内容。传统的自给自足的农耕经济，是以个人为主、以集市贸易为主要形式进行的，而现代经济，则是以公司的形式进行商业活动。后者的优势，除了集团式的科学组织，在管理和商贸活动方面，采取的是现代工业时代背景下更为先进的理念和手段，因而可以取得更大的效益。

闽西苏区地处山区，贫瘠而落后，主要是农业经济，缺少现代工业和商业集团。即使是当时苏区最大且比较繁华的城市长汀，也只有规模很小的造纸、纺织、陶瓷、制糖、榨油、制铁、农具等手工业。如何让这些尚洋溢着传统农业经济色彩的手工业发展起来？当时采取的办法，一是发展生产合作社，由闽西工农银行予以贷款支持，把企业做强做大；二是发展消费合作社，让这些手工业产品通过消费变为商品，获取一定的利润收入；三便是组织具有一定规模的贸易公司了。

大办商业，发展对外贸易，堪称是振兴和发展社会经济、增强苏区军民实力、打破敌人封锁的重要举措。

当时，中共闽西特委书记、闽西苏维埃政府主席是邓子恢。他是务实而富有经济头脑之人。毛泽东很看重他。中华苏维埃共和国临时中央政府成立的时候，他任财政部长兼任代理土地部长、国民经济部长。他无愧是专家级的理财和管理经济的领导人。他是龙岩县人，朴实和深谙领导艺术。如今，人们常说，无农不稳，无商不活。这个道理，当时红色根据地的领导人早就了然于胸了。

苏区开展商业活动，可以为改善人民的生活服务，更为重要的是打破敌人的封锁，为巩固发展苏区的革命斗争服务。

公营企业，用今天的话来说，就是国企。它是国民经济的支柱，也是国家经济最为主要且最为可靠的组成部分。当时在汀州的公营商业，是由中央、省、市苏维埃政府投资兴办的，是社会主义性质的全民所有制的经济实体。资金就来自闽西工农银行。

办得最好的，是汀州市粮食调剂局。开办于1932年春，由省苏维埃政府粮食调剂局管辖。粮食问题是当时直接牵涉到民生和红军后勤供给的大问题。这个机构，用我们今天的视角来看，实际上就是一个国有企业，主要是经营粮、油、豆等产品，共有资金15万元。下属13个区的粮食调剂分局，负责过往部队、地方干部、红军家属的临时供应，粮油盐都凭票供应，印制面额100斤、50斤的谷票，1斤、半斤的油票。对此，老一辈的中国百姓记忆犹新，中华人民共和国成立后相当一段时间实行计划经济，城镇居民家家都有必不可少的粮票、油票。有了粮食调剂局，农民就不怕丰收时节粮食卖不出去、不得不贱卖而受商人的剥削了。

手中有粮，心中不慌。把直接关系国计民生的粮食牢牢地掌握在共产党和政府手里，这是苏区留下来的宝贵经验。

闽西的竹林多，以嫩竹为原料的纸张，是名扬海内外的传统产品。因此，1932年冬，中华纸业公司应运而生，它是由汀州市纸业合作社和纸行老板共同凑股成立的，共有资金高达20万元。年销量达8570担。该公司购销土纸盈利，成为汀州主要财政收入之一。在全国具有广泛影响的上海《申报》以《长汀造纸概况》为题做了报道。

1933年初，中华贸易公司在汀州成立，这是一家购销结合的商业公司，主要购销茶叶、烟叶、香菇、木材、药材、樟脑油等农副产品和土特产，然后从白区购回西药、布匹、煤油等苏区急需产品。由于有闽西工农银行的鼎力支持，这个公司的资本最为雄厚，使汀州成为赣南、闽西主要的农副产品集散地，为打破敌人的封锁做出了突出的贡献。

有了经费的支持，服务业同样成为苏区活跃的经济领域中的内容。长汀成为红军和苏区干部来往必须经过的地方，来自当时中共中央所在地的上海和其他白区的共产党干部以及有关人员，前往中华苏维埃共和国首都瑞金，也往往在长汀落脚。根据实际需要，长汀办起了红色旅馆，相当于今天的宾馆。红色旅馆生意不差，每天少则100多人，多则300多人，尽管是泥墙土屋，但仍是飘溢着战友情谊的温馨地方。

还有一幢气派不凡的老屋，四周是落满沧桑的青砖墙，一脚踏进去，是宽敞的大院。当年，来往的红军经过长汀的多，于是，就办起了红军客栈，若论规格，比红色旅馆稍差一些，不少红军的基层干部以及执行任务经过长汀的红军战士，都曾经在这里留下他们的脚印和难忘的记忆。

这些社会主义性质的全民所有制的"国企"，是闽西工农银行重点支持的对象，还有苏区大批的合作社，同样是在党的领导下办起来的，闽西工农银行同样大力支持这些合作社全力开展商业活动。这些合作社是具有社会主义性质的群众集资的集体经济，得到了党和苏维埃政府的鼎力支持。当时,办得最好而且颇具规模的是粮食合作社。汀州市有5个区,每个区都有粮食合作社,由个体户入股组成,其中,1933年成立的汀州市工人粮食合作社还发行了股票。入股的社员9.5折购粮,年终还有红利分成,因此大家积极地投入生产。最兴旺的时候,汀州的每一个乡都有粮食合作社。

此外,还有消费合作社、农具合作社、石灰合作社、纸业合作社、茶油豆油合作社、中药材合作社等。遍地开花的合作社所带动的商业活动,其势如滚滚大潮,成为苏区灿烂的风景。

恢复私营商业,是当时党和苏维埃政府的重大举措。闽西工农银行在其中同样发挥重要作用,给予必要的贷款等支持。汀州系私营商店云集之地,据1933年冬统计,汀州共有367家私营商店,其中规模最大的私营商店是王俊丰京果店,资本在30000元以上,经营的品种多,营业时间高达15个小时。

对待工商业,关键是政策。闽西特委、闽西苏维埃政府富有远见地实行保护工商业的政策,对于资本在200元以下的小商贩,免收税款。对于其他商人,也是按照他们实际的盈利收入确定应交的税额。

汀州有条店头街,系明清古街,如今还在。逶迤的老巷,青石板路,窄窄的,两旁绝大多数是老式的木屋,两层,下面开店,上层住人。苏区时,有上百家私营工业以及商业店铺聚集于此,成为热热闹闹的老街。而水东街就洋气多了,街面宽阔,两侧大多是有骑楼的水泥和砖混合盖成的洋楼,商铺林立。当时颇负盛名的日生堂大药行就在这条街上。

对待大资本家,苏区并没有把他们当成土豪劣绅,予以严厉打击和没收他们的财产。汀州的黄丽川是该市有名的私营粮食商人,他经营的"振兴隆"米行,资本在5000元以上。他的私宅,是一幢精美的大洋楼。能够善待并团结如此的商人,是要有相当的胸怀和远见的。

有句朴素的老话：放水养鱼。闽西工农银行正是如此，他们以坦荡的胸襟，模范地执行党和苏维埃政府制定的有关政策，为促进苏区经济的繁荣，采取开源节流的办法，尤其是尽全力支持苏区民众开展商业活动，不断增强金融的积累，强化苏区的经济实力。

第四节　初试锋芒

从传统的手工业起步，扶持和投资办好公营的工业，是闽西工农银行的一大亮点。初试锋芒，就令人刮目相看。

从传统的农业社会向现代的工业社会转变，是社会的发展潮流。如今有句人们熟知的行话：无农不稳，无工不富。如今，没有工业，特别是没有规模的现代工业以及高新技术产业，一个地方或者城市是无法繁荣和发展起来的。20世纪30年代前后，中国尚处于农业经济的阶段，多数位于山村的苏区更是如此，但闽西党和苏维埃政府的决策者，就敏锐地发现，没有公营的工业，是行不远甚至是行不通的。

落脚汀州的闽西工农银行在这方面，紧紧和苏维埃政府配合，在投资办公营的工业方面，做出了极大的努力。他们的实践，至今依然闪烁着红色时代的光芒。

他们办的工业，是直接为红军和群众服务的。

红军被服厂是一家很有影响并发挥了重大作用的工厂。

1929年3月，毛泽东、朱德、陈毅率领的红四军入闽，一举消灭了福建混成旅郭凤鸣的军队，解放了汀州，缴获了这家由郭凤鸣办的工厂。这家工厂有60多位工人、十多台产自日本的新式缝纫机，正式改名为红军被服厂，成为一家公营企业。厂里成立了工会，建立了两班工作制，每班8个小时。正因为有了这家工厂，可以组织工人日夜加班为红军制作 4000 多套军服,红四军才第一次有了统一的军装。后来,此厂成为中央苏区的第二被服厂,工人增加到 300 多人,设备也增加了,主要为红军生产军服、军帽、绑腿、子弹袋等。而今,旧址还在,系古老的周氏宗祠。身穿灰色军装的红军从这里出发,留下了无数铭刻在史册上的传奇、佳话。

中华织布厂于 1930 年夏天成立,由汀州原来的 9 个纺织小厂组成,规模不小,有织布机、手摇纺纱机 100 多台,工人 300 多人,生产格子布、柳条布、雪花布、医疗纱布等产品,不仅供应红军的军需,还供应民用。当年,敌人封锁苏区,布匹也在禁运之列,有了自己的工厂,敌人的封锁就不攻自破了。

从电影、电视中经常看到红军背着画有红色五角星的斗笠行军,多数的斗笠就来自红军斗笠厂。该厂是 1931 年冬天成立的,由汀州个体斗笠工人组成。共有工人 108 人,干部 3 人。

这是一个意味深长的插曲:毛泽东对这个厂很关心,1932 年,已经担任中华苏维埃共和国临时中央政府主席的他,亲自到这个厂视察。他提出了改进斗笠式样的建议,把尖顶改为平顶,便于红军战士在行军途中就地休整时垫头睡觉,并在斗笠面上印上"红军斗笠"四个字。从此,红军斗笠显得更为大方、漂亮,还飘溢着伟人赋予的几分豪气。

红军印刷厂是以长汀毛铭新印刷所为基础组建的。1929 年 3 月,曾经为首次入闽的红四军承印各种文件,如会议决议、布告、政治纲领等。1931 年 11 月,全国苏维埃第一次代表大会胜利召开,该印刷所工人曾经专门赶到瑞金,承印大会的文件和大会的日刊。后来,在长汀组建了红军印刷厂和列宁书局,专门印刷闽粤赣省委主办的《红旗》周报和少共中央编辑出版的《青年实话》周刊。该厂设备和技术在当时很不错,还能承印套色的马克思、列宁图像和红军指挥员用的军事地图。舆论是重要的工具,可以产生难以估量的思想和精神力量。高度重视舆论宣传，并采用现代先进的印刷技术，是共产党和红军的光荣传统之一。

四都兵工厂原来称闽西红军兵工厂，1931年迁到长汀的四都村，改为福建兵工厂。有工人140多人，主要是制造子弹、三刃刺刀、枪托，还能制造毛瑟枪、手榴弹、地雷等武器。红军的武器，原来主要依靠战场缴获，正如《游击队之歌》所唱的："没有枪、没有炮，敌人给我们造。"蒋介石更是被红军和以后的人民解放军调侃为"运输大队长"。缴获虽然重要，但往往要付出生命代价。能够自己生产武器，情况就大不相同了，可以大批量地生产，武装红军和革命群众。人们或许从革命前辈的回忆录中发现这样的细节，在激烈的战斗过后，尽量要把子弹壳捡回来，就是因为我们有自己的兵工厂，可以造子弹。

盐，人们维持生存的必需品。为了达到把苏区军民困死的罪恶目的，白区的国民党军队严禁盐进入苏区。为了解决盐的问题，苏区政府、红军、革命群众想了许多办法，甚至有些人为了从白区把盐秘密运进苏区，壮烈牺牲在敌人的屠刀下。

面对如此的严峻局面，1934年长汀在6个硝盐厂的基础上，建起了熬盐厂，有职工60多人。每天可出盐20多斤，在一定程度上解决了因敌人封锁造成的缺盐问题。

铁，制造武器和人民生活必不可少的原料。在一片密林之中，借农村闲置的老屋，办起了濯田炼铁厂，又称中华炼铁厂。它是1932年创办的，1933年有职工200多人，为红军的军事工业提供原料，也为老百姓制造日常生活用具提供原料。

这是一个很有意义的小故事：国民党军队疯狂"围剿"苏区，烧杀抢掠无恶不作，连老百姓家中做饭用的铁锅也被这伙匪徒砸了。有一段时间，苏区铁锅奇缺。于是，长汀办起了一家公办的铸锅厂，解决了这个难题。

冬天来了，红军被服厂需要给指战员增添衣被，于是，汀州弹棉厂应运而生。该厂建在一座有大院的老屋之中。有职工20多人，收集旧棉花进行加工，日弹棉花达4000多斤，制作棉被30多床，全部供给红军被服厂和制药棉的医院。古韵悠然的嘭嘭弹棉声，奏响了苏区军民自力更生战胜困难的乐曲。

长汀水运发达，江上舟楫成行。1932年春，造船厂成立。地点位于临江的长汀县水口区。有工人200多人，聚集了不少能工巧匠，三天就可造一条木船，为促进汀江水运做出了重大的贡献。

樟脑，闽西山区的特产之一，是制药的重要原料。1932年，樟脑厂在一个山村里成立。

此外，公办的企业中还有造纸厂、砖瓦厂、石灰厂等。

当时，苏区实行一条政策，禁止黄金、白银外流，取缔金银投机活动，随之办起一家颇为特殊的工厂，那就是闽西工农银行附属的熔银厂。该厂由银行的营业部直接管辖，任务是把收集起来的闽西妇女佩戴的银饰物、群众使用的银器和稀少的金质制品进行熔化，银质的制成银饼，送到中央银行制成银圆、银角，金质的则熔成金条，分为5两、10两两种。在苏区，金银只买不卖，而将这些银圆和金条拿到敌占区换回苏区必备的物资。

综观这些公办的工厂，人们可以发现一条规律：最早的人民共和国金融业，是和实业紧紧相连的。这不仅是当时敌我生死较量的时代大背景下的必然结果，更是人民共和国金融的催生剂。

汀州公办的这些工厂，用今天的目光来看，都是规模不大的地方企业，但在四面处于敌人重重包围的苏区，却是发挥了难以估量的重大作用。值得特别注意的是，它一开始就特别注意扶持和投资具有社会主义性质的公营企业即今天的国有企业，这些企业是支撑国民经济的脊梁，没有这些企业，国家无法真正强大起来。毫不动摇地支持公营企业即国有企业，是金融业坚定的选择。

当然，时代变了，支持的方式、方法、内容都发生了根本的变化。但作为党领导下的金融业，立足点并没有变。当年，以闽西工农银行为代表的红色金融，是共产党领导下苏维埃政权的重要支柱，直接关系到苏区的发展、繁荣，它把公营企业放在重要地位；今日，我们国家正处于深刻的改革开放大潮之中，传统的国有企业同样经历着巨大的变革，在体制、机制上都发生了重大的变化，但那些堪称国家顶梁柱的产业，如军工、能源、交通、航运等国企，依然是国家银行重点扶持乃至投资的对象。

共产党领导的金融业，并不是关门赚钱，从其源头来看，就是和党的事业、政权的稳固、人民的需要生死相依的。

长汀的公营企业有一家有点特殊，那就是列宁书局。它不是普通的工厂，而是红色出版的发行机构，1931年春在汀州成立，成为中央苏区新闻出版事业的发祥地。曾经为红四军翻印各种文件、布告，还出版了《红旗报》《战线报》《苏区工人报》《列宁青年》等报刊，成为党和苏维埃政府重要的喉舌。理论是行动的指南，舆论则直接影响社会思潮和人们的观念，这家书局，既是红色的舆论阵地，又集出版、发行于一体，在当时产生了不可取代的作用和影响，而人们今日在闽西众多的红色纪念馆和博物馆中所能看到的已经发黄的苏区文件和报刊，也赖于当年列宁书局的特殊贡献。

当年，闽西工农银行根据"苏维埃经济建设的中心是发展农业生产，发展工业生产，发展对外贸易与发展合作社运动"的方针，以50%的资金用于发放各种贷款，为苏区经济建设服务。仅仅从当年的支持和投资公营企业的组建、发展，就可以清晰地看到他们毅然奋进的动人风采。

第五节　服务全局

金融的作用，用"命脉"这个沉甸甸的词来表述并不为过。闽西工农银行不仅行使银行的职责,而且是苏维埃的金库。

1931年11月6日,曾任闽西工农银行营业部主任的曹菊如在《列宁青年》第5期上发表一篇激情洋溢的文章《闽西工农银行一周年》,在此文中,他总结了闽西工农银行所完成的任务。

它提出了大批资金借给合作社,帮助其营业发展,以减少资本主义的剥削。

它在粮食缺乏的时候,以巨额资金帮助各县建立粮食合作社,使苏区的粮食得以调剂。

它以低利借资金给农民,直接帮助了苏区生产增加,尤其是本年造纸业的生产,得到银行很大的帮助。

它向汀连南阳铸铁合作社投过巨额资金,现正积极地帮助该合作社本身组织的健全和扩大。

它以大批现金收买首饰银器,使群众久搁无用的死的银器,能够变换活的现金使用。

它为了调剂金融而发行兑换钞票,同时,保存现金取得了很好的成绩,准备金充足,所以工农银行的纸票比苏区内流通的任何货币的信用都更好。

短短的一年时间,闽西工农银行取得了辉煌的成就。亲身拼搏在苏区金融第一线的曹菊如感同身受,怎能不为之欢欣鼓舞!始终坚定地站在为工农谋利益、为红色苏维埃政权理财的立场上,是他们坚定的原则。当闽西工农银行重新移到苏区的中心城市汀州,具有更为广阔和厚实的平台之后,对于未来更大规模地发展其业务的天地,曹菊如同样发表了很好的意见,它既是展望,更是银行努力的方向。

它要从实际上使群众明了，工农银行是他们自己的银行，每一个赤色群众都应该加入自己的银行。

它要与各大城市的商家发生联系，帮助他们沟通赤、白区域的贸易！

它要在冲破敌人封锁这一任务之下，一方面帮助苏区生产品之增加和输出，另一方面运进大批日用必需品，以供给群众之需求！

它要以更大的力量帮助各种合作社组织的发展，用更多的资金、低利借给合作社，以发展社会经济。

务实却不乏远见。闽西工农银行服务的范畴是全局的。用一句有点诗意的话来形容：苏区的天地有多大，工农银行服务的世界就有多大。

今天，重新审视这段历史，让人感慨不尽的是：规模不大的闽西工农银行，只有区区十多个人，几间小小的老屋，外加一个专设的营业部，尚不如现代银行的一个处，却把触角延伸到苏区的各行各业，延伸到千千万万工农群众的心中，让整个苏区感到温暖、自信，感到处处充满了活力。这真是天下奇迹！

闽西工农银行不愧是中央苏区的金融典范！

回首当年闽西工农银行所在地的汀州，正是因为有了它的支撑，全区的合作社越办越多、越办越好，组织起来的农民、工人、手工业者，通过自己的劳动，摆脱困境，发展生产，改善生活。人们深深地感激在他们最困难的时候，银行伸出援助之手。正因为如此，苏区上百万的工农大众，把闽西工农银行视为自己的银行，十分踊跃地入股，深深扎根在工农大众中的银行才有了源源不竭的资源，才有了无比丰厚的资金积累。

公营的工业、私营的企业，还有数百家的商店以及大大小小的商家，他们都聚集在这家银行的麾下，竭尽全力，开展对内、对外的商业活动，以汀州为中心的经济就是这样活跃起来的。有商业活动就有税收，这是苏区最为主要的经费来源。苏维埃政府有了这一财源，不仅可以为扩大生产增加投资，还可以开办文化教育卫生体育事业。为此，苏维埃政府的一个新机构——文化部应运而生。

金融的发展带动经济，经济的繁荣带动文化，文化的蓬勃生机则极大地激发了群众昂扬的革命精神，提升了群众的思想境界，丰富了他们的业余生活，使苏区的人民群众深深地热爱共产党、热爱红军，热爱这片美好的家园，并因此焕发出坚如磐石的信念和冲天的斗志。从物质到精神，而精神的飞跃所产生的力量，排山倒海，无法阻挡！

这一良好循环的形成，是何等的令人振奋！闽西工农银行谱写了服务大局的美好篇章。

闽西山歌，是闽西广大群众非常喜爱的传统艺术形式。苏区时期，苏维埃政府经常利用召开纪念会、代表会等机会，组织优秀的民间山歌手唱红色山歌，借此唤起工农群众的革命热情，歌唱苏区群众的幸福生活。

这是一首可以和《十送红军》媲美的流传苏区的红色山歌：《韭菜开花》，又叫《剪掉髻子当红军》，歌词是：

  韭菜开花一管子心，
  剪掉髻子当红军；
  保护红军万万岁，
  剪掉髻子也心甘。

  韭菜开花一管子心，
  剪掉髻子当红军；

红军保护老百姓，

　　福建人民皆欢心。

　　这首山歌用闽西的民歌调唱起来，很感人，堪称经典之作。闽西苏区的客家妇女，如韭菜花，清纯且不乏凛然风骨。她们忠诚革命、热爱红军的赤诚之心，不知感动和动员了多少革命群众。

　　在浓郁的红色文化氛围中，1932年，苏维埃剧团成立，从最早的20多人发展到后来的40多人。1933年5月，汀州市工农剧社成立。他们成为苏区革命文艺的轻骑兵，跋山涉水，经常到农村、部队演出，受到群众和红军指战员的热烈欢迎。

　　经过闽西工农银行的不断努力以及群众的支持，苏维埃政府的财力越来越强了。在烽火连天的战争岁月不得不放弃的教育，在局势相对稳定之后，被提到议事日程上。苏区教育废除旧教育，以全新的共产主义为内容，把树立阶级观念和为革命战争服务作为重要内容，着重抓儿童教育和社会教育，提高了群众的文化水平和阶级觉悟。

　　当时，汀州市的各个区、各个街道委员会都设有小学，全县还有一所列宁中心，教材采用中央教育委员会编写的儿童读物，完全实现了500个居民一所小学的目标。这些学校教育全部是免费的，17岁以下的儿童和青少年都得到接受教育的机会。群众教育也不落后，100个居民便有一所夜校。在夜校里扫盲、识字、补习、学文化，开展俱乐部活动，很是活跃。儿童教育、义务教育、社会教育的欣欣向荣，令苏区洋溢着一片勃勃的生机。

　　更让人振奋的，因为苏区有了经济保障，高层次的专业学校也随之诞生。其中颇有影响的有：1931年，闽西彭杨军事政治学校迁到汀州市郊罗坊的雷公寺。这是一所培养红军骨干的学校，长汀籍的少将刘昌，是四都人，就是从这所学校走出的。

无线电在当时属于高科技的范畴。1931年，红一方面军总部在汀州开设第3期无线电训练班，学员有36人。从这一期开始，训练班改为红军无线电学校，开始设在汀州一条老巷的黄宅，后来迁到罗家祠，为红军培养了不少急需的无线电人才。

汀州城里有座万寿宫。1931年，一所看护学校就办在这里，第一期招收学员60人，每期2个月，学习的科目有普通内外科诊断、治疗、扎绷带、急救、看护常识与卫生常识。此外，还有一所比较高级的红色医务学校，招收学员20名，由汀州著名的福音医院院长傅连暲兼任校长。令人惊叹的是，从这所学校走出了3位将军：中将傅连暲，少将叶青山、涂通今。与此同时，红军后方医院、红军制药厂、中央卫生材料厂也办起来了，为保障红军指战员的健康和战场救护发挥重大作用。

人们很难想象，在当时的条件下，汀州的体育事业同样是生龙活虎，满目春光。1933年8月2日，盛况空前的"八一"赤色体育大会在汀州的列宁公园举行，来自红军以及苏维埃各区的运动员同场竞技，观众更是人山人海。1933年12月7日，福建省苏维埃政府教育部组织军民在列宁公园举办全省教育游艺大会，异彩纷呈，展现了苏区的崭新面貌。而福建省军区在汀州召开的运动大会，参加者有红军，还有赤卫队等，雄风飒飒，虎虎生威，极大地鼓舞了人们的斗志。

金融如乳汁，滋养了苏区，滋养了那个铭刻史册上的红色岁月。闽西工农银行给汀州包括整个苏区所做的奉献，厚重如山。

从汀州走出的人们永远不会忘记遗落在那片热土上的不凋记忆。1962年1月，中共中央在北京召开扩大会。即历史上著名的"七千人大会"。在这次会议上，毛泽东突然问时任福建省委书记的叶飞："长汀老古井现在还有没有水？"叶飞被问懵了，回答不上来。毛泽东为什么会突然想起长汀的一口"老古井"呢？

原来，这口古井在汀州古城卧龙山脚下，历史悠久，井旁就是繁华的闹市和著名的福音医院。1932年秋，毛泽东从江西宁都来到福音医院治病疗养，就住在福音医院休养所里。毛泽东每天清晨都到这口古井旁洗脸、漱口，平时也用这口古井里的水洗衣服。这口井的水清冽甘甜，四季不竭，冬暖夏凉。老百姓经常到老古井挑水、洗菜、洗衣服。细心的毛泽东发现，这口老古井的井底积了不少淤泥，对水质会产生影响，他带了警卫战士亲自下井，把这口老古井彻底清洗干净了，受到人们的赞扬。

毛泽东在这口古井旁和群众打成一片，并借此了解群众的冷暖，发现当时苏区政府只是一味地扩大红军，而不关心群众的日常生活，于是，写了《关心群众生活，注意工作方法》一文，及时提醒、告诫苏维埃政府的干部，成为经典性的一篇指导文件。毛泽东和汀州古井的故事，也传为佳话。

闽西工农银行同样如古井中汩汩涌出的清泉一样，不仅滋养着闽西，而且为其他苏区提供了借鉴的经验。当时，闽北苏区也建立了银行，但比闽西工农银行迟了一年多。

1931年8月，闽北分区党政机关从崇安的坑口迁往大安，于这一年的冬天正式成立"赣东北省苏维埃银行闽北分行"，由徐福元、林汉卿等人先后担任行长。闽北分行成立以后，先后在各县建立了支行和兑换所。该银行运行的模式和闽西工农银行基本是相同的，不过，资金开始很少，只有3000多元。后来，从闽北红军攻打赤石所缴获的20万元银圆中拨得3万银圆充作银行资金。

1933年初，崇安少先队分别向土豪筹款2500元，向富农借款1393元及一些金银作为资金。他们也向群众集股，但遭遇到不少困难，进展不大，至今没有确切的数目。1932年，闽北分行也开始发行纸币，1933年1月开始铸造银圆。为了便于开展对外贸易，1932年3月，闽北分行发行了面额为50元、100元的兑换券，白区商人进入苏区做生意，可以运用这种兑换券购买苏区的物资，从而消除了白区商人的疑虑，在一定程度上促进了苏区和白区的物资流通和贸易活动。

全国的不少苏区，都学习和仿照闽西工农银行，纷纷建起了银行。闽西苏区的金融，无疑成为全国苏区的一面旗帜。

时代变迁，沧海桑田。今日长汀，更为繁华壮丽。闽西工农银行的旧址，静静地伫立着，是深情地守望并没有远去的历史，还是如哲者一样，默默地思考、回味那留下的耐人品味的启迪呢？

第三章　独占鳌头的股票

一提起如今现代社会业界和股民追捧的股票，就有说不尽的感慨乃至悲欢离合的故事或传奇。不得不佩服当年的中国共产党人，他们无比睿智地运用股票这种形式，谱写了红色金融的壮美诗篇。尽管 90 年过去了，但人们依然可以在这些先驱者身上，感受、体味、领略到令人怦然心动的永恒。红色苏区金融不愧是人民共和国金融试验和探索的先声。

第一节　追本溯源

有两张极为珍贵的革命文物，一张由龙岩市农信系统干部珍藏，一张珍藏在古田会议纪念馆。它们是闽西红色金融最有力的见证之一。

第一张是永定县第六区信用合作社的股金收据，是 1930 年 4 月 15 日，中央苏区永定县第六区信用合作社发给入股的社员张初求的股金收据。长条形，票据用闽西出的毛边纸油印。久经岁月，如今页面已经变得暗黄色，但图像和字迹依然清晰可见。最上方印的是五角星以及闪光的线条，内嵌锤子和镰刀，象征工农大众。中间印着"兹收到张初求缴来的股金壹圆正此据"。落款处有发行单位的红色条形印章，骑缝处加盖红色圆形图章。

第二张是股票。时间是1930年4月30日，中央苏区永定县第一区信用合作社向入股的社员茂春元发行的正式股票。股金两圆整。股票的底色原为水红色，四周印有浅灰色的水印花边，覆盖着褐色图案，上方印有红色五角星和"永定县第一区信用合作社""股票"等字样，中间为椭圆形地球，左、右上方插着两面红军的军旗。标志地球赤道的中间环形飘带上，有"世界大同"四个字。下方用长条横格设计，分别印有持股人的姓名、住址、年龄、职业、股数、股金、日期、经手人赖祖烈的私章。骑缝处加盖永定县第一区信用合作社的红色圆形公章。

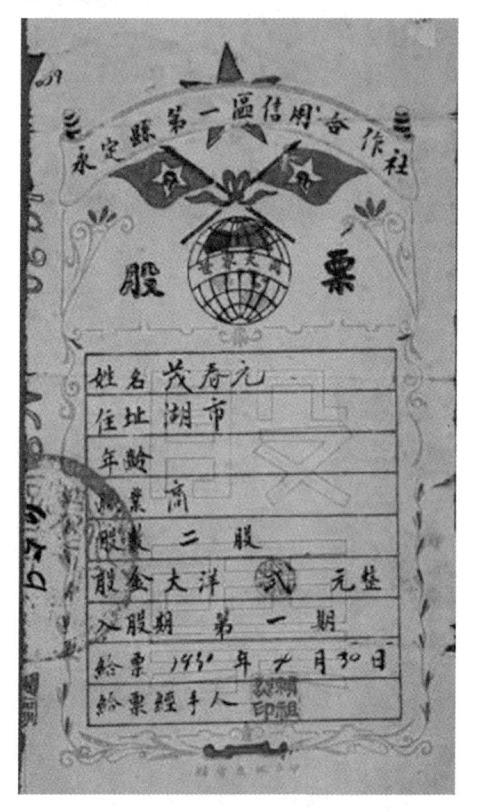

1930年4月30日永定县第一区（丰田区）信用合作社发给茂春元的2元股票（永定区委宣传部提供）

有此为证，福建永定县苏区，被誉为"中国红色金融第一股"的诞生地，在人民共和国的金融史册上，具有不可替代的地位。

中国的股票是从什么时候开始的？这是一个很有意思的问题。

根据专家考察研究，中国的股票最早的萌芽，是清顺治三年（1646）南平县邓坑村（今属峡阳镇）张世哲的荒山合股造林契约。契约的内容包括时间：清顺治三年（1646）农历十二月；缘由：南平县邓坑村有祖遗荒山一片，坐落在邓坑屋基坪，由应春胜、王代清等7人承植杉木，合股开辟荒山。双方议定：日后杉木长大可以出售的时候，所得收益按照二、八股分成，即山主得二股，承植者得八股。这个契约为《对植杉木双方合同》。可贵的是，它不仅是民间契约，而且加盖了官府公章，分别有汉文、满文的"南平县印"，因而具有股票的基本性质。这份中国式的民间契约，比英国的股票早得多。后来，陆续还发现了清朝雍正、道光等年间类似的契约式的股票。因此，简单地把股票当作资本主义国家的东西，是不符合历史事实的。

据专家研究，我国的第一张股票发行于清同治十一年（1872），当时上海商人朱其昂、朱其诏在李鸿章的支持下组建的轮船招商局，向公众发行股票，成为中国第一家具有现代意义的股份制企业。第一张近代的股票因此诞生。

苏区股票的来源，和毛泽东有着直接的关系，是毛泽东强调的依靠群众、发动群众进行苏区建设，并通过建立各种合作社发展经济思想的硕果。

毛泽东和永定有着特殊的缘分。

1929年5月23日，毛泽东率领红四军攻打龙岩城并取得巨大胜利之后到达永定，住在坎市的"正夫楼"里。召见了闽西的诸位领导人和骨干邓子恢、张鼎丞、阮山、赖祖烈等，亲自主持召开了永定县委会议，成立了永定县革命委员会，建立了苏维埃政权。这年的7月，毛泽东在蛟洋文昌阁指导召开了中共闽西第一次代表大会，对闽西的土地改革、政权建设、经济发展制定了各种策略。

同年的8月21日，被迫离开红四军的毛泽东化名杨子任，秘密来到了永定的牛牯扑，在华兴楼和深山之中一座简陋的草寮，整整住了28天。

在这期间，毛泽东边养病，边思考党和红军建设的诸多问题以及前途、命运，并经常接见闽西党政领导人，如邓子恢、张鼎丞、阮山、卢肇西、陈正、卢其中、曾木林、陈兆祥、陈海涵等，和他们商讨根据地建设中的各种问题，并提出解决问题的办法。在这段时期，毛泽东还到永定的湖雷、溪南、虎岗和上杭的白砂、蛟洋等地进行社会调查。

发展合作经济是毛泽东一贯的经济思想，正是经过他的耐心的思想工作和引导，闽西的党政领导对合作经济高度重视，并落实到实际行动之中。

1929年9月30日，中共闽西特委发出《关于剪刀差问题》即中共闽西特委第七号通告，详细分析了暴动之后建立起来的苏区出现严重的"剪刀差"问题的原因和解决办法，明确地提出大办各种类型的合作社以摆脱困境的决策。

于是，闽西特委和苏维埃政府连续发布了一系列关于鼓励群众大办合作社的文件，并采取切实有力的措施，扶持、支持办信用合作社、生产合作社、消费合作社以及各种专业类型的合作社，如缝业合作社、铁业合作社、纸业合作社、刨烟合作社、盐业合作社、犁牛合作社、粮食合作社等。这些合作社的种类、名称虽然多，但性质是一样的，那就是股份制经济。成立初期，经济上并没有积累，而且大家都比较穷，人们在党和苏维埃政府的领导下组织起来，目的是克服眼前存在的困难，为群众提供帮助，发展生产。各类合作社不少都先后发行了股票。

最早发行股票的是信用合作社。其初衷是抵制高利贷剥削，帮助社员群众解决因贫困和国民党的封锁造成的困难。最早的资金得到了苏维埃政府的有力支持。募集资金的办法就是发行股票。为了让群众放心，往往由政府出面进行动员和帮助发行等工作。根据出资情况，发给每个出资人一张记名式的股票，一般以家庭为单位，每股大洋1至5元。凭借股票分红。即使暂时没有印制好的股票，也发给临时的收据。参加信用合作社的社员就可以享受低利借贷等优惠，年底还有分红，因此，得到了苏区群众的欢迎和支持。

生产合作社、消费合作社以及各行业的合作社，在闽西特委和各级苏维埃政府的直接领导下，如雨后春笋般蓬勃发展起来，成为苏区群众充分运用组织起来的力量发展生产、战胜困难、丰富苏区的物质财富的重要经济组织形式。尤其是中华苏维埃共和国成立之后，苏区局势相对稳定，发展更是迅速。各个合作社通过发行股票，增加了资本，有了经济实力，发展生产就有了保障。不少手工业等行业工人失业问题也得到解决了。

消费合作社在推动和促进苏区商业活动发展中发挥了很大的作用，它的组织遍及乡村、工厂、学校、机关以及城市街道、部队等单位，因为直接牵涉到人们的日常生活，所以自愿参加者众多。这一联合起来的股份制经济组织具有强大的活力。对于外来的工业品，大量买进、零星出售；对于本区的生产产品，则零星收购，大量卖出。因此，一般都有盈利。合作社赚来的钱，除了按照比例提留公积金，按照社员所持有的股份进行分红。凡是入社的社员既可以比较便宜地买到自己所需要的商品，又可以更高价地出售他们的产品，得利颇多。因此，很受人们的欢迎。

消费合作社的股票形式也多种多样，有正式股票，也有临时收据，有纸质股票还有布质股票，有的还和购买证结合在一起，可以两用，实用而灵活。

股票是股份制企业以及其他经济合作组织发给股东以证明其入股份额并有权取得股息的书面凭证。当年苏区采用的都是有形股票。如今，进入互联网时代，按照我国证券监管部门的规定，实行电脑无纸化上网发行股票，有形股票退出了市场。因此，当年苏区发行的各类有形股票就显得更为珍贵了。

闽西工农银行同样也采用股份制，发行股票，它和合作社的股票有区别吗？

从合作社的股票到闽西工农银行的股票，从形式上看似乎没有什么不同，但显然是升级了，其性质发生了根本性的飞跃。合作社经济属于集体经济，合作社的股票属于集体经济组织的股票。而闽西工农银行属于闽西苏区苏维埃政府，不仅区域范围扩大，而且属于全苏区人民所有，这个银行显然属于社会主义全民所有制的性质。从小集体到全民所有，一个了不起的腾飞。它意味着苏区经济发展的欣欣向荣，更为重要的是，闽西特委和苏维埃政府在领导苏区金融事业方面走向成熟。

闽西工农银行首期发行的股票的目标是募集 20 万股。这是一个惊人的数字，其蕴含的金融体量是前所未有的。它具有极为深刻的内涵，因为银行发行股票，并非仅仅是募集社会资金，而是需要有强大的资本作为后盾的。当时，没有国库，闽西工农银行就是闽西苏维埃政府的国库。所有打土豪和战争中所缴获的黄金、白银以及当时流行的大洋，都存在这个银行了。随着苏区经济的恢复、发展、繁荣，苏维埃政府税收方面的收入也增加了。这两笔重要而且不菲的收入，都成为该银行厚实的金融基础。有了它，闽西工农银行就可以放开手脚地把金融事业做强、做大。用今天人们熟悉的一句通俗的话语来说，就是可以办大事、创大业，用钱去赚更多的钱。

股票的来源是股民。作为股份制银行，股民就是银行的上帝，无数股民就如源源不绝的流水，从汩汩山泉到小溪、小河，最终汇成滚滚的江、河、湖、海,形成银行的综合实力。从这个视角看,当时闽西广袤的苏区,近百万的苏区群众,都是这个银行的支持者,这是他们自己的银行,也就是说,闽西工农银行拥有近百万群众作为后备股民的基本队伍,有了他们,便有了真正的金融来源。在这方面,闽西工农银行继承了合作社的优秀传统,入股的门槛不高,只要一个光洋就可以入股。而且,大胆地吸收商人入股,利用民间资本和商业资本。这种气吞云梦的胸襟和气魄,是以前的合作社无法做到的。

中华苏维埃共和国临时中央政府成立以后,国家银行在瑞金叶坪成立。闽西工农银行改名为中央苏区银行福建分行,更为彰显了其国有银行的性质,其发行的股票不是地方性的股票,而属于国家银行的股票,其含金量更是以前的合作社无法比拟的。

红色股票的诞生、发展实际是闽西苏区经济发展的缩影,也是中国共产党领导的金融业不断前进并走向成熟的见证。人民共和国金融之源在闽西,是闽西人民的光荣、福建人民的光荣,更是中国共产党的光荣。

第二节 股票

这里有一张闽西工农银行发行的股金收据和股票。这些珍贵的革命文物,现在已经成为无价之宝了。

股金收据朴素大方。横排,正楷字。底色原为浅红,时代久远,已经淡化为浅灰色。四面有花边装饰。顶端是"闽西工农银行股金收据";下有编号:33606。

正文为:

今收到股金计大洋

张初求大洋壹元合给

收据俟本行开幕后再换正式股票

此据

　　　　　　　　　　　　　　代收人　张隆太

　　　　　　　　　　　一九三一年二月九日　给

　　收据的设计比较简单，股票就不一样了，构图讲究，富有丰富的内涵。

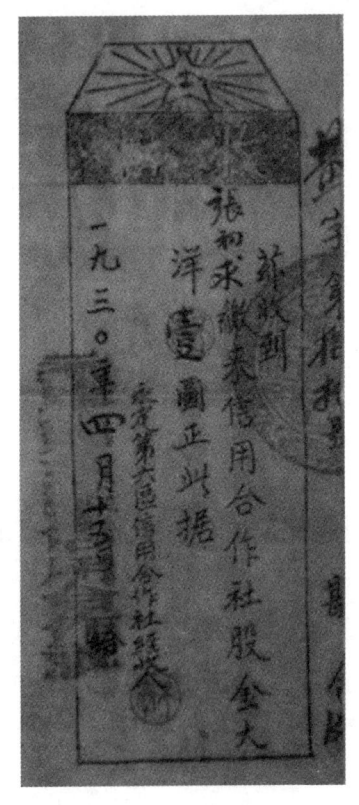

永定第六区信用合作社收据
（红色农信诞生地展览馆提供）

这是闽西工农银行的一张正式股票。原来色彩同样为浅红色。票面的上方中间是马克思、列宁的头像，两侧各插着一面红军的军旗。中间飘带式的小环形上，端端正正地印着"闽西工农银行股票"。左侧盖着闽西工农银行行长印。上面盖了一个红色的方章。右侧有几行文字说明，已经看不大清楚，大意是关于股票流通和红利分配的内容。中间写着"壹圆"。下面是日期"一九三二年三月"。再下面印着"此票给　省　县　区　乡　人收执"。最后的下面有6个小小的长方形的方框，框内的上面是"凭票照付"，下面分别是第一、二、三、四、五、六期的红利。有点特别的是并不按照顺序，四、五、六期在上，一、二、三期在下。据说，这张股票如今在拍卖市场上，价值20多万元。

　　闽西工农银行首期募股20万股，每股1元，后来又接着募股，股票在民间应当不少，但现在已经很难寻觅了。一是当时股民手中的股票，基本上都去兑换了，每期的红利，人们一般是不会放弃的。二是红军长征前夕，闽西工农银行被迫关闭，信守诺言，通知股民拿着股票去兑换大洋，以免受到损失。三是国民党军队攻陷苏区之后，实行极为残暴的"三光政策"，不仅到处杀人放火，杀害共产党人和革命群众，而且把苏区所有留下的材料，包括股票、苏区货币等全部烧毁。现在能够发现的，是苏区的共产党人和革命群众冒着生命危险精心保存下来的极少的部分。

　　重新审视闽西工农银行以及许多合作社发行的股票，人们可以发现什么呢？

　　红色元素。这是当时股票的最为显著的特点。那是一个"红旗卷起农奴戟"的红红火火的大革命时代，千千万万的劳苦大众在中国共产党的领导之下起来闹革命了，他们终于砸碎长期捆绑在身上的锁链，推倒压在头上的三座大山，成为这块土地的主人。共产党之所以得人心，是因为的确是为劳苦大众谋解放、谋利益服务的党。

苏区建立之后，最能够得到劳苦大众支持的，就是实行土地改革，真正实现新民主主义革命的"耕者有其田"的目标。其时，闽西苏区处处是毛泽东所吟唱的"分田分地真忙"的一片喜洋洋的景象。因此，人民是真心诚意地拥护共产党，从心灵深处感激共产党，决心跟着共产党走，相信中国共产党所奉行的马克思列宁主义、共产主义学说。

于是，苏区所发行的股票，都蕴含着浓郁的红色元素。其中有人们崇敬的马克思、列宁等领袖人物头像。红军是人民的子弟兵，面对国民党的疯狂"围剿"，老百姓心里更是明白，只要有共产党领导的红军存在，他们的生命、生活、土地等就有坚实的保障。红军是他们的保护神。因此，无论是合作社的股票还是闽西工农银行的股票，都有红军的军旗。信仰是了不起的伟大力量。从一张张小小的股票上，而今的人们可以清晰地感受到当时浓烈的革命气息。

股票是时代的记录。红色股票之珍贵，不仅在于罕见，而且在于有沉甸甸的政治、思想内涵。

民本元素。从当年的红色股票中，人们可以深深地感受到，尽管每股只有 1 元，但对每个股民都十分尊重，股票的页面上，不仅清晰地印着股民的姓名、地址，而且对股民十分关心的红利分红，也有详细的记录。虽然，当年买苏区股票的人们，并非都是为着赚钱而买的，主要是对共产党的支持和信任，但不可否认，作为俗世中的他们，每日也需要为柴米油盐操心，同样会考虑到经济的因素。如今天的股民一样，有投资就希望能够有点盈利收入。敬佩当年党和苏维埃政府领导，他们没有高高在上，夸夸其谈地空讲大道理，而是切实地为股民着想，有了红利，首先想到他们。这种高尚的情怀和共产党人的宗旨"人民至上"是完全一致的。

兼用元素。从现在可以收集到的红色股票看，印刷的质量尽管不一，有比较精致的铅印，也有简陋的木刻甚至是油印的，但都是股权的标志，而且不少是收据和股票共为一体。有的股票还和社员证连在一起。

美学元素。当时苏区条件很有限，但人们对股票的设计，还是力求美观大方，多数的股票设计尽管并不复杂，但给人们的感觉却是清清爽爽，一目了然，有一种特殊的美感。闽西工农银行发行的股票、闽西列宁书局发行的股票，设计是最为讲究的，处处闪烁着设计者的苦心孤诣，既有丰富的政治内容，又不乏专业的设计，像一张宣传画，又是富有含金量的股权证明书。据研究者发现，当时的"胜利县总商店集股证"，设计还有点"另类"，不是纸质的，而是用布制的，用一面红布和一面白布缝制而成，剪成优美的椭圆形，上方还有根挂带，可以佩挂在身上，被称为"挂在身上的股票"，美观大方，的确有十分难得的创意。

股票的设计多种多样，与它紧紧相连而展示出来的股份经济的强大活力，更是令人感到振奋不已。

共产党领导的旨在推翻国民党反动统治的暴动或起义成功以后，广大的农民依然处在十分贫困的境地，依靠打土豪所得到的粮食、金钱毕竟有限，因为不少还要作为红军或地方武装的经费。如何使苏区的劳苦大众在敌人不断"围剿"的情况下恢复生产、渡过难关并进而发展苏区经济？应当选择走什么样的道路？于是，采用了动员群众、组织群众、大办合作社、建立股份经济的办法。实践证明，这不愧是一条光明大道，一条可以让苏区群众富裕起来从而繁荣苏区的道路。

股份制在当时为什么可以发挥如此重大的作用呢？

最浅显的道理是群众组织起来了、团结起来了。众人拾柴火焰高，用今天的时髦话语来说，就是抱团取暖。大家互助合作，相互帮衬，团结的确能够产生力量包括克服困难的信心、勇气、智慧。当时实行股份制，并非仅仅是经济的因素，更为重要的是政治、思想的因素。群众的力量是无穷的，相信群众、依靠群众的原因就在这里。

如果用经济学的观点进行分析，当时，股份制是使国家、当地政府、人民群众分享社会资源，促进社会生产力发展的最佳方案。农民分得了土地，但个体经济是单薄的，无法深入地融入社会发展的大潮之中，通过组织各类合作社的形式，个体就融入了集体，集体融入了当地政府和中华苏维埃共和国即国家，这样一来，三位一体，社会资源包括土地、市场、商品流通、人员等要素都鲜活起来。用通俗的话来说，股份制就像一座桥梁，让个体农民走上集体道路进而进入社会良性大循环之中。

当时实行的股份制是一种合作形式，并没有转变土地的私有制度，分给农民的土地依然采取一家一户的形式进行耕作，这保护了农民的劳动积极性。这是当时的共产党人和苏维埃政权非常睿智和成功的地方。保护农民的劳动积极性，是一个极为实际而重要的课题。改革开放初期农村实行土地承包，之所以能够发挥神奇的作用，就在于它又一次地解放了农民，把作为农民命根子的土地又一次还给了农民，给他们自主权，让他们可以放开手脚进行耕作。土地问题，依然是一个根本性的问题。

时代已经发生了翻天覆地的变迁，今天实行的股份制经济，无论性质还是内容、形式，和当年的闽西苏区和中央苏区相比，皆发生了深刻的变化，但资源共享，双方或多方共赢，依然是一脉相承的。

第三节 股金票证

在设计多种多样的红色股票中，股金票证是值得注意的方面。虽然，它们和正式的股票有点区别，但其历史、设计、作用以及留给我们的思考不可低估。

股金票证有三种。

股金收据。它出于永定县苏区。1930年4月15日，中央苏区永定县第六区信用合作社发给入股社员张初求的股金收据，据专家研究，是迄今为止发现的最早的闽西苏维埃股金收据，由龙岩市农信系统的干部苏顺金先生收藏。

此外，还发现永定县第三区信用合作社的股金收据。设计的模式和前者是一样的，时间稍后，为1930年9月13日，社员的名字比较奇特，叫赖十一点，金额也是1元。由龙岩市永定区博物馆珍藏。长方形，上方是"闽西工农银行股金收据"，接下来是编号，正文是"今收到股金计大洋壹圆合给收据俟本行开幕后再换正式股票此据"。后面为代收人盖章。骑缝处可见所盖公章的一半。

最后一张为1930年4月30日发的股金收据，没有写交股金人的名字，由古田会议纪念馆收藏。闽西工农银行后来的股金收据，稍有变化，写有交股金人的姓名，代收人亲笔签字，同样盖有公章。

股金证，原意是指出资人交款后由收款方开出的出资证明。股票就是股金证之一，但现代股票是可以转让和出售的。如今发现的最早的一张股票，是永定县第一区信用合作社发给茂春元的，前文已经叙述。根据当时的情况分析，这张股票并没有转让或出售的功能，也就是说，不允许买卖，只是缴纳合作社股金的证明。因此，此是股金证，也是闽西苏区最原始最珍贵的一张股票。此外，还发现两张，皆是永定县第一区信用合作社的：一张是发行四股，发行时间是1930年4月12日，由同安一位收藏家收藏。一张是五股，大洋5元，时间是1930年4月30日，系永定湖市的商人树铨的股金证。

当时的兆征县，是中华苏维埃共和国成立以后为纪念苏兆征而新划分的县，在今天长汀县境内的兆征县信用合作社也发行过股票，

· 79 ·

现存的有两股的股票一张，发行时间是 1934 年 9 月，被珍藏在福建省苏维埃政府旧址——长汀县博物馆。

临时收据。这是一张上方编号为 005156，并标有"兆征县信用合作社临时收据"字样的收据。下方内容是"今收到兆征县古城区元坑乡或一村机关（名字被撕）同志加入信用合作社股金大洋壹元正此据"。右半部分有落款、主人、经手人、时间，落款为"兆征县信用社筹备处"。时间是 1934 年 8 月 19 日。此外，目前发现的还有兆征县信用合作社筹备处于 1934 年 7 月 14 日出具给丁星林的临时股金收据，1934 年 9 月 21 日出具给邱开进、邱亮廷的临时股金收据。

这些穿越时代的风风雨雨保留下来的股金票证，见证了当年火红岁月，也见证了闽西苏区金融事业首创的不朽功绩。史载，1928 年 2 月 20 日，由彭湃同志领导的海陆丰苏维埃政府曾经发布《海陆丰劳动银行发行条例》，但因为国民党的疯狂"围剿"等原因，这家银行只存在短短的 10 天就不得不停止营业。虽然，该根据地也曾有类似银行的借贷所等金融机构的存在，但真正意义上由中国共产党领导、建立起苏维埃政权后，机构相对齐全、制度相对完整，可称为真正是信用合作社的组织，而且以此名义正式发行股金收据、股票的，当属永定县第一区信用合作社 1930 年 4 月 15 日发行的股票和永定县第六区信用合作社 1930 年 4 月 15 日开出的股金收据。

1927 年的"八七会议"之后，由中国共产党领导的全国各地武装起义和革命暴动风起云涌，虽然，绝大部分因为敌众我寡，加上党内的"左"倾冒险主义的危害，被残酷地镇压下去，但还是在血泊中建立起少数几个革命根据地，主要集中在江西、湖南、广东、福建等地。乌云压城，白色恐怖极为严重，军事斗争即集中力量抓枪杆子是当时最为主要而急迫的任务，这些珍贵的股金票证有力地证明了，唯有闽西苏区，在同样抓枪杆子的同时，特别注意到发动群众、依靠群众，用成立合作社的形式把群众组织起来、团结起来，非常睿智地运用现代的金融业中的股票作为滋养经济领域的活水乃至生命之泉，从而在物质上以强有力的手段突破了敌人的层层封锁，不但巩固了新成立的革命根据地，而且为创新、开拓党领导下的金融事业提供了极为宝贵的物质基础以及一整套行之有效的经验。

颇负盛名的永定县第一区信用合作社的成功很像一面镜子。该社原定的计划是准备募集5000元股金，每股1元，分别在群众和商店中募集。结果，在短短的时间内，就募集到3000多元，其中群众占40%，商店占60%。当时，老百姓并不富裕，该地区的商店也以小商店为多，但人们参加集股的积极性却非同寻常，除了苏维埃政府出面动员以外，股票这一新鲜的事物，同样得到广大群众的认同。值得特别注意的是，从该区募集股份的比例来说，商店占了大多数。在如何对待商人的问题上，当时苏区的政策是明智且富有眼光的。最初的合作社允许商人加入，但不得破坏办事的规定，也就是说，严防商人执掌了合作社的权力，使之变成商人谋私利的工具。这是完全正确的。苏区对工商业始终采取了保护的政策，对商人也采取了团结的政策，规定只有参加合作社的商人，才可以向合作社贷款，这样就调动了工商界和商人的积极性。生活在闽西的人们都了解，永定这个地方向来商业相对比较发达，永定经商者多并有经商的传统，第一张苏区的股票出在永定，也就很自然了。

共产党领导的闽西苏区，是一个人民当家做主的时代，切不要低估了劳苦大众的革命积极性和接受新事物的能力。当时踊跃参加合作社的主要是终于站起来的农民，他们最听共产党的话，也最容易理解在政治上翻身解放以后，在经济上通过劳动和互助合作，迅速摆脱贫困状态。用今天的话来说，就是脱贫。在短时间，多数人虽然不可能很快就可以脱贫，但至少可以改变生存、生活的状态。这些股金票证可以证明，当人们当家做主之后，他们从心中喷发出来的发展经济的热情和积极性不乏伟大的力量。

深入闽西,你可以发现这里传颂着太多苏区时代的佳话、故事、传奇。有点遗憾的是,随着时代的变迁和岁月的流逝,不少极为宝贵的物质和精神财富,被无情地埋没了。股金票证就在其中之列。闽西苏区鼎盛时期,有群众百万以上,合作社高达数万个,都以集股的形式组织起来,所设计的股金票证,丰富多彩而且富有浓郁的创新风味,可惜的是,现在能够寻觅到的可谓是凤毛麟角。每张票证都印记着那个时代的深刻记忆,甚至印记着人们的悲欢离合。因此,我们情不自禁地要对那些红色历史研究者致以敬意和感谢,而且要由衷地向热心于收藏红色历史文物包括各种红色票证的收藏家致以崇高的敬礼。

他叫巫中民,连城县宣和乡洋贝村人,这个村庄坐落在松毛岭山脚下。长征前,中央红军在闽的最后一战,就发生在这里。巫中民的父母都是农民。他从小就受红军精神的熏陶。他原来是个中学音乐老师。1989年末,连城出土了大批南宋古钱。他挨家挨户地上门收购,家里收藏了整袋整袋的铜钱。除了自己留存一套完整的古钱外,其余的陆续拿到市场上交换,从而获得一些收入。从此,他爱上收藏红色文物,后来自费开办的中央苏区红色文化园,就是以这点资本投入,陆续交换、收藏红色文物办起来的。以下是他写的一篇文章,足见他痴迷红色收藏情怀之深。

四张难得的红军票证

巫中民

我们迎来了冠豸山古玩城的第15个收藏品交流日。早上7点不到,街边地摊就挤满了来自四面八方的藏友,熙熙攘攘,摩肩接踵，夹杂着江西、广东、闽南等各种口音，什么"唐代、宋代、明代"等声音不绝于耳，一时间煞是热闹。

　　大家正在埋头淘宝时，一位熟悉的身影来到了古玩城。此人中等身材、微胖、秃顶，操一口浓重的江西赣南口音，他就是瑞金市资深的红色收藏家杨凯先生。他迫不及待地找到我后就直奔主题："巫总，你交给我的任务完成了！"

　　呵呵，那可真是激动人心！杨先生小心翼翼地把四张苏维埃（红军）票证展示在我的面前。这四张票证是原江西省瑞金县（现瑞金市）下宋区（现九堡镇）小陂村一位红军亲属江定泮当年分田、交税、免税、捐粮的凭证，分别是"计耕"（1932年）、"征收土地税收据"（1933年）、"每人节省三升半捐助红军三联收据"（1934年）、"土地税免税证"（1933年）。像这样整套票证同一户主姓名是很难得的，而更难得的是，四张票证分别为毛笔手写、钢板刻写、铅印、木印，除"征收土地税收据"的票面有些许破损外，其余均完好，且四张均未注销，其收藏价值不可估量。

　　但令人遗憾的是，原来一套完整是五张的，现在少了一张。

　　为了求购这套票证，我从去年春到今年初，请杨先生做向导，先后三次翻山越岭去拜访这套票证的持有者，即江定泮的儿子江老，但每次都因江老的儿子极力反对而徒劳无功。这次杨先生在我的几番鼓动后，怀着忐忑的心情只身前往江老家。精诚所至，金石为开。江老终于被感动了，双方成交了。但是，半路杀出了程咬金，江老的儿子外出回来了，硬是把其中的"苏维埃（红军）股票"抽了回去。

　　弥足珍贵啊！如今这四张难得的红军票证在福建省中央苏区博物馆里默默地向人们讲述着可歌可泣的红军故事！

第四节 金山、银山

或许，这是苏区最豪华、最为奢侈的展览会。

1932年5月，位于长汀县城新丰街155号的中华苏维埃国家银行福建省分行，和闽西工农银行一起举办一个展览会，人们称之为"金山、银山"，展出的展品是货真价实的金子和银子。展厅里，是一座由金灿灿的金砖、金条、金链锭叠起来的金山，还有一座是由白花花的银圆堆砌起来的银山。两座山的规模都不小，人们走到其面前，宛如走进神话传说中遍地是金银财宝的神奇宝库。银行举办创意非凡的展览，主要目的除了让人们分享红军取得辉煌胜利的喜悦之外，还有展现银行的经济实力，号召人们踊跃地购买红色股票的含义。显然，这是最好、最形象、最有说服力的广告。参观展览会的群众非常多，人人无不感到惊讶、震撼，平时向来节俭的苏维埃政府和红军，居然有如此厚实的财力。人们常说，眼见为实，此后，红色银行的信誉度、美誉度不胫而走，前来购买股票的人们越来越多。

这些金银财宝主要来自何处？

原来，1932年4月，毛泽东亲自率领由红一军团、红五军团组成的东路军，再度攻克龙岩以后，直取漳州。漳州地处九龙江下游平原，物华天宝之地，系闽南重镇，和厦门隔海相望。这是一场大仗，也是一场干脆利落的歼灭战。出征前，红军的大管家毛泽民向龙岩商会借5000大洋，作为此次出征的军需保障。

当时，驻守漳州的是有"闽南王"之称的国民党陆军第四十九师的师长张贞。他是个地道的军阀，有陆军，还有6架飞机，实力不差，但被红军打得落花流水，侥幸逃脱。这一战缴获了大批武器，包括迫击炮、重机枪等，更为稀罕的是还缴获了两架飞机。此外，敌人留下的大量金银财宝也尽入红军囊中。这些金、银全部运回苏区，长汀两家红色银行展览的金山、银山就是红军攻打漳州所得的战利品。

当时，长汀南大街镇龙宫前周宅有家附设的熔银厂，是直属红色银行管理的，银行把收兑来的金银熔化成金银锭后，送往瑞金中央造币厂铸银圆、银毫和金条，秘密带往国民党统治区进行贸易，购回苏区军民急需的食盐、西药、布匹等物资，有力地打破了敌人的封锁。

或许长期受宣传包括影视作品宣传的影响，在人们的感觉中，红军是很穷的，经常吃不饱、穿不暖，甚至每天的伙食费只有5分钱等，其实，并非完全如此。在苏区相对稳定、形势较好的时候，红军就物质条件来说，往往超过国民党军队。

1928年7月3日，刘伯承在《军事问题的补充报告》里说，广东的二等兵月饷只有10.5毫洋，而且经常被扣发或者被长官贪污。而红军官兵虽然不一定每个月都发饷，但大家一律平等。根据当时苏区的规定，红军同样可以分到土地，如果没有劳动力耕种，地方政府还会请人帮忙代耕。因此，当红军不仅光荣，在物质利益上同样得到一定的优惠，这样一来，苏区青壮年纷纷主动要求当红军，红军的队伍就是在这样的情况下，不断壮大起来的。

苏区发行的股票之所以能够顺利发行并得到群众的广泛支持，最为重要的原因就是取信于民。办"金山、银山"展览，是一种形式，让老百姓看到红色银行的实力。但更多的是在平时的实践中，给苏区人民群众带来看得见、摸得着的实际利益和好处。用今天的话语来说，银行必须具有公信力。

合作社和闽西工农银行发行股票同样具有难以比拟的公信力。用今天的观点来看，其最大的特点不是用来炒的，而是和他们的生活乃至生存密切相关，并且直接给股民带来利益和好处。现代有个时髦的名词"炒股"。现代股票已经进入证券市场，股民买股票是一种具有风险性的金融投资，其目的主要是盈利赚钱。然而，股市往往掌握在某些"大佬"手里，一般的小股民，在瞬息万变甚至有点诡异的股市中，常常沦为不幸的受害者。

苏区的红色股票，无论是是合作社还是银行发行的股票，所有的股民都是真正的主人。红色股票出现的起因和基础不是金融市场，而是当时党领导下建立起来的股份制经济。这种经济模式，成为动员和组织群众恢复和发展苏区经济的桥梁。股份制经济使原来个体的劳苦大众凝聚成团结一致战胜敌人、共渡难关的群体，而红色股票不仅是属于物质的金钱，更为重要的是融合他们的信念、思想、追求、奋斗等精神元素而喷发出伟大的力量。

这就是红色股票和今天的股票截然不同的地方。

当时的成千上万的劳苦大众，大多数人先后加入不同类型的合作社，基本都是股民。合作社的业务虽然是独立的，但都在党和苏维埃政府的领导或管理之下，苏区没有金融投机商，合作社和苏区的银行更不是金融投机的机构，而是忠实为苏区群众服务的。因此，认真审视当时由闽西特委和闽西苏维埃政府发表的一系列关于合作社、银行的文件，其中有一个今天的人们都感到很有吸引力的问题：红利。也就是社员入股之后的分红，这是一个敏感的问题。

1930年9月闽西第二次工农兵代表大会决议中有一章：修正合作社条例。对合作社所得的红利有一个规定：30%作为公积金不分；30%照股金分红；30%照社员付与合作社之利益分红；10%作为办事人花红。可见，红利的分配绝大部分归于合作社社员包括投资的股民。

1930年9月闽西苏维埃政府布告七号，发布关于设立闽西工农银行的文件，其中关于红利之分配，更是大力度地向股东倾斜，明确规定：以20%作公积金，20%奖励工作人员，60%归股东摊分。

当年的股东除了少数的商人，绝大多数都是热爱共产党、热爱红军，也把闽西工农银行当作自己事业的劳苦大众。

查阅当时的资料，从来没有见到有人因为买了合作社或闽西工农银行、苏维埃国家银行福建分行的股票而蚀本，更没有人因为买股票而倾家荡产甚至跳楼。共产党人的最高宗旨是为人民服务。红色金融包括股票最值得骄傲和至今依然得到行家称赞乃至膜拜的地方，就是始终坚持并贯穿这一初衷。为人民且深深植根于人民心中，才真正做到取信于民。

有了百姓的全力支持，闽西工农银行不仅有了厚实的实力，而且可以谱写鼎力支持红军的大手笔：1932年4月，红军东路军攻打漳州时，由闽西工农银行筹集款项，通过粮食调剂局购入军粮30万斤稻谷，为两万余名红军官兵出征做好后勤准备，有力地支持了革命战争。

第五节　光辉典范

闽西工农银行的建立与发展，有效地发挥了苏区金融体系功能，为闽西苏区经济建设起到了重要的支撑作用，也为中华苏维埃共和国国家银行的建立提供了科学的、行之有效的宝贵经验，奠定了坚实的基础，无愧是人民共和国红色金融发展史上的光辉典范。

如果以现代系统论的视角进行分析，人们可以清晰地看到闽西苏区金融系统完整而科学的轮廓：闽西工农银行是规范的金融银行，人员虽少，但其组织形式、业务规范等皆具有现代金融银行的基本特点和巨大功能。更为重要的是，该银行不是孤立的，支撑着它的还有成千上万以劳苦大众为主组织起来的各类合作社，这些合作社即是生产劳动、商业贸易等的经济组织，因为实行了股份制，每一个社员又都是股民，因此，在一定意义上说来，便成为苏区金融组织的最基础部分。正因为如此，苏区合作社和闽西工农银行的股票具有独占鳌头的动人风采。

闽西工农银行银圆票（1930年1元券）
（永定区委宣传部提供）

一张张小小的股票，发挥了神奇的作用：它把无数的群众和苏区紧紧地联系在一起，同命运、共患难；它把各类合作社和闽西工农银行紧紧地联系在一起，闽西工农银行把50%以上的资金用于支持各类合作社的成立和发展，他们知道，水涨船高，小河有水大河满，只要遍布闽西苏区的各类合作社发展起来了，按照规定，合作社就可以拿出10%的资本购买闽西工农银行的股票，用今天的话语来说，就可以建立良性的循环机制；它把闽西苏区和当时的中华苏维埃共和国紧紧地联系在一起，正因为有了闽西工农银行率先实践的经验，随中华苏维埃共和国临时中央政府一同成立的苏维埃国家银行，才如水到渠成，并在十分关键的人才问题上，提供最为优秀的堪称是红色银行家的鼎力支持。

闽西苏区的股票意义和价值就在这里。

闽西工农银行银圆票（1931年1元券）
（永定区委宣传部提供）

第一个看中并看懂了闽西经验的是伟人毛泽东。毛泽东熟悉闽西、了解闽西，而且十分热爱这片红色土地。

1930年2月，毛泽东亲自主持在江西吉安陂头召开的红四军前委、赣西特委、红五军、红六军军委联席会议时，热情地介绍了闽西创办合作社的经验。此后，赣西南开始学习闽西经验，相继建立起合作社，采用闽西行之有效的实行股份制的办法，搞得红红火火。同年10月，江西省苏维埃政府在吉安成立，在其重要的文件《宣布本府成立及纲领》中明确指出："政府帮助贫苦农民，组织生产合作社、贩卖合作社、借贷合作社。"后两者实际上就是闽西苏区的消费合作社、信用合作社。闽西苏区的经验首先在赣西南的沃土上生根、开花、结果。

1931年11月，中华苏维埃政府第一次全国代表大会在瑞金召开，中华苏维埃共和国临时中央政府成立，毛泽东当选为临时中央政府主席。他谙熟并充分了解闽西苏区首创的金融经验的价值，特别强调发挥信用合作社在调剂和搞活农村金融中的枢纽作用，指示苏维埃政府必须竭尽全力帮助合作社的组织和发展。因此，根据毛泽东的意见，《中华苏维埃共和国关于经济政策的决定》规定："对于合作社，必须给予财政的帮助和税的豁免。"并为其提供场所，连具体的细节都考虑到了。

随着形势的发展，中央对于从闽西发轫的组织合作社的经验更是予以高度重视。1932年4月12日，中华苏维埃临时中央政府颁发了《关于合作社暂行组织条例的决议》，在这一重要文件中，把合作社提到苏维埃经济政策的高度进行肯定，并在《合作社暂行条例》的第一条中，开明见山地指出："根据苏维埃的经济政策，正式宣布合作社组织为发展苏维埃经济的一个主要方式，是抵制资本家的剥削和怠工，保障劳动群众利益的有力武器，苏维埃政府并在各方面（如免税运输、经济房屋等）来帮助合作社之发展。"从此，闽西苏区的经验走向各个红色苏区，催发和推动了以合作社为依托的苏区经济建设，尤其是通过建立股份制，解决当时困扰人们的金融问题，成为活跃各个苏区经济建设的重要环节。

银行问题，是中华苏维埃共和国临时中央政府尤为重视的问题。同年4月，中央执行委员会在批准于长汀召开的福建省第一次工农兵苏维埃代表大会决议中，在指出银行须由国家设立，建立全国统一金融的同时，特别提到闽西工农银行，原文是这样的："况闽西工农银行，其股本多系工农群众入股的，将来国家银行在闽西成立分行时，闽西银行应归并于分行，其群众股金，或退还，或鼓励群众自办信用社。"虽然，后来苏维埃国家银行正式成立以后，福建省分行在长汀成立，根据实际情况，闽西工农银行还继续存在，履行自己的使命，但从临时中央的这个决议中，可看到对闽西红色金融的特别重视。

闽西红色金融的经验走出闽西，走向全国红色苏区之后，在实践中，不断完善和成熟，并且发挥了更为重大的作用。

中央苏区遭受由蒋介石亲自组织和指挥的一次比一次更为严重的反革命"围剿"，仗越打越大了。打仗是要有经济实力的，号召全苏区购买建设公债，并决定从 300 万的建设公债中拿出 100 万巨款用于帮助合作社的发展，并特别从中拿出 20 万用于办信用合作社，这是很值得思考的重要举措。

信用合作社被称为农民银行，它实际是农民自己集股创建的基层金融机构。1934 年 1 月，中华苏维埃第二次全国代表大会之后，中央苏区的合作化运动进入鼎盛时期。在这次会议关于苏区经济建设的决议中再次强调："在群众中发展信用合作社，是解决群众缺乏资本的主要方法，而且也是同城乡高利贷作斗争的有力武器。"对合作社的支持力度，实际上是对闽西经验的大力传承和弘扬。当时为了支持红军的反"围剿"战争，中央苏区发行革命战争公债，初定目标是 800 万，为了动员和鼓励群众积极参加合作社，特地做了一条特殊的规定："第二期革命战争公债票本息可以作为群众入社的股金。"并号召各信用合作社和苏维埃国家银行建立密切的关系，以充实工农商业的资本。这不仅利于个人借贷，而且促进苏区经济的发展。

根据闽西苏区的实践经验，当时中华苏维埃共和国临时中央政府的领导更加明确了，抓住了合作社的发展，就抓住了苏区经济建设的牛鼻了。在其推动下，闽西苏区的经验不仅走向江西，而且传播到湘鄂西、川陕等苏区。

典范是火种，可以点燃燎原之火。

回首闽西苏区通过建立信用合作社发展金融事业的发展历程很有意义：闽西苏区成立最早的合作社永定太平区信用合作社，成立于 1929 年 10 月，还有永定丰田区信用合作社，成立于 1929 年 11 月。这两个信用合作社很不简单。成立的时候，不仅按照规定，入社的社员交纳股金，两个合作社还率先发行了纸币。值得赞叹的是，他们都建立存款、放款、贴现三种金融业务，对每一个项目都制定、建立了相应的制度。随后，在当时苏维埃政府的全力引导下，大办合作社的潮流席卷整个闽西苏区。在这一背景下，1930年2月28日，闽西推出了《合作社讲授大纲》。这是一个十分重要而且颇为完整的文件，全文阐述了12个问题，分别对合作社的作用、原则、种类、系统、组织、社员、红利分配、股本、与政府的关系、过去合作社工作的缺点、办理合作社的手续、合作社宣传要点等进行了简洁、准确且详尽的说明和界定，对合作社的系统构架、组织形式、利益分配、股本筹集、办社手续、人员管理乃至具体的借款制度和期限、利息、流程等方面都进行了规范，而且对信用合作社发行和回收纸币等人们关心的问题，也进行了说明和规定。因此，实际上这是一份关于合作社的纲领性的文件。最为可贵的是它不仅介绍了如何组织合作社，而且在最为关键的制度上进行了相当完备的科学的规定。

如今，有句人们熟悉的话语：制度先行。制度是什么？简单地说，就是行动的规范和准则。它带有根本性、全局性、稳定性。作为国家来说，制度是国家基本性质的界定，如，我们实行的是社会主义制度，西方实行的是资本主义制度，两者迥然不同。作为人民共和国金融之源闽西来说，最早的金融制度就是从基层的信用合作社开始的。将闽西推出的《合作社讲授大纲》和中华苏维埃共和国临时中央政府成立之后发布的一系列关于合作社的重要文件进行对比，如1932年9月的《合作社工作纲要》，1933年6月的《发展合作社大纲》，1933年9月的《信用合作社标准章程》，人们就可以发现，后者虽然在某些方面有了补充和些微的修正，但基础依然是前者。

成为典范的制度，才具有真正的指导意义。闽西工农银行的建立，是信用合作社也就是被老百姓称为农民银行的升华、升级乃至飞跃。后来中华苏维埃共和国临时中央政府直属的国家银行的制度建设，皆是以此为基础。"问渠那得清如许，为有源头活水来。"闽西为人民共和国金融之源，盖源于此。

第四章 货币佳话

自行发行货币，这是红色金融的神来之笔。进入商品经济的现代社会，当"金钱至上"的思潮滚滚而来乃至甚嚣尘上的时候，回首这段镌刻在峥嵘史册上的篇章，或许能够真正认识到货币的真谛和其大义吧！苏区红色金融和人民共和国金融息息相通的血脉，本正而发人深省。

第一节 第一张纸币

又是永定。

在红色金融史上，永定具有独特的地位。苏区第一张发行的纸币，就诞生在这里。

货币之重要，生活在俗世中的人们均有切身的感受。对此，马克思曾经幽默地说："货币是需要和对象之间、人的生活和生活资料之间的皮条匠。"它是商品生产和商品交换发展的必然产物。对于货币的起源、作用等理论，有专门的学问。对于普通的百姓而言，有一句最为通俗的话："一分钱难倒英雄汉。"

在商品经济时代，疯狂地追求金钱，以金钱为唯一的崇拜偶像，是人生观、价值观的扭曲。但是在日常生活中，没有钱，缺乏基本的生活保障，也是行不通的。

谁有权发行货币？

国家！它是最高权力和权威的象征。

由永定的信用合作社自行印制和发行货币，可谓是开天辟地第一回。它不同于一般意义上的突破和创新，而是有特殊的时代背景和原因。

永定是典型的客家山区。这里是客家人的聚集地，如今最出名的是土楼和气势非凡的棉花滩水电站。

20世纪二三十年代，这里却是非常贫穷的地区之一。"田少，劣绅抢。田多，豪霸争。"广大的劳苦大众受剥削、受压迫最为沉重，因此，在中国共产党的领导下，革命也最坚决。小小的一个山区县，参加红军的居然高达7000多人，有5000多人英勇牺牲。中华人民共和国成立初期涌现的张鼎丞等党和国家、省、部、军级等杰出干部就有41人之多。

1928年6月的永定暴动取得成功之后，建立了苏维埃政权。人们很快就发现了一个直接和大家生存、生活相连的急迫问题：在革命之前，当地的高利贷剥削非常严重而且残酷，名目也多，有现金借贷、粮食借贷、典当、邀会，月息高达3至5分，还有"月子利"（借用1个月）、"墟子利"（借用5天）等，不少农民因此债台高筑甚至家破人亡，对此，人们深恶痛绝。暴动中，高利贷被废除，债务取消，债券集中被一把火烧毁。然而，当时红色金融体系还没有建立，贫苦农民借贷无门，不得不出售自己生产的粮食，出售的粮食多了，供大于求，粮食价格就大幅度跌落，而农民急需购买的生产资料和工业品价格则不断上涨，形成如前文所说的"剪刀差"，严重损害了农民的利益，同时也挫伤了农民的生产劳动积极性。

如何在新形势下建立公平合理的借贷关系以解燃眉之急？于是，在党和苏维埃政府的引导和鼎力扶持下，开始大办合作社。从今天的角度看，它有政治上的意义，广大的劳苦大众在中国共产党的领导下，组织起来，运用互助合作的力量，自己拯救自己。它也有经济效益，用现在的语言来说，就是抱团取暖，相互帮衬取得共赢。

第一张苏区发行的货币之所以会首先出在永定，除了这一共同的时代、社会原因之外，还有其特殊性。

永定的太平区和丰田区都是暴动的中心区域，群众的政治思想觉悟高，革命热情高涨。1929年6月，太平区第一次工农兵代表大会在培丰西灵庵召开，宣布成立苏维埃政府，郑庸经任主席。

1929年10月26日，永定县第一次工农兵代表大会在湖雷庆兴寺举行，大会宣布成立县苏维埃政府，选举阮山为主席，赖祖烈为财政委员。

阮山和赖祖烈是两位很不寻常的领头人物，他们都是永定人，后来他们都成为著名的闽西红色金融的重要骨干和领导人。

先看阮山。他还有一个独特的条件。毛泽东在1929年，曾经先后两次到永定居住。在这段时间里，阮山多次和毛泽东在一起倾心交谈，他对毛泽东的互助合作思想接受多、理解得也深。因此，当他负责发起组织永定丰田区即第三区的信用合作社的时候，他的思想、思维方式就和当时的其他干部不一样，他不仅是党的优秀干部，而且在经济思想方面颇有较深的造诣。1930年6月，他调任闽西苏维埃政府财政部长，11月，负责筹建并担任闽西工农银行的首任行长。1934年红军长征后，他留下坚持斗争，被叛徒杀害，壮烈牺牲，甚是令人惋惜。

第二个是前文介绍过的赖祖烈。由阮山和赖祖烈两位富有经济思想和素养的领导人筹建信用合作社，果然和其他信用合作社大不一样，他们除了面对苏区出现"剪刀差"的严峻情况以外，在金融方面还有一个十分急迫的情况。赖祖烈在《回忆土地革命时期闽西的对敌经济斗争》一文中，有一段这样的话：

闽西苏维埃政权建立以后，工业、农业、商业都得到了迅速发展，这就要求相应的货币流通。但是，由于过去国民党反动派和地方军阀、民团利用货币作为残酷剥削劳动人民的手段，留下了形形色色的劣币和杂钞，银行就有好多种，各种币钞的币值，相差很大，金融很混乱，广大人民群众深恶痛绝，人民迫切要求发行自己的统一货币。

这是永定的两家信用合作社，也是后来成立的闽西工农银行发行货币的直接原因。两者不同之处，就是永定的两家信用合作社走在了最前面。

永定丰田区信用合作社发行纸币最早。1930年2月15日，他们开始发行银毫票5000元，有5角、2角、1角三种。由湖雷进化社印制的，时过境迁，原物几乎被岁月淘尽，目前，仅发现面额为

永定第三区（丰田区）信用合作社1毫纸币（正面）
（永定区委宣传部提供）

永定第三区（丰田区）信用合作社1毫纸币（背面）
（永定区委宣传部提供）

永定太平区信用合作社1元纸币
（永定区委宣传部提供）

1毫的一种。实物保存在永定区博物馆。这种极为珍贵的银毫票只有三张半,其中三张完好,一张残缺仅存一半。历经91年,纸面陈旧泛黄,正面和背面皆已褪色。长10.5厘米,宽6.5厘米,细心的收藏家还在天平上称过,重量5克。为石印版双面印刷。正面原为草绿色,设计颇有讲究,上端中间从右至左,呈弧形横书"永定第三区信用社",此为发行单位的名称;正中的花纹图案内,有一颗大五角星,星中是镰刀斧头,象征苏维埃政权;花纹图案左右两侧均直书"壹毫"二字表示面额;下端中间,从右至左横书"苏维埃政府特许发行",表明其发行经过法定程序的批准;四边角花图案中各有一个圆圈,上面标有"壹"、下面标有"毫"字。背面原为土红色,上端中间从右至左横书"永定第三区信用合作社",正中为天坛图案,寓意中华,两侧均书有"壹毫"二字;右边和左边分别标有小字"十足""兑现",表示该币为兑现纸币;中间下端为阿拉伯数字"1930.2.15",标示发行时间;四边角花纹图案的圆圈内,均标有"1"字。纸币正面左右印有统一编号"NO.72081",待发行时再书写发行编号。

  这张纸币的设计,既蕴含强烈的时代氛围以及政治思想上的红色元素,又符合纸币的全部要素,虽然无法查到设计者,但看来水平不差。

  还有一种纸币是永定太平区信用社发行的,面额仅为1元的一种。前文已经作了介绍,就不赘述了。

  这两个信用合作社发行的纸币,发行的时间短。闽西工农银行正式成立以后,闽西苏区统一货币,按照苏维埃政府的规定,信用合作社发行的纸币全部收回,老百姓手中的这种"苏币"也用兑现等方式,进行回收了。但其开创之功和恪守信誉的影响,却是不可低估的。

第二节 刀下留人

时代大潮，滚滚滔滔，淘尽多少风流！大浪淘沙，但总会有比金子还珍贵的瑰宝留下来。

1972年4月，闽西长汀四都镇楼子坝国营林场，一群林场工人正在劳作。这里是典型的山区，群峰绵延，林海无边；层层梯田，盘旋山间；漫山鲜艳的杜鹃花，独自灿烂开放。人们或许不一定知道，在1934年10月主力红军长征之后，留下来的红军和地下游击队，面对国民党军队的疯狂"围剿"，不得不转移到深山老林，坚持游击战争。当年，该处曾是红军和游击队与敌人周旋乃至血拼的地方。中华人民共和国已经成立20多年，昔日的旧战场，早已旧貌换新颜，成为宁静祥和之地。

人们在开垦一片荒地，准备种下新的树苗，正在挖土的一个工人，突然发现土层下有一个包裹。外面包着的一层层布，已经破烂不堪了，最里面的是一层防水的油纸。是金银财宝吗？周围的伙伴好奇地跑过来看。打开细细一看，原来是上面刻有文字图案的一块金属模版。可以清晰地看到五角星和"闽西工农银行"等字样，五角星中间是"伍角"两个字。应当感谢这些颇有觉悟和政治素养的林场工人，他们感觉到此物不同寻常，于是，立即上交林场场部，场部的领导也不敢怠慢，很快上交给长汀县有关部门。经过专家鉴定，这是1931年闽西工农银行5角铜印版。开始由长汀县文化馆保存，1978年转送长汀博物馆珍藏，一直保留到现在。

此系国家一级文物。印版长6.5厘米、宽10.2厘米、重30克，呈长方形、铜质、镂空，正面采用阴阳两种刻法，呈现出文字和图案，四周阴刻水波纹，四角处刻五星图。上端中间为阳刻红旗飘扬图，上半部横排阴刻"闽西工农银行"字样，下半部五星图内竖行阴刻"伍角"字样，下端横排分两行阴刻"闽西工农银行发行·公历一九三一年印"，字两侧阳刻有镰刀、斧头图，五星图顶端连接处及右侧水波纹处断裂。背面光滑无图案。

显然，这是一件罕见的革命文物，是战事高度紧张，红军紧急转移时埋在地下的，令专家们感到有点惊讶的是，居然没有被启用过。原因何在？

据时任闽西工农银行营业科科长兼秘书的赖祖烈回忆，1931年，闽西工农银行准备发行5角的辅币，已经刻好了5角钱的印钞版。地下党随即派一个人专程去上海定制。派去的人到达上海后，遇上顾顺章叛变投敌事件。顾是中共第六届中央政治局委员、中央特科负责人。形势十分危急，设在上海的党中央和各个部门、机关，闻讯急忙转移，派去的人好久都没有回来，也没有任何消息。过了很久，这制好的5角钱的版却由另一个人带回长汀苏区。当时，因为不知道这制好的版经过了多少人的手，担心泄露了秘密，苏维埃政府就一直不敢启用。经过整整41年，这块埋藏地下、见证红色历史的印钞版终于奇迹般重现面目。

这块铜质印钞版是谁刻的？从其精致、大气、笔法成熟老到的程度看，多数专家认为，很可能出自黄亚光之手。

他是传奇式的人物，有着"红色货币之父"的美誉。

黄亚光原名黄雨霖，长汀人，出身书香门第。18岁到被日本人侵占的台湾农村高等学校就读。虽然他学的是农业，却酷爱绘画。该校是可以选修一两门其他课程的，于是，他选修了绘画，并展现出特殊的天赋。经过四年的学习，回到老家长汀，就在他原来就读的长汀省立初中当了一名图画教师。他追求进步，为人正直，还和同事办起了一份进步刊物《汀州》，发表进步文章，号召民众起来与土豪劣绅进行斗争。1927年9月，南昌起义的部队南下广州途经闽西，他和一群热血青年积极欢迎起义部队，并为部队筹备了5万余元的军费，深得朱德、周恩来的赏识。于是，由起义军政治部主任周肃春、政治保卫处处长李立三两人介绍加入中国共产党。

南昌起义部队离开长汀后，1928年，他执教于新桥乡村师范学校，以教师身份作为掩护，组织革命团体"文学研究会"，培养进步青年和农协会员，发展进步青年入党，并建立了汀州支部，同年冬出任中共长汀县委宣传部长。

1929年3月，红四军首次进入赣南并取得大柏地大胜之后，黄亚光非常兴奋，步行100多公里到达红四军驻地江西会昌，请红四军进入闽西。红四军解放长汀县城时，他为毛泽东提供了《汀州府志》和《长汀县志》，并组织人员参加毛泽东召集的"六种人"调查会。3月20日，还列席红四军前委扩大会议。1930年11月，任中共汀连县委宣传部长兼汀连县苏维埃政府秘书长。他对革命忠诚，而且才华横溢，特别能写一手漂亮的美术字、正楷字，毛泽东对他赞不绝口。毛泽东一手狂草，一般人往往认不清楚，他在长汀写的文章，大多是由黄亚光"翻译"成正楷字后交印刷厂印刷发行。

然而，不幸却如雷霆炸到他的头上。

1931年6月，他被闽西肃反委员会当作"社会民主党分子"逮捕关押了数月，并被判处死刑。

闽西错杀"社会民主党"的事件，和江西大杀"AB"团，皆是王明"左"倾机会主义和李立三冒险主义的产物。在这一事件中，数千苏维埃干部、红军指战员没有倒在敌人的枪口下，却凄惨地倒在自己人的大刀和梭镖下。当时为了节省子弹，被处决的"社会民主党分子"，绝大多数都是这样被送上绝路的。

正在筹备苏维埃国家银行的毛泽民，急需寻找一位能够设计钞票的能人。此时，闽西工农银行的曹菊如，正好奉命调到瑞金参加筹建苏维埃国家银行的工作，毛泽民问他，到哪里去寻找这样的奇才？鉴于当时到处抓"社会民主党分子"的局面，曹菊如不敢直接为黄亚光求情，但他马上告诉毛泽民，赶快去找汀州城区区委书记毛钟鸣，通过这个人可以找到这样的人才。

从曹菊如惶恐的眼神中，毛泽民已经感觉到其中必有难言之隐，得此消息，他亲自骑马急匆匆地从瑞金赶到长汀。

毛钟鸣是汀州印刷厂印刷工人出身的共产党员。毛泽民从他的口中得到黄亚光的有关情况，知道他急需的人才居然被关在监狱并将很快被开刀问斩，急坏了。

他来不及吃一口饭，又骑着马火速赶回瑞金，在离叶坪村3华里远的庙背村的苏维埃国家政治保卫局的驻地，直接找到时任该局局长的邓发。

开始，邓发没有答应毛泽民，说道："黄亚光是'社会民主党'，人证物证俱在，不杀恐怕不行，我已经签发了处决令，三天内执行。"

毛泽民急了，说道："你无论如何都要收回成命，把他留下来，此人杀不得！"

邓发也不相让，口气很硬，质问："杀他关你何事？"

毛泽民是见过大世面的人，他不仅是毛泽东的亲弟弟，而且是当时中央苏区的财政总管，人们都称他"毛总务"，他没有被执掌生杀大权的邓发吓倒。

"我们国家银行正缺乏绘钞票的人才，黄亚光是绘画奇才，留下他为苏维埃国家银行设计钞票吧！"毛泽民没有硬顶，而是机智地动情恳求他。

邓发见状，退了一步，拉毛泽民到办公室里坐下交谈，毛泽民毕竟不是一般人物。

毛泽民见到事情有点转机，连忙一五一十地将国家银行筹备经过和急需黄亚光这样人才的情况告诉邓发。

邓发听了，也深受触动。感念毛泽民一片爱才惜才的苦心，但当时正处在肃清"社会民主党"的高潮，人人都怕沾上这个可怕的罪名。他谨慎地告诉毛泽民："黄亚光的确是位人才，杀了确实可惜，但现在你们国家银行用他会不会惹上麻烦？这是要冒很大风险的。"

毛泽民不愧是富有经验和睿智的大管家，他已经知道邓发的心思了：有意放黄亚光一马，给毛泽民一个人情，但又不能留尾巴。他对邓发说："他即使是'社会民主党'，我们也可以控制使用嘛！"

邓发最后提出："你写一份担保书，写清楚是国家银行要使用黄亚光这个人的绘画才能，借他的绘画技术设计货币。其他不用多写，一旦出了事，你们银行也没有关系。"

毛泽民当即写下担保书，邓发接过之后，锁进抽屉里，立即写了一张局长手令，命令执行科长卓雄火速赶到长汀，把黄亚光押回瑞金。

真是好险哟！

待卓雄赶到长汀时，黄亚光等人已经被押到刑场。这一批被处决的所谓"社会民主党分子"一共是30名，被冤枉错杀的大多是苏维埃政府和红军干部，有人临死之前还高呼口号："打倒社会民主党！中国共产党万岁！"

黄亚光是和时任长汀县委书记的段奋夫安排同一批次处决的，段奋夫已经倒在血泊之中，负责指挥这场屠杀的林一株，是个凶残的刽子手，他还曾想借清查"社会民主党"，加害福建省苏维埃政府和红军领导人，后来被张鼎丞、魏金水下令处决。此时的他，还想从黄亚光的口中套出所谓的机密，结果，稍微拖延了一点时间，正好卓雄赶到，大喊刀下留人，并宣布邓发的命令，已经一脚踩进阴森地狱的黄亚光，奇迹般逃脱死神的魔掌。

1932年2月1日，第一个红色中央银行——中华苏维埃共和国国家银行正式成立，行长是毛泽民。死里逃生的黄亚光到了红都瑞

· 103 ·

金，积极投身于临时中央政府的国家银行革命工作中。他的主要任务是协助毛泽民。在那艰苦的年代，他不辞辛苦、通宵达旦地设计中华苏维埃纸币，成为中国共产党金融事业的早期领导人之一。

中华苏维埃共和国临时中央政府决定统一中央苏区货币，对此，时任主席的毛泽东高度重视，他要求设计印制一套像模像样的苏维埃政权货币。根据黄亚光的绘画特长，毛泽民委托他手工绘制中央苏区的纸币的设计图案。由于苏区正受到敌人严重的封锁和破坏，工作条件很差，连绘图用的笔和圆规都没有，加上黄亚光又没有设计货币的经验，困难很多。为此，毛泽民派人从上海买来绘图笔、圆规、彩色颜料和铜版等送给了黄亚光。

黄亚光大受鼓舞。凭着对所用过的一些钞票的记忆，他开始了纸币图案的设计工作，全身心地投入到创作中。他设计的第一张纸币是5分的银币券。在设计2角、1元银币券时，他曾想在钞票上设计中华苏维埃共和国临时中央政府主席毛泽东的头像，但是毛泽东很低调，没有同意。后来才改用革命导师列宁的头像，象征着苏区军民在马列主义的指引下，努力建设新世界。在设计稿上，黄亚光用显微镜先从书本上临摹下列宁头像，再绘制在毛边纸上，然后用毛笔工整地写上银行名称、币值、签名、年份等文字。钞票的花边是由江西工农银行纸币上的花边剪裁拼凑而成的。

毛泽东告诉黄亚光，设计苏维埃政府货币，一定要体现工农政权的特征。因此黄亚光倾注了全部心血。没有经验，没有借鉴，这些都不是问题。通过不断琢磨和构思，他终于设计出第一张5分的银圆券，受到了好评。此后，在叶坪村的乡间老房里，他又陆续设计出了1元、5角、2角、1角等不同面值的国家银行纸币。在设计每张纸币时，他都绘制了镰刀、锤子、地球、五角星等代表红色元素的图案，并把这些图案或分别摆放在适当的位置上，或有机地组合起来。他还将5角纸币的"伍"和"角"两字分别镶嵌入世界地图的东、西两半球图形的圆圈中，含义为将革命进行到底，最终在全世界实现共产主义。故而，他设计的苏币既朴实、精美、大方，富有浓厚的革命色彩，还洋溢着精湛的艺术价值。

经过几个月的苦战，大批崭新的、散发着油墨香气的苏币印刷出来了。1932年7月7日，中华苏维埃共和国国家银行发行了属于中国共产党自己的纸币——中华苏推埃共和国国家银行纸币，简称"苏币"。苏币票面主要是1元券，也印刷了四种"角""分"的辅币：5角券、2角券、1角券和5分券。至此，江西及闽西工农银行的纸币停止发行，并逐渐回收。货币以银圆为本位，纸币为银币券，1元银币券兑换1元银圆，银圆券为国币。1932年下半年内，国家银行共印制了1元票37.5万元、2角票10.3万元、1角票12.98万元、5分票4.83万元，共计65.61万元。

1933年后，纸币发行量迅速上升。毛泽民、黄亚光就带领同志们就地取材，他们到处采购烂鞋底、断麻头，采集纤维较韧的树皮，自己造纸。在他们的领导下，硬是在瑞金办起了一个造纸厂。

为防范敌人对苏区经济的破坏，黄亚光设计的这套苏币还采用了双重防伪标志。一个是在钞票下方有一行"外文"，看起来像是毛泽东和时任财政部部长的邓子恢两个人名字的英文书写，其实既不是英文，也不是汉语拼音。这行"字"中，特意加入了几处杜撰的写法，这就形成了一个简单又实用的防伪标志。另一个就是在印钞纸中加入羊毛，使其具有特殊的气味。这两个秘密严格控制了知悉范围。除了钞票设计者黄亚光，就只有毛泽民、项英、邓发三个人掌握了这个秘密。由于采取了严格的保密措施，确保了苏币的安全，为支援红军前方作战和苏区政府正常运转发挥了重要的支撑作用。

至今，在瑞金中央革命根据地历史博物馆，还珍藏着国家一级文物、"财经国宝"——中华苏维埃共和国中央政府的苏区货币。在人民共和国纸币刚一出现的时候，"围剿"苏区的国民党反动派就计划用伪币搅乱苏区的金融体系。可是，当他们开始仿造苏区纸币的时候，却发现最难伪造的就是纸币上的两个签字。中华人民共和国成立后，许多钱币爱好者都想弄清楚这两个签字，一直都没有结果。直到20世纪90年代，这套纸币的设计者黄亚光才为大家揭开了这个隐藏了半个多世纪的签字之谜，那就是时任苏区国家银行行长毛泽民的俄文签名。

在动荡的战争岁月里，纸币对老百姓的信用毕竟不够。在毛泽民同志的领导下，铸造了一批银圆。黄亚光又设计了五种银圆图案和微毫子图案，供领导选用。最后经批准，决定采用两种：一个是正面中间写着"壹圆"，上面摆着扇形"中华苏维埃共和国中央政府"字样，背面是镰刀斧头的银圆图案。另一个是正面中间写有"贰角"字样，上下方的字与1元银圆一样，背面是谷麦穗的圆形毫子图案。

发行流通钞票是一个国家、一个政权的存在和其经济实力的体现。在战争环境中印刷发行的这套苏币，在我党历史上有着十分重要的意义。它开辟了土地革命时期中华苏维埃政权发行统一货币的纪元，对苏区抵制国民党货币的渗透、繁荣当地经济、活跃市场、稳定人民生活起到了很大作用。国家银行货币发行流通后，逐步回收了各种杂币。中央苏区的货币实现了统一，稳定了苏区的金融环境。作为首套中华苏维埃共和国纸币设计者，黄亚光受到了毛泽东、朱德等中央领导同志的高度赞扬。

黄亚光生前在回忆这段往事时，曾高兴地说："当时，毛泽民同志十分信任知识分子。苏区发行的物票都是由我负责设计的，有1角、5角和1元等好几种。苏区纸币发行后，因为保证兑换银圆，信用好，推行起来很顺利，迅速占领了流通阵地，结束了苏区多种货币'诸侯争霸'的混乱局面，国民党纸币被挤出了苏区。土地革命时期，中华苏维埃政权发行统一货币，对根据地抵制国民党法币的渗透，繁荣根据地的经济，活跃市场，稳定人民生活，也起到很大的作用。"

根据黄亚光自己回忆，他在第二次国内革命战争和抗日战争时期，先后为革命根据地的银行设计、绘制了9套货币、公债券图案共70张（枚）。他设计的苏区地图、邮票、税票、米票、债券开创了红色金融、红色票证、红色图标的历史，对抗日战争时期、解放战争时期乃至中华人民共和国成立以后金融货币的设计，产生了积极的影响，成为红色货币设计的典范。曾经有人问黄亚光，那么高的绘画和书法水平是怎么练就的？他道出了成功的秘诀："一个人要经得住磨难，经不住磨难的人永远成不了有用之才。"这位土地革命时期金融战线上的老前辈，在"刀下留人"的传奇人生中，成为名副其实的一代"红色货币之父"。

第三节 信誉

信誉，堪称是货币之魂。

老一辈的中国人，或许还记得中华人民共和国成立前夕即将崩溃的国民党发的金圆券，在货币史上，创造了贬值的"神话"——一麻袋的金圆券，居然买不到一斤的大米。货币是昭示国家命运的一面镜子，也是经济实力的具体表现之一。值得赞叹的是，在当年的闽西苏区，从合作社到闽西工农银行发行的纸币，从来没有贬值，而且深得社会各界的赞许，这种崇高的信誉是怎样建立起来？这是个很有意思的命题。

认真品味、研读1931年8月14日由闽西苏维埃政府发布的第21号布告，可以清晰地得到其中的重要答案。布告很短，全录如下：

闽西苏维埃政府布告第二十一号
——流通纸币问题
（1931年8月14日）

  闽西工农银行是我们闽西工农群众自己集股开办的银行，这工农银行发行的纸币是永远十足通用随时可以兑换的，各地普遍设立了兑换处（现在已建立了好几处），实在比现银还要好。因为轻便好带，苏区内又到处流通，基金充足，非常巩固，并从来没有受过丝毫损失。现在各县区乡工农群众不断地热烈入股，基金日见扩大。可是有些人向来没有用惯纸币或者尚不明了工农银行的情形，还是喜欢用现洋不喜欢用工农银行的纸票。兹特再出布告，闽西工农银行股票无论什么交易都应一律十足通用，缴纳政府的土地税可尽量用工农银行纸票来缴纳。

  此布

主席　张鼎丞
一九三一年八月十四日

  从这张短短的布告中，人们可以看到什么呢？

  当时全国的流通货币是银圆，无论是白区还是苏区都可以流通。闽西工农银行开办的第一招，就是该银行发行的纸币和银圆是等值的，纸币1元和银圆1元一样。而取信于民的最厉害之处，就是纸币随时可以兑换，而且有普遍的兑换处，一般设在信用合作社，这样一来，就让几乎所有使用闽西工农银行纸币的人们完全解除了顾虑。手握一张轻飘飘的纸币，与沉甸甸的银圆是一样的。这就是建立在信用基础上产生的信誉。纸币携带、使用均方便，只要深入了解，就没有什么担忧的了。

  要做到纸币和银圆等值，而且随时可以兑换，并非易事。闽西工农银行必须要有雄厚的本金，而不是随时都可以加印的纸票。依靠加印纸票以谋私利，且速度快到无以复加的程度，就是当年国民党崩溃前的乱象。共产党不是国民党，不能剥夺百姓以饱私囊，必须对老百姓高度负责。正如布告中所言，工农银行是老百姓自己集股建立起来的银行，其主人是老百姓自己。极为重要的本金来自哪里？最早的开办费用来自苏维埃政府的支持，后来的发展壮大则来自成千上万的苏区群众。

可见，人民群众不仅是红色苏区的力量之源，而且是源源不竭的金融之源。相信群众、依靠群众，赢得群众的真正信任、理解、支持，天下的难事往往迎刃而解。

保存现金，这是当时闽西工农银行之所以有胆气执行纸币和银圆一比一兑换的奥秘之一。

据曹菊如回忆，闽西工农银行在龙岩成立的时候，就建立了一个印刷厂，可以印制1元的主币和1角、2角的辅币。印刷纸币并不难，难的是如何掌握更多的可以作为硬通货的银圆。因此，苏维埃政府做了决定，凡是财政和其他机关收入的银圆，一律存入银行，以解决银行现金不足的问题。当时，闽西工农银行还兼代理财政收款的职责。因此，政府、军队、机关、团体的没收款、罚款以及城市商人的捐款，均全部交给银行。这样一来，银行的现金来源扩大了，底气就充足多了。

银行是必须建立金库的。现在的国家银行，以黄金的储备量作为金库的支撑，当时的闽西工农银行，其实是以银圆的储存量作为金库的支撑，当时，虽然大家还没有金库这个概念，但实际上是发挥了代理金库的作用。而且，采取了一项今天看来十分明智的决定：银行发行的货币不用于财政开支，也就是说，银行具有独立的地位，政府不能随意到银行提款作为开支之用，工农银行不是政府可以随意提取的小金库。如果遇到政府财政入不敷出的时候，银行只是给予临时周转,过后应当如数归还银行。这一规定的出台和实施,防止了政府机关大手大脚滥用职权造成资金的浪费,更重要的是从制度的环节上,防止私人利用职权侵吞资金,造成腐败等恶劣影响和后果。

开拓财源,节约开支,以保存和不断丰富现金的积累,是闽西工农银行特别值得钦佩的地方。积累现金不是依靠加大、加快印刷纸币,而是扎扎实实地做好银圆和黄金的储备工作,增强银行的实力,因此,才可以对社会做出1元纸币可以兑换1元银圆的郑重承诺。对于这个大胆而果断的决定,开始的时候,人们有点不大相信,加上对闽西工农银行发行的纸币的信用度持怀疑态度,持着纸币前来兑换银圆的人不少,这是严峻的考验。面对这种情况,闽西工农银行的做法是,凡是前来兑换者,不论兑换多少,均予以兑换,而且随时都可以兑换。

一诺千金!办银行就应当如此。光明磊落的共产党人就是需要如此的情怀和品格。金融界的老前辈就是这样开始创业的。

眼见为实,群众终于信服了。于是,前来兑换银圆的人越来越少。闽西工农银行发行纸币的信用终于建立和巩固起来了。纸币使用比银圆方便,尤其是做生意的人们,因为携带等原因,愿意收纸币而不收银圆。进行民间贸易的商家,甚至用银圆到闽西工农银行换纸币,宁可贴上百分之几的贴水。当时,全国各个红色根据地不少都发行纸币,一是借此取代国民党发行的伪币,二是解决金融流通问题,以增强苏区的经济实力。但能够获得如闽西工农银行发行的纸币如此之高的信用度,很少。闽西工农银行不愧是苏区金融的佼佼者。

中华苏维埃共和国成立之后,不久即成立苏维埃国家银行。中央政府决定统一货币,即全国苏区统一使用苏维埃国家银行发行的纸币。为此,1932年6月24日,福建省苏维埃政府根据中央人民委员会第十四号命令，发布关于设立国家银行兑换处、兑换国家银行各种钞票的第二十号通令，指出：在国家银行各地兑换处未普遍建立之前，各级政府各部的经理机关要代理兑换银行发行之各种钞票，并须挂起"国家银行钞票代兑处"的招牌，指定专人负责。对持票要求兑换者，须尽量兑付现洋，不得拒绝；同时要向持票人宣传，以提高他们对国家银行钞票的认识。税收收的是国家银行钞票及苏维埃银币，其他什币概不接受。各级政府各部队的经理机关，不但要代理兑换，而且要帮助发行国家银行钞票。其收入之钞票，要从各个方面使用出去，在市面上继续流通。须向群众做广泛宣传，不得强迫人使用。各级财政部及部队的经理机关，应积蓄部分现金来兑换国家银行所发行的货币。此外，提出兑换钞票时的七点要求，其中最重要的是第一条，1元钞票兑付光洋1元，光洋与杂洋价格不同的地方，杂洋应照价补水。按照中央的规定，苏维埃国家银行发行的货币为苏区唯一流通的货币，闽西工农银行、江西东固工农银行等各苏区的地方银行发行的纸币一律收回并停止使用。在两种货币交接并兑换的过程中，原来承诺的1元纸币，依然是价值1个光洋，没有任何的贬值。

这就是信用、信誉。

让闽西苏区群众非常感动的事情还有，1934年10月，红军未能打破蒋介石百万大军的残酷"围剿"，不得不进行战略转移，举行震惊中外的二万五千里长征。闽西工农银行员工冒着生命危险，走村入户结清存款、收回纸币、兑换大洋，不让老百姓受任何损失，用生命呵护着银行的信用。到11月10日，闽西工农银行保存的账册记载金额为666.615元，主要来自国家商店与粮食局，还另有未分红的股东款5685.67元。

1935年春，中共福建省委被打散，闽西工农银行将账簿、设备、资金埋藏，停止股东分红发放，才真正地结束自己的使命。

信用、信誉是无数共产党人用对人民群众高度负责的精神以及他们的品格、人格铸造的。时代变迁,但这种光荣传统是永存的。

　　当然,更为深层次的原因,是共产党人和人民群众的血肉相依的情感以及共产党人为人民服务的宗旨所决定的。1934年1月27日,身为苏维埃共和国主席的毛泽东在全国第二次工农兵代表大会上有段著名的讲话,这就是后来收入《毛泽东选集》的《关心群众生活,注意工作方法》一文,文中有这样一段感人至深的话语:

> 我郑重地向大会提出,我们应该深刻地注意群众生活的问题,从土地、劳动问题,到柴米油盐问题。妇女群众要学习犁耙,找什么人去教她们呢?小孩子要求读书,小学办起了没有呢?对面的木桥太小会跌倒行人,要不要修理一下呢?许多人生疮害病,想个什么办法呢?一切这些群众生活上的问题,都应该把它提到自己的议事日程上。应该讨论,应该决定,应该实行,应该检查。要使广大群众认识我们是代表他们的利益的,是和他们呼吸相通的。要使他们从这些事情出发,了解我们提出来的更高的任务,革命战争的任务,拥护革命,把革命推到全国去,接受我们的政治号召,为革命的胜利斗争到底。长冈乡的群众说:"共产党真正好,什么事情都替我们想到了。"模范的长冈乡工作人员,可尊敬的长冈乡工作人员!他们得到了广大群众的真心实意的爱戴,他们的战争动员的号召得到广大群众的拥护。要得到群众的拥护吗?要群众拿出他们的全力放到战线上去吗?那末,就得和群众在一起,就得去发动群众的积极性,就得关心群众的痛痒,就得真心实意地为群众谋利益,解决群众的生产和生活的问题,盐的问题,米的问题,房子的问题,衣的问题,生小孩子的问题,解决群众的一切问题。我们是这样做了么,广大群众就必定拥护我们,把革命当作他们

的生命，把革命当作他们无上光荣的旗帜。国民党要来进攻红色区域，广大群众就要用生命同国民党决斗。这是无疑的，敌人的第一、二、三、四次"围剿"不是实实在在地被我们粉碎了吗？

共产党的力量在哪里？群众，成千上万觉悟了的人民群众。毛泽东在这次讲话中还用了一个十分形象生动的比喻：取得革命的胜利，犹如过江，过江就要解决船和桥的问题。"船"和"桥"在哪里？就是通过共产党人的真心实意、勤勤恳恳的工作，从关心最普通的人民群众的生活实事、小事开始，让他们理解、认识、热爱进而相信、拥护中国共产党。

信任、信誉是建立在深厚的政治、思想基础上的。用我们今天的话来说，就是价值观、人生观、世界观的息息相通。这就是当年苏区金融特别令人钦佩的地方。

第四节　剑走偏锋

这是一个真实的感人故事：

1929年夏秋之交，被迫离开红四军前委领导岗位的毛泽东，化名杨子任，在闽西的永定、上杭一带一边养病一边做农村调查。这是他最为无奈而有点落魄的日子，曾经率领部队驰骋疆场屡建奇功的红四军创建者和领导者，却因为红四军内部思想的混乱和非无产阶级思想的泛滥，而被排挤在外。据老同志回忆，当时毛泽东脸色苍白，身体状况很差。他得的是疟疾，也就是民间所说的"打摆子"。得了此病，冷热交加，热时如蒸笼上坐，冷时如冰凌上卧，患者很受折磨。

治疗此病的特效药是西医的奎宁，但因为敌人对苏区的严密封锁，闽西没有这种药品。闽西革命根据地领导人邓子恢、张鼎丞等非常焦急。他们派出了两名最机智和勇敢的交通员，突破敌人的一道道封锁线，终于潜到上海，给毛泽东买了奎宁这一救命药。回来时，遭遇到敌人，一名交通员为了掩护同伴，壮烈牺牲，另一名交通员终于把药带回闽西。

毛泽东吃了药，终于有所好转，但体质依然很差。一位老中医指出，要完全治好疟疾，须用老母鸡和牛肉一起炖以滋补身体。经过一段时间的精心调养，毛泽东终于恢复了健康。在这一年的12月底，亲自主持和召开著名的"古田会议"，确定了党对红军的绝对领导，纠正了红军中的各种错误思想，重新回到红四军领导岗位，带领红四军打开新的局面。

敌军围困万千重，有办法突破敌人的封锁吗？应当佩服闽西工农银行的人们，他们在极为困难的情况下，敢于剑走偏锋，在开展进出口贸易方面谱写了堪称传奇的篇章。

赖祖烈同志是闽西苏区金融业的创始人之一，曾任闽西工农银行的营业科科长兼总务科科长，他生前写的回忆文章中，非常生动地描述这段特殊的经历。

前来进攻苏区的国民党军队并非是铁板一块的。其中有属于蒋介石嫡系的中央军，也有非嫡系的广东、闽西等地的国民党军队。蒋介石虽然在表面上统一了中国，但国民党内部并没有真正统一过，各派军阀之间，为了自己的私利，矛盾不少，其中最为主要的是蒋介石嫡系与非嫡系之间的矛盾。在"围剿"红色苏区和红军的战争中，非嫡系的国民党部队，尤其是下层军官、士兵，他们一般都不愿意卖命，他们和国民党的上层人物更是有着许多矛盾。经过对敌情的认真分析，他们认为，利用敌人之间的矛盾，通过谨慎、细致的工作，把这些人作为"统战对象"，是完全可能的。

闽西工农银行的人们，在开展进出口贸易的过程，采取的绝招就是和这些非嫡系的国民党下级军官和士兵偷偷地做地下生意，让他们有利可图，得到实惠。对此，这些人有一段很能描述他们心理状态的话："我们不是国民党，也不是共产党；我们不信仰三民主义，也不信仰共产主义，我们是钞票主义。"正是利用了他们的这一特点，只要给他们钱，他们就会为苏区办事。

把工作做到全副武装的敌人内部，需要超出常人的胆识和智慧。

闽西苏区主要是农村，尚属于农业经济的阶段。出产的鸡、鸭、猪肉、花生、莲子、香菇比较便宜。为了在敌人的眼皮底下做生意，往往是有目的地先送点土特产和大洋给这些人，和这些人搞好关系，时间久了，这些国民党官兵就真正成为统战对象了，甚至成为红军的眼线。他们奉命前来"围剿"红军的时候，事先会告诉苏区与他们秘密联系的人，让红军和苏区群众提前做好转移或撤退的准备。即使他们奉命向红军进攻，往往也是胡乱地放几枪了事。红军有时故意撤退，让出某地让他们"占领"，让他们获得"胜利"，可以回去向主子邀功请赏。他们过不了几天也就撤走了，离开前，他们暗地里把剩下的武器弹药全部送给红军。

瓦解敌军是红军在长期的战争中总结出来的宝贵经验。除了必要的思想启迪、阶级教育以外，采用经济手段同样是有成效的。闽西工农银行虽然不是红军的情报机构，但争取和利用非嫡系的国民党官兵，打开一条渠道，突破敌人封锁，灵活地开展进出口贸易，取得了显著的成效。

遇到过年过节，国民党哨兵贪吃爱喝酒，迟到早退现象普遍，哨卡往往比较松懈，闽西工农银行营业部的人们就利用这一机会，进行巧妙安排，把一些从敌占区秘密运来的物资运过敌人的哨卡。如果遇到他们熟悉的国民党官兵站岗放哨，就更为方便了。

奉命前来"围剿"闽西苏区和红军的，不少是和闽西近邻的广东军。而与闽西不远的广东大埔是商业活动的繁华之地，那里物产丰富，离潮州、汕头、厦门等国民党占领区交通都比较方便，从水路、公路都可以直达闽西的永定、上杭、长汀等地，是个很不错的交易市场。怎样把闽西的土特产和一些产品运到那里并把从敌占区运来的物资如盐、药品甚至是武器弹药运进来呢？闽西工农银行的人们就想到请那些熟悉的国民党下层官兵捎货的办法。开始，是个人的，量不多，但捎带的人多了，集中起来，也很可观；后来，慢慢扩大，尤其是下级军官，他们的门路广，捎带的货物相对也多。对此，闽西工农银行的人们是非常谨慎的，不但要给这些为苏区捎货的国民党下层官兵优厚的报酬，而且要尽力保密，以保证他们的安全。

这实际上是在敌人的营垒中建立一个秘密的贸易网，有了这个网络，敌人的封锁就形同虚设，它再一次告诉人们，敌人从来就不是铁板一块的，利用敌人之间的矛盾，需要胆略，更需要艺术。在血与火交织的对敌斗争中，既要有敢于刺刀见红的血拼勇气，也须有化敌为友、兵不血刃的高超艺术。

闽西苏区模范执行对工商业的政策，对他们秋毫无犯，更增加了商人对红军的信任。

毛泽东率领红军攻打漳州取得大胜，还发生了这样一件颇有情趣的故事。

几位来自山区的红军战士，第一次见到模样奇特的火鸡，误认为这种有点趾高气扬的家禽肯定是土豪家养，于是，毫不客气地"打土豪"——把它们杀掉煮起来吃了！后来，被红军有关领导知道了，连忙找到这只火鸡的主人，原来是一位经商的华侨，不仅带着战士上门去赔礼道歉，而且赔偿这家主人的损失。这位华侨深受感动，赞叹红军纪律严明，爱护百姓，尊重商人。

红军的本色，赢得了商家的信任。闽西工农银行在开展商贸活动过程中，始终坚持买卖公平，并且特别注意和商人搞好关系，在生意场上尽可能给予他们合理的利润，还经常给他们送点礼，表示尊重和友情，给他们实惠，让这些商人愉快地为苏区和红军工作。

建立和苏区广大商人的友好关系，真心实意地和他们交朋友，为突破敌人的封锁发挥了重要的作用。

商人为了生存和赚钱，所编织的关系网中，不乏国民党、军阀、民团等手握实权的人物，通过他们进入敌占区做生意的确方便多了。中国是个很讲究人情的国家，投桃报李是常情。正是在这些商人的鼎力帮助下，闽西工农银行把收进来的金银以及兑换来的敌占区的钱币，由商人带到敌占区，买回不少苏区的必需品。

时隔多年，中华人民共和国成立后，赖祖烈还清楚地记得：永定的湖雷镇共有5家商店，其中的一家叫华安西药房，这家商店的主人和闽西工农银行的关系很不错，经常到广东的大埔替赖祖烈他们买回不少药品，包括电池等物品。长汀有个商人蓝志奎，也是一个很不错的商人，闽西工农银行营业部委托他，把收购上来的土特产，拿到敌占区去卖，然后再带回苏区的不少必需品。商人们这样做，当然也是要冒着一定风险的，但他们有自己开拓出来的渠道，一次次地穿越敌人的封锁线，总是化险为夷。

当然，还有风险更大的事情。为了工作需要，闽西苏区的一些同志，如赖雨田，有时化装成商人，到敌占区进行活动，无疑如深入虎穴，要冒着被敌人发现牺牲生命的危险。他们的英勇无畏，不怕抛头颅、洒热血的精神，永载史册。

第五节　奥秘何在

穿越历史的烟云，看闽西工农银行发行的纸币，始终坚挺不倒，无论从当时还是现代的视角看，都是奇迹。这个奇迹是怎样创造的呢？

闽西工农银行不是仓促建立起来的，它经过了认真的筹备，一般人认为，其筹备时间是1930年9月，实际上比这个时间还早。

福建省革命纪念馆原副馆长、研究馆员汤家庆经过认真考察发现，早在1930年6月1日，闽西苏维埃政府经济部在《调剂米价宣传大纲》中就提出了闽西政府正计划开设一家农民银行的问题，并提出银行资本进行募股的办法，指定由红十二军负责此事。

据曾任闽西苏维埃政府主席的张鼎丞同志回忆，在1930年6月中旬于上杭南阳召开的中共红四军前委和闽西特委联席会议即史称"南阳会议"上，就正式决定成立闽西工农银行，发行钞票，以维持金融和发展手工业和农业生产，准备与敌人进行长期的斗争。

1930年11月29日，中共闽西特委给南方局的报告中有这样详细的记载："自闽西政府选派阮山、曹菊如、邓子恢、赖祖烈、蓝为仁、张涌滨等七人组织银委会，开了六次筹委会，积极进行募股工作。各县成立有募股委员会。计8月25日起筹备两月有余。银委会以各县都有相当成绩，即于11月7日纪念十月革命节中举行开幕典礼进行营业。"据此，汤家庆总结出一条清晰线索：闽西工农银行是1930年6月开始酝酿，8月25日开始筹备，9月初闽西第二次工农兵代表大会通过闽西工农银行章程，会后公开宣传，着手进行募股工作，特地选择在"十月革命"纪念日正式成立并开始营业。

沿着这条线索寻迹，人们可以发现，该银行筹备时间虽然不长，但筹备工作却十分认真、细致、周到，从历史资料看，仅筹委会就召开了6次会议，可谓毫不含糊。在制定的规范章程中，最值得钦佩的是闽西工农银行的任务，用今天的语言来说，就是顶层设计，非常简练而又极为精当的四句话：调剂金融，保存现金，发展社会经济，实行低利借贷。在闽西工农银行成立的当天，这四句话用红漆写在银行的四根大柱子上，一直保存到今天，一目了然，引起了人们的特别注意。

且不要小看了这四句话。它的核心实际是"服务"两字。闽西工农银行不是一般意义上的商业银行，它的诞生，不是为了盈利，不是为了赚钱，更不是为了谋私利，而是为巩固和发展闽西苏区，推动苏区的经济发展，保障人民群众的生产、生活服务。细细品之，没有丝毫的铜臭味。这是让今天的人们都感到温暖和怀念的地方。

现代银行无论是国有还是行业乃至大企业办的，都是商业银行。在商言商，它们是以货币这一特殊商品进行经营的，在如今这个市场经济时代，追求利润即盈利是现代银行最为突出也是重要的目的。当然，现代银行的运营也需要在法定的范围内。将两者进行比较，一是服务，一是盈利，泾渭分明。

现在有句时髦的话语：屁股决定脑袋。从政治的角度进行解读，就是立场决定思想。闽西工农银行是坐在"服务"的立场上，全心全意地为苏区服务，以服务为最高宗旨的，因此，对直接关系到苏区成千上万群众生活的货币币值，尤为注意，绝不能让老百姓为手中经过艰辛劳作得来的一点血汗钱而担惊受怕，更不能让他们吃亏。这就是闽西工农银行的顶层设计的可贵之处，也是值得今天金融界"不忘初心"的地方。该银行所发行的纸币，始终是1元抵大洋1元，没有因为种种原因而改变。保值、保价，令人钦佩。经济包括金融实际上蕴含着丰富的政治、思想元素，离开了这一点，许多现象就如谜团一样，看不清楚。

闽西工农银行是股份制银行，闽西苏区现金储备不多，当时最重要的现金是金子、银子，办银行需要现金，也就是人们所说的储备金。保存现金是闽西工农银行重要的任务之一。于是，闽西苏维埃政府领导下的银行在加强现金管理上采取了几项颇有力度的措施。一是增加现金储量，积极回笼社会上流通的现金。二是限制现金的输出，建立了现洋出口登记制度。规定凡苏区群众往白区办货或白区商人贩货到苏区，带现洋出口20元以上者需经当地政府批准，

1000元以上者需经县苏政府批准。这达到既保存现金，改变现金储量不足的困难局面，提高了工农银行纸币的信用，又有效地打破敌人经济封锁的目的。三是果断地做出禁止金银外流并取缔金银投机活动的决定，并通过闽西工农银行到各地收购金银，其中主要是闽西各地妇女佩戴的饰物以及群众使用的银器，也有少量的金质品。

为此，闽西工农银行还附设了一个熔银厂，把收购上来的银器熔成银饼，然后送中央造币厂制成银圆、银角，而金子则熔成5两、10两的金条。有了金银，苏区就可以到敌占区购买必需品，特别是红军以及群众最需要的药品等。

按照行规，银行发行的纸币只能控制在其储备金的三分之一左右。滥印、滥发纸币是造成货币贬值的直接原因。在这一根本问题上，闽西工农银行保持着相当负责的态度。根据史料记载，1930年12月，闽西工农银行第一次发行的纸币系1元的纸币，才3万张，并向社会宣布，此1元纸币和1元光洋同等价值，可以随时到银行以及银行设立的其他地方的兑换处兑换大洋。纸币贬值的原因很多，狂热追求利润、盲目印制钞票是其重要的因素，而对人民群众高度负责的闽西工农银行并没有这样做，这是和他们服务为上的宗旨紧紧相连的。

按照原来规定的章程，闽西工农银行营业的项目有"存款、放款、买期票、买卖金银、发行纸币、铸造铜币、兼营储蓄"等业务。因为苏区处于敌人大兵压境的战争环境，反"围剿"战争始终没有停止，不少业务都无法开展起来，但有一项却是做得大气、精彩，并取得显著的成效，这就是放款——25％的资金投入支持各类合作社、15％资金投入苏维埃商店和土地生产。根据需要，对龙岩、永定、上杭的粮食调剂局和消费、粮食、石灰生产合作社，还有汀连、宁化等县的纸业以及铸铁生产合作社等都发放了大批的低息贷款，此外，还贷款发展文化事业，贷款支持创办列宁书局等。长汀是造纸之乡，为了发展纸业生产，在资金并不充裕的情况下，闽西工农银行还对长汀 35 家造纸的槽户发放低息贷款高达 14765.62 元。

筹款本是银行最为重要的任务，闽西工农银行在通过募股的形式筹款的同时，反而把放款作为非常重要的任务。除了他们奉行服务的宗旨以外，更为重要的是当时他们的思维方式。他们都是忠诚的共产党人，在实践中，他们明白了一个朴素的真理：经济是基础，处于艰难环境中的闽西苏区，通过发展合作社等形式，把经济搞上去，生产、消费以及商业贸易真正活跃起来，合作社富裕了，群众的生活改善了，口袋里有了点钱，才有可能增加对银行的入股，募股工作才能顺利进行。

有不少研究文章对闽西工农银行的第一期募股成果，都认定是募到了原定的 20 万元，经过专家考察，那实际上是宣传上的数字，真实的情况并非如此。当时，为了扩大闽西工农银行的影响以及造声势，对外宣传是募股 20 万元，内部定的指标实际是 12 万元，结果，真实的情况是，尽管大家都积极努力了，募到的金额只有 2 万元，只有内部预定计划的六分之一。后来，继续募股，动员群众、各级政府、各个部门和组织等。到了 1934 年 11 月 10 日，从闽西工农银行日计表上看，实际上共筹集股金 45316.750 元。这已经非常不容易了，就是在银行资金如此窘迫的情况下，他们还是把放款置于最为重要的位置。

其实，放款和筹款是一对矛盾，它们之间完全是可以转化的。放款的目的虽然并非仅仅是为了筹款，但其发挥的作用却为增强苏区的经济实力做出了重要的贡献，苏区整体实力增强了，银行开展募股等筹款工作也就相对比较容易了。不过，要做到这一点，需要眼光、情怀，这也是闽西工农银行不同凡响的地方。

银行理财，今日已经成为普通的常识，当年闽西工农银行的理财活动，除了放款投资，还开展贸易活动，前文所述的闽西工农银行剑走偏锋，冲破敌人的层层封锁，开展进出口贸易活动就是典型的实例，这里更体现了闽西工农银行的一个重要观念，那就是尽全力开辟市场。

市场是活水，没有市场作为平台，经济是无法繁荣和发展起来的。敌人封锁的目的是把苏区百姓和红军困死、饿死，而银行的金融业，如果没有鲜活和广阔的市场，同样是死水一潭。从市场观念来看，苏区的进出口贸易，不仅直接关系到苏区的生存和发展，同样和闽西工农银行的发展息息相关。

不错，银行固然有资金，有金、银，但它们本身不会生财，要使用起来才能真正发挥作用，也就是生财。闽西工农银行的创建者们深深懂得这个道理，他们没有把注意力用在最为简单也最为容易的加印钞票上，而是根据实际情况和需要，放在他们承诺的四项任务上。工农银行纸币的坚挺和赢得苏区群众的高度信任也就很自然了。

苏区采取统一货币，将敌占区伪币全部清除出去，树立闽西工农银行发行纸币的威信，当然会引起敌人的嫉恨。从发行纸币开始，苏区就高度警惕敌人的种种诋毁和破坏，尤其是敌人以及别有用心的人制造的假币。除了在纸币的设计上设立了防伪标志，还从各个方面强化了戒备和防范。按照中央的规定统一使用中华苏维埃共和国国家银行发行的货币之后，曾经发生伪造假币的案件。

1934年春，闽西明光县（连城）发现有反革命分子假造的国家银行所发行的纸币。该县苏维埃政府裁判部将此事写成通讯，发表在《红色中华》第156期上。通讯除揭露敌人造假币以扰乱苏区金融，做国民党进攻苏区的内应外，还指出该假币在纸色、号码上与苏币不同，从而提醒群众识别假币。

同年春，福建省保卫局连续破获三个重要案件，其中一个是用木刻印版伪造1元一张的苏币的经济反革命案。案犯阙渭川系从永定逃到汀州隐藏的团总。保卫局将三个案子移送省裁判部，省裁判部即在汀州文庙组织公开审判，当时到会群众约千人。"在公审时，保卫局将起出的枪支和伪造的纸票拿到公审台上给群众看，参加公审的群众都说：'啊！保卫局真厉害，这样子的东西都查出来了，伪纸票我们还未看过就让保卫局捉到了，这些反革命确实该死！'"经过公审，这些犯罪分子被公开处决。

苏区货币包括后来由中华苏维埃共和国国家银行发行的货币，神圣而庄严，其权威不容玷污和侵犯，正因为苏区采取了严厉而有效的措施，伪造假币的事件被杜绝，敌人的种种阴谋破产了。

第五章 中流砥柱

人民共和国金融的灵魂在哪里？中国共产党坚强而切实的领导。党指挥枪，才能无往而不胜，这是用无数革命者的鲜血换来的结论；同样，党领导初创的红色金融，才创造了堪称绝响的奇迹。中国共产党人在理论与实践结合中创造的领导金融的思想和经验，是如此令人震撼！这是红色苏区金融遗传给共和国金融的核心和瑰宝。

第一节 毛泽东的合作经济思想

这是闽西红色金融的幸运。从它孕育、诞生到发展、成熟，始终都得到毛泽东同志的亲自指导，尤其是毛泽东的合作经济思想，更是成为催生闽西红色金融的春风、雨露、阳光。

毛泽东和闽西有着深厚的缘分。走遍闽西，人们会发现一个很有趣的现象，几乎处处都有毛泽东留下的脚印，还有不少遗落在民间的逸闻、故事、传奇，至于毛泽东住过的地方，更是颇多。史册处处记载着这位旷世伟人理论和实践上的辉煌和永恒。

1919年7月，正是五四运动处于高潮时期，青年毛泽东曾经在长沙办过一份影响很大的刊物——《湘江评论》，其中他写的《民众大联合》，连载于2、3、4号，在此文中，毛泽东激情洋溢地说道："国家坏到了极处，人类苦到了极处，社会黑暗到了极处。"因此，采取补救的方法，诸如教育、兴业等，固然是不错，但很难从根本上解决问题。为此，毛泽东提出一个当时他所能想到的根本方法，就是民众的大联合。他豪迈地宣称："天下者，我们的天下！国家者，我们的国家！社会者，我们的社会！我们不说，谁说？我们不干，谁干？刻不容缓的民众大联合，我们应该积极进行。"民众大联合的思想，是早期毛泽东思想的重要组成部分，也是他后来合作经济思想的发轫之源。

合作经济实际就是民众联合经济，它的组织形式是合作社。毛泽东最早提出建立合作社思想是在1926年5月，其时，他在广州主持农民运动讲习所，就聘请专业人员讲授"农村合作"课程。第一次大革命时期，湖南的农民运动风起云涌，成为全国农民运动的典范，但遭到国民党右派的恶毒毁谤，共产党内也有不少人对农民运动产生怀疑，引起了农民运动是"好得很"还是"糟得很"之争。毛泽东深入农村调查，1927年3月，他在《湖南农民运动考察报告》一文中，严肃回答了党内外对农民运动的责难，激情洋溢地赞颂：农民运动好得很！他讲述农民在农民协会领导下所做的14件大事，其中的第13件是合作社运动。这篇堪称经典的文章中有这样一段文字：

> 合作社，特别是消费、贩卖、信用三种合作社，确是农民所需要的。他们买进货物要受商人的剥削，卖出农产要受商人的勒抑，钱米借贷要受重利盘剥者的剥削，他们很迫切地要解决这三个问题。去冬长江打仗，商旅路断，湖南盐贵，农民为盐的需要组织合作社的很多。地主"卡借"，农民因借钱而企图组织"借贷所"的，亦所在多有。大问题，就是详细的正规的组织法没有。各地农民自动组织的，往往不合合作社的原则，因此做农民工作的同志，总是殷勤地问"章程"。假如有适当的

指导，合作社运动可以随农会的发展而发展到各地。

这应是毛泽东最早的合作社思想。然而，轰轰烈烈的第一次大革命因为以蒋介石为首的国民党右派叛变而失败，中国共产党人和革命群众被推入血海之中，毛泽东的主张和愿望无法实现。他亲自组织和领导秋收起义之后，上了井冈山，和朱德领导的南昌起义部队会师，建立了井冈山革命根据地，因忙于应付敌人的不断"会剿""围剿"，在井冈山尚无暇顾及建立合作社等问题。

1929年春，毛泽东和朱德、陈毅带领红四军下山开辟新的根据地，自3月到5月，两次入闽，在闽西地方武装的紧密配合下，消灭了国民党地方军阀，建立了以龙岩、永定、上杭、长汀为中心的闽西红色区域。在局势相对稳定之后，毛泽东的合作经济思想终于有了进行实践的舞台。

1929年6月，红四军第七次代表大会在龙岩召开，由于对毛泽东的建军思想和党对军队的绝对领导等根本问题，红四军内部存在严重分歧，毛泽东离开了红四军的领导岗位，调到地方指导工作。他到了上杭的蛟洋，指导、帮助召开中共闽西第一次代表大会。此会在1929年7月20日开幕，毛泽东到会做了重要报告，就当时面临的闽西苏维埃政权巩固和发展的根本问题，提出了6项决策性的指示，为红色区域指明了方向。会议通过了经毛泽东审定的《关于苏维埃政权决议案》，确定了苏维埃政权的性质、宗旨、任务，强调苏维埃政权必须为工农兵以及广大劳苦大众谋利益，并且规定，苏维埃政府的第一项工作就是举办合作社等地方建设事业，把举办合作社提升到根据地建设极为重要的日程上。

立足大局、全局，是毛泽东合作经济思想深邃、远见之处。

这次大会选举邓子恢为中共闽西特委书记。这里有个值得特别注意的细节。毛泽东多次和邓子恢深谈，令邓子恢很是感动，并完全接受了毛泽东对局势的分析、决策等思想，他们成为坦诚相知的战友。此后，邓子恢认真贯彻毛泽东提出的一系列方针、政策，包括合作经济思想等。闽西苏区之所以能够成为人民共和国金融之源，毛泽东和邓子恢在其中所起的关键作用，是极为重要的因素。

1929年8月以后，毛泽东身体欠佳，曾经在永定大山深处的牛牯扑养病，此地就在永定湖雷镇不远的地方。在永定养病期间，他多次和前来看望的邓子恢、张鼎丞、阮山等闽西党和政府的负责同志交谈。当时，闽西苏区出现了"剪刀差"的严峻问题。毛泽东也曾多次到农村进行调查研究，发现这一问题的严重性，因此，指示闽西特委在1929年的9月到11月间，多次发表有针对性的通告。其中《关于剪刀差问题》的第7号通告，十分明确地指示各县区苏维埃政府的经济委员会，应当立即帮助群众"创造合作社，如生产合作社、消费合作社、信用合作社"，使农民免遭商人的剥削，并借此调剂农村经济的发展。在尔后发布的第13、14号通告中，就迅速和大力组织各类合作社，解决"剪刀差"问题，提出了更为具体的要求。

在这段养病期间，毛泽东还曾经住在上杭的苏家坡的一个山洞里，并到上杭农村进行社会调查。此时，他虽然患病，又远离领导岗位，但依然时刻关注着局势的变化，为苏区的发展做了不少工作。

闽西苏区的红色金融，永定系重要的发源地之一，该地的合作社不仅办得早，而且发展迅速。他们最早发行纸币、股票，该地成为闽西苏区红色金融的典范之地，和毛泽东的直接指导和领导是分不开的。而上杭同样得益于毛泽东的亲自莅临指导，成为合作经济发展成熟之地。

善于总结和提升群众的经验，始终坚持从群众中来到群众中去，是毛泽东一贯的作风，也是他重要的思维方式之一。

闽西红色金融最早是从办农村信用合作社开始的，这一组织的宗旨十分明确，那就是"便利工农群众经济的周转，帮助发展生产，实行低利借贷，废除高利贷剥削"。其实际是毛泽东合作经济的思想和建立合作社的主张、理论的具体体现。信用合作社不仅在发展繁荣苏区经济、解决面临的"剪刀差"等问题方面发挥重大作用，而且为闽西工农银行的诞生奠定了坚实的基础，中央苏区成立以后，闽西办合作社的经验被推广到全国各苏区，成为各地借鉴的典范。

毛泽东在闽西的实践以及亲自指导、领导合作经济的经历，进一步验证和丰富了他的合作经济思想。1931年11月，他担任了中华苏维埃共和国临时中央政府主席，除了指挥打破蒋介石发动的一次次对中央苏区的反动"围剿"之外，领导苏区经济工作成为他的重要职责。毛泽东领导的临时中央政府，高度重视信用合作社在调剂农村金融中的枢纽作用，他不仅把闽西苏区的经验推广到中央苏区，而且进一步完善和丰富合作社的理论与实践，使合作社成为苏区经济发展的极为重要的组织形式。

鉴于中央苏区全面发展合作经济的热潮，1932年4月，毛泽东主持的临时中央政府制定了《合作社暂行组织条例》，并就人们特别关注的信用合作社，重申了"便利工农群众经济周转"以及"抵制私人的高利剥削"的意义和作用。1932年9月，又根据当时苏区各地正纷纷办起合作社的情况，郑重地颁发了《合作社工作纲要》。1933年6月，中央国民经济人民委员会发布了《发展合作社大纲》。1933年9月1日，颁布了《信用合作社标准章程》。这一系列在毛泽东亲自主持下以中央名义出台的文件，对合作社的性质、任务、职责、制度乃至工作方法都做了明确的规定，比较完整地体现了毛泽东合作经济思想。正是在以毛泽东为主席的临时中央政府的大力倡导、推动、领导下，中央苏区的合作经济得到快速的发展。据1933年统计，仅福建、江西两省的17个县，包括信用合作社在内的各种合作社高达1423个，股金305551元。到这一年底，中央苏区的社员已经达到50万人之多。

取得这些成绩是很不容易的。有个值得人们注意的时代背景。亲自指挥红军取得第一、二、三次反"围剿"战争胜利的毛泽东，不同意临时中央"左"的进攻路线，临时中央领导人因此对他很恼怒，不顾周恩来一再陈述挽留的意见，在1932年10月的宁都会议上，解除了毛泽东的红一方面军总政委一职，让他回后方专职做政府工作。1933年11月，身处逆境的毛泽东第三次到上杭才溪乡调查，在老百姓家住了十多天。回来后，写了著名的《乡苏工作的模范——才溪乡》即《才溪乡调查》一文，热情地介绍了才溪乡通过发展经济做好群众工作的经验。该乡88%以上的青壮年参加了红军，后来出了9个军长、18个师长，即誉满天下的"九军十八师"。在此文中，毛泽东热情地赞扬："合作社第一好！"

战事频繁，苏区经济面临严重的困难。1933年，中央政府决定发行300万经济建设公债。这300万的经济建设公债怎样使用呢？毛泽东在1933年8月20日写的《必须注意经济工作》一文中这样说道："我们打算这样使用，一百万供给红军作战费，两百万借给合作社、粮食调剂局、对外贸易局做本钱。"在如此艰难的环境中，中央政府还是如此高度重视合作社。

1934年1月，第二次全国苏维埃代表大会在瑞金召开，毛泽东在会上做重要报告，他特别指出："注意信用合作社的发展，使在打倒高利贷资本之后能够成为它的替代物。"可见他对信用合作社的高度重视。金融为经济生命之泉，而在苏区的合作经济之中，信用合作社更是举足轻重。对此，毛泽东洞察入微，高瞻远瞩，令人赞叹！

毛泽东合作经济思想是毛泽东思想的重要组成部分，在土地革命时期，已经相对完整和成熟。它包括合作社的办社宗旨、产权性质、管理制度、实行途径和方法等。毛泽东科学地分析了苏区的经济构成：国营经济、合作社经济、私有经济。大力发展合作社经济运动中，毛泽东冷静地分析了合作社的产权性质，它是生产资料私有制和集体使用相结合的合作社产权，最为关键的是土地。农民分得的土地依然归农民私人所有，合作经济实际上是以群众性的股份集资为"轮带"的集团经济，用我们今天的话来说，是"民办"经济，而不是"官办"经济。对比中华人民共和国成立以后农村实行的合作化运动，产权本质不同。前者是以土地私有为核心的个体经济的合作，属于新民主主义性质；后者是以土地公有为标志的集体经济，属于社会主义性质。实践证明，前者既能够充分调动群众的积极性，使他们能够得到"分红"，又能够发挥联合起来的力量，克服种种困难，而且，还便于加强党和苏维埃政府与群众的血肉联系。因此，大规模合作化不仅成为发展、繁荣苏区的重要环节，而且成为党与群众命运与共、心灵相通的纽带。毛泽东合作经济思想的伟大作用就在于此。

第二节　中流砥柱

　　闽西苏区金融业之所以能够从小到大并逐步走向成熟，中国共产党的领导堪称是中流砥柱。

　　它的产生，具有深厚广阔的时代背景和特殊的政治原因。在此之前，广大的劳苦大众普遍认为，只要通过暴动，推翻了国民党的反动统治，推倒了压在他们头上的土豪劣绅，尤其是把渴望了祖祖辈辈的土地分到家，就可以过上幸福的日子。完全没有想到，红色的工农政权建立之后，还会出现"剪刀差"之类的严重问题。怎么办呢？共产党给他们想了好办法，那就是联合起来，通过办合作社，运用团结起来的力量去战胜困难，摆脱困境。这种抱团取暖的办法完全是在共产党的直接领导下诞生的。用句通俗的话来说，这就是闽西金融的孕育和诞生之根源，即从它出生开始，金融业就紧紧地和共产党融在一起。

当时，入党是很严格的，闽西的共产党员并不算多，共产党的力量在哪里？群众，千千万万从亲身经历中感受并真正认识到共产党才是大救星的群众。觉悟起来的农民，正如毛泽东在《湖南农民运动考察报告》中所描绘的那样，"很短的时间内，将有几万万农民从中国中部、南部和北部各省起来，其势如暴风骤雨，迅猛异常，无论什么大的力量都将压抑不住。"真正为群众谋利益，为劳苦大众求解放，从而得到人民群众的充分信任，共产党和人民群众的血肉相依，是共产党力量之源，也是星星之火可以燎原，共产党最后战胜貌似强大的国民党之所在。

共产党中流砥柱的力量盖源于此。

有了共产党的坚强而正确的领导，闽西的金融就有深厚的群众基础。共产党一声召唤：大办合作社，人民群众立即踊跃地行动起来。信任是催生奇迹的春风，正如古诗云："春风如贵客，一到便繁华。"回首并没有远去的那个火红年代，我们深深为此感到自豪和骄傲。

中国共产党的伟力，除了深深植根群众以外，关键是依靠立足现实而制定的路线、方针、政策的正确。

从办合作社起步的闽西金融，经过时间的沉淀，有几个方面的决策是非常务实而具有远见的。一是用集股的办法组织合作社，包括信用合作社。它发挥了政权的优势。合作社的本金，政府最早从打土豪所得中予以一定的支持，其他由群众集股。群众虽然还比较穷，但积少成多，积沙成塔，终成规模、气候。集股的办法不仅集聚了群众的力量、资金，而且和群众的利益牢牢地系在一起，凡是参加的社员即股民，是可以分红的。二是组织合作社，并不改变生产资料的私有制。农民的生产资料除了耕牛、农具，最根本也最重要的是土地。没有将土地入社，没有将刚刚分的土地从农民手里要回来，这一决策对保护和充分发挥农民的积极性产生不可估量的作用。

如果从文化上分析就更清楚了：中国农村实际上处于农耕经济时代，而农民则是个体劳动者，也就是说，他们的文化实际上是以个体为标志的自耕农文化。就经济性质来说，是以土地私有为基础的新民主主义性质个体经济，而不是以土地公有为基础的社会主义集体经济。不盲目地跨越时代，充分考虑到群众的觉悟、思想水平，是当时闽西的共产党人特别值得钦佩的地方。

从现有的历史文献和专家、研究人员对当年当事人的调查以及老同志的回忆材料中可以发现，在办信用合作社方面，闽西的红色金融创造了三个全国之最：在中国共产党和苏维埃政权领导下，最早成立信用合作社、最早发行股票、最早发行货币。

当时，从闽西特委、苏维埃政府到县、区、乡各级组织，对办合作社高度重视，除了积极领导、制定政策等以外，不少合作社的领导人都是由共产党人担任。例如，阮山、赖祖烈以及后来因为"肃清社会民主党"而被错杀的陈海贤、林锦彬等共产党人皆担任过信用合作社的领导人。他们忠心耿耿，对事业极端负责，开始的时候，并不熟悉信用合作社的有关业务，于是认真地学习，终于成为金融的行家、专家。有了这批优秀的共产党人担任合作社的领导工作，就保证了合作社有了主心骨，并越办越好。

这些担任合作社领导的共产党人，很值得群众信任的地方，不仅敬业而且无比清廉，他们在血与火的军事斗争中经受考验，在经济斗争中同样不愧是党的优秀儿女。

党的领导是政治、思想、政策方针等方面的领导。纵观闽西金融诞生、成长、发展的历史轨迹，每一步都在闽西特委和苏维埃政府的领导下进行。共产党人如舵手，时刻掌握着前进的方向。

最早提出建立合作社尤其是信用合作社，是1929年9月30日的中共闽西特委第七号通告《关于剪刀差问题》，此文就当时存在"剪刀差"问题，严重影响苏区群众生活和经济发展，提出了十条解决的措施。对于金融方面的办法，第一条是办农民银行和借贷所，即"由县政府设法开办农民银行，区政府设立借贷所，办理低利借贷，借与贫苦农民，使农民不致告贷无门而贱卖粮食。其银行、借贷所基金，则由打土豪款拨出一部分，并召集私人股金或向私人告贷、积资而成"。还有一条是办合作社，即"由县区政府经济委员会有计划地向群众宣传，并帮助奖励群众创造合作社，如生产合作社、消费合作社、信用合作社等，使农民卖米买货不为商人所剥削，而农村储藏资本得以收集，使金融流通"。这两条措施都是非常适时而有效的。

正是在闽西特委的这一号召下，中共上杭县执委于这一年10月2日召开的第一次工农兵代表大会上提出议案的第十二条中，就"合作社"问题，明确提出："各乡政府应尽量宣传合作社的作用和办法。"永定县紧接其上，在10月28日召开的第一次工农兵代表大会上提出的十项"现苏维埃目前最低的施政纲要"中，第一项就是创办合作社，第四项还提出了"统一度量衡尺币制"。在得到上杭、永定的积极响应以后，11月，闽西特委紧锣密鼓，在一份通告中再次强调，要解决当务之急的"剪刀差"问题，各级苏维埃在奖励群众生产、发展经济的同时，是建立"普遍的合作组织"。

可见，正是中共闽西特委的高度重视和上杭、永定县委的积极响应，闽西的合作社尤其是信用合作社组织才破土而出。从1930年上半年到下半年，在上杭、永定苏维埃政权比较稳固的地方，由当地的党组织直接负责，先后建立了一批由农民和商店集股创办的信用合作社，其中永定的两家信用合作社，根据"统一币制"的要求，还率先发行了纸币。

合作社在当时是个新事物，没有现成的经验可以借鉴，应当怎么办才好呢？初期的合作社皆在摸索之中，闽西特委和苏维埃政权对此没有丝毫的懈怠。

1930年3月18日至24日，闽西第一次工农兵代表大会在龙岩召开，闽西苏维埃政府正式成立，大会选举了邓子恢为闽西苏维埃政府主席。他是深得毛泽东合作经济思想真传的人，而且很有经济头脑，对合作社这一全新的组织形式，予以高度重视，而且对其组织的性质、任务、职责、方法进行了比较全面而深入的思考。正是在他的主持下，大会于3月25日发表的宣言中，强调必须统筹闽西社会经济的发展，认真调节粮食、金融，以解决苏区群众的生活问题。一是粮食，二是金融，这两个直接影响苏区经济和群众生活的立足点，被精准地抓住了。

政策是生命。在《经济政策决议案》中，及时地提出了保存现金、普遍发展信用社组织、限制纸币发行等问题。为了保证合作社的健康发展，防止出现不必要的偏差，还制定颁布了《合作社条例》《取缔纸币条例》《商人条例》。发行纸币是非常敏感的问题，在《取缔纸币条例》中果断而明确地规定，各地不得自由发行纸币，信用合作社才有资格发行纸币；并非所有的信用合作社都可以发行纸币，对此的规定是，具有5000元现金的信用合作社，得到闽西政府的批准才可以发行纸币。对发行的纸币数量也有严格的限制，不得超过现金的半数，而且，纸币面额只能限在1角、2角、5角三种，不得发到10角以上。各地发行纸币不合条例者，要限期收回。

认真研究这些重要文件，深为当时闽西党和政府最高决策者思维的缜密和远见所折服。

闽西苏区处于敌人的重重围困之中，虎视眈眈的敌人随时都准备吞噬这新生的政权。战事频繁，在一般人的心目中，第一位的任务是打仗。因此，扩大红军，做好打仗的各种准备是压倒一切的。尤其是1930年以后，党中央从上海转移到瑞金，而执行"左"倾冒险主义的李立三路线，错误地要求红军盲目地攻打城市，提出"饮马长江，会师武汉"的冒险战略。闽西红军也多次被调去攻打城市，结果屡屡遭受失败，损失严重。在如此复杂而严峻的背景下，闽西的党和苏维埃政府，依然顶着压力，始终坚持抓经济工作，尤其是金融业，在组织合作社的基础上，成立了闽西工农银行。

经济问题是全局性的问题。党和政府必须牢牢地抓经济，而且要高度重视经济领域中最为活跃最为关键的金融。对金融中敏感且一旦不慎就容易造成严重后果的问题，更是慎之又慎。当时，对于合作社印制纸币的规定，就是如此。

从一系列的文件中，人们看到，闽西党和政府的领导人邓子恢、张鼎丞对合作社、闽西工农银行倾尽全力，事无巨细，皆是亲力亲为，并且反复斟酌、推敲。他们并不是先知先觉之人，也从不盲目地依靠主观的臆想，而是扎扎实实地深入群众，对各类合作社尤其是信用合作社进行调查研究，总结、提升实践中的经验，从而制定合作社的有关条例，用于指导合作社化运动。

第一把手管经济，第一把手管金融，不是高高在上，而是善于进行调查研究，科学地分析问题、研究问题，破解其中最为关键的地方，这种强烈的"问题意识"和脚踏实地的光荣传统，就是当时的共产党人创造的。

党的领导是非常具体的，既有大局，又有大量的细节。如今有句颇有意蕴的现代话语："细节决定成败。"当时虽然还没有这种提法，但实际上闽西的党和苏维埃政府的领导人，都认识、感悟、觉悟到了，并不断落实到自己的行动之中，这就是足以超越时空，至今依然值得人们继承和弘扬的地方。

第三节　制度为先

制度是什么？度是法则、规范的意思。制度就是在一定思想指导下制定的法则、规范。用最通俗的传统话语来说，就是规矩。共产党当然同样赋予领导者一定的权力，包括最后的决定权即拍板。权力的作用虽然不可低估，但更为重要的是制度。习近平总书记曾经多次说过，把权力放到制度的笼子里。也就是说，制度高于权力，制度为先。党的领导作用，极为重要的是依靠制度。人们常说的，充分发挥我们制度的优势，道理就在于此。

闽西红色金融，其中包括信用合作社和闽西工农银行，之所以能够办得风生水起，洋溢着强烈的生机，并发挥了巨大的作用，产生深远的影响，很重要的原因，就是闽西党和苏维埃政府高度重视制度的制定并不断完善，因而创造了堪称典范的经验，后来成为中央苏区各个地区借鉴的范例。

制度为先。这是很值得深思的话题。

闽西苏区合作社的最初制度，在1930年3月24日《闽西第一次工农兵代表大会法案》中，就有一个相对完整的表述。制度是在实践中逐步形成的。此时，闽西苏区已经有了一年多办合作社的实践，而且在最早办合作社的永定，经验已经相对比较成熟。在这一文件的第十四部分，有一个《合作社条例》，文字虽然比较短，但已经勾勒出合作社制度的雏形。

其一，是组织制度。如文中所言，具备什么条件，才算是合作社？当时提出的只有两条。一是照社员与合作社之利益比例分红，而非照股本分红。这条制度的焦点是分红。按照社员和合作社的利益分红和按照股本分红有哪些不同呢？它的界定充分考虑到广大劳苦大众的实际情况，他们大多处于贫穷甚至赤贫状态，出不起多少的股本，更为重要的是，合作社的宗旨是为广大劳苦大众服务的，始终站在广大的劳苦大众的立场上，为他们谋利益，是开办合作社的根本原因。因此，这一制度具有鲜明的阶级性和政治色彩。二是社员自愿加入。自愿就意味着不是依靠行政命令强行加入的，这一制度充分表现了对群众的完全尊重和信任。相信群众、依靠群众，让群众自己解放自己，这是共产党人的基本出发点和立足点。

因此，不要以为合作社组织只是一种纯粹联合的经济形式，从制度上看，它一开始就蕴含着阶级属性和立场观点等要素，简单地说，就是具有鲜明的政治性。

其二，是关于商人加入合作社的问题。这次大会公布的法案的第八部分，是《商人条例》。众所周知，商人是个复杂的阶层，按照毛泽东的《中国社会各阶级的分析》，商人中的小贩，不论肩挑叫卖，还是街畔摊售，本小利微，吃着不够，地位和贫农相同。而小商人属于小资产阶级，有"左"、中、右三种，对革命态度不一样，"左"派、中间派可以参加革命，右派在革命高潮的时候，受到潮流的裹挟，只得附和革命。资产殷实的商人属于中产阶级即民族资产阶级，具有两面性，他们对革命的态度往往是动摇的，要谨防他们搅乱了我们的阵线。正是根据毛泽东的这一思想，在这一条例中，对商人采取了谨慎的态度，其中的要义是"保护"两个字。对于他们参加合作社的问题，制度上规定：商人可以加入合作社，但不能办事。目的很清楚，不能让商人掌控了合作社的权力，以免走偏了方向甚至让合作社成了商人牟利的工具。这一制度充分体现了闽西苏区党和政府的领导人清醒的政治头脑和很高的政策水平。

其三，是合作社所得红利的分配标准问题。这个制度很重要，它的原则是照顾各方利益但有所侧重。红利分配是个牵涉各方利益的敏感问题，值得注意的是，有两个40％，也就是大股。第一个40％是照股金分配，作为利息。此处有个细节，即是股金而不是股本。股金人人有份，按照投入的多少，股本是原始的本金，性质不同。第二个40％按照社员付与合作社之利益进行分配，它与第一条制度是吻合的。其余的10％作为公积金，另外的10％抽与办事人的花红。这一分配制度从总体来看，公平和合理。

其四，合作社的办事人，由社员公选，政府不予干涉。这就是人们所说的充分发扬民主，让社员选举自己信任的办事人员。关于这一条，后来的关于合作社的修正条例中，有个重要的修正和补充，那就是"必要时，政府可以干涉"。补充的这个条款很重要，就是考虑到当时社会正处于红白两军激烈对垒的时期，意外情况时有发生，政府的必要干涉就是指这种意外情况，如合作社大权落在不可信任的人甚至坏人手里，有这一制度补充，就可以按照规定办理了。这同样是为劳苦大众着想。

后面还有六条，除了制定政府对合作社的优惠政策以外，第九条的分量很重，即"合作社的借贷买卖及各种章程，由社员大会规定"。这一条和第四条，皆是把民主的权利，交给社员。

制度是随着实践不断丰富和完善的。纵观合作社的发展，有几个基本原则，却是始终坚守和不变。

坚持党的领导。因为合作社是经济组织，而不是政治组织，这一条虽然没有正式写进合作社的章程，但合作社从成立、发展到成熟，始终是在党的领导之下，列入闽西苏区党和苏维埃政府的工作议程之中。党的领导是合作社的灵魂。

坚持合作社的宗旨。它是在解决"剪刀差"的时代背景下诞生的，初心很明确：为苏区的社会经济发展服务，为广大的劳苦大众服务，反对和消灭高利贷剥削。在为谁的问题上，合作社有着鲜明的立场即站位。因此，虽然是经济组织或是金融组织，同样要讲政治、讲立场、讲思想，明确为谁服务的根本问题。

坚持民主集中制。合作社社员是自愿加入的，他们是合作社真正的主人。充分相信他们在共产党和苏维埃政府的指引、领导下，完全可以自己当家做主，管理好合作社。用社员代表大会的形式，处理包括制定章程、选举办事人员等重大的事情，体现了在民主的基础上集中的精神。这是可贵的创造，也是合作社之所以能够沿着正确的轨道不断前行的保障。

坚持实行集股的方式。办合作社，资本来自何方？采用集股的方式，说得通俗一点，就是大家凑钱办大事。对于应交股金的多少，每人或每家可以买多少股份等实际问题，各类合作社皆有具体的规定。股份制是合作社最为基本也是最为重要的制度。

坚持政府对合作社的扶持。这一制度既体现了合作社和政府的关系，又展现政府责无旁贷的责任。这一制度中，最为重要的内容是合作社免交所得税。这一制度在当时苏维埃政府经济相对困难的情况下，很不容易。

坚持多方共赢的红利分配。充分尊重和照顾到合作社各方的利益，在牵涉各方的红利分配上，公平、合理、务实。最早确定的合作社红利分配的比例，在后来虽然有所调整，但基本格局并没有改变。共赢，是合作社在红利分配上颇得人心的地方。

实际上，各类合作社的性质、职责、对象并不相同。生产合作社重在生产，并且往往有行业的色彩，除了占比例最大的农业，还有如闽西的土纸业以及其他手工业等。消费合作社重在商业活动，买进卖出、对外贸易等。而政府和群众最为关注的信用合作社，重在金融活动，在专业或业务上更是有着特殊的规章制度。

制度优先，有了制度，行为就有了准则。确定基本原则，制定有关的制度，是坚持和落实党的领导的重要内容。

在信用合作社基础上发展、提高、升华而成立的闽西工农银行，在制度的制定和管理上，与信用合作社既有共同点，又有其特殊的地方。

闽西工农银行是采用集股方式成立的苏维埃地区银行。这方面显然汲取信用合作社的经验和传统。然而，集股的方式、内容、范围、规模等，远远超出了一般的信用合作社。尤其是在发行纸币的问题上，闽西工农银行具有权威性——所有合作社发行的纸币一律停止，全闽西苏区统一使用闽西工农银行的纸币。

集股制是闽西工农银行的基本制度。它的实行，聚集起闽西苏区各界、各阶层以及广大群众的力量，在很短的时间内，就取得令人赞叹的成绩，成为共产党领导苏区金融的一面鲜艳的旗帜。

闽西工农银行的老前辈曹菊如，在1930年曾经写过一篇很有分量的文章《闽西工农银行》，简洁而清晰地介绍了该银行的情况。如果从制度的视角进行透视，有一点十分值得人们深思，那就是所有制度的制定，都紧紧地围绕当时闽西特委和闽西苏维埃政府规定的任务进行。这个规定就是简单而厚重的四句话："调剂金融，保存现金，发展社会经济，实行低利贷款。"此为闽西工农银行成立的宣言，也是该银行在人民共和国金融史上具有鼎足地位所在。

银行和信用合作社相比，不仅是规模大小之别，更为重要的是承担的使命不同。银行的各项制度也更为复杂和严格，如纸币的印制、监督、发行，代理财政的收款包括承担起代理金库的有关规定，发放低利贷款，收购金银等。关于保证银行健康而顺利运行的制度，包括最常用的会计营业和出纳等制度，他们开始并不清楚，皆是一边学习，一边摸索，终于办成一个像模像样的银行，成功地完成了闽西特委和闽西苏维埃政府的郑重嘱托。

制度实际上是文化，它是一个不断运动、变化着的活的过程。它是在一定经济基础和上层建筑相互作用下产生的。它作为一种文化形式，与物质文化具有相辅相成的关系。一方面，物质文化的发展推动着制度文化的发展；另一方面，制度文化对物质文化又具有强大的反作用，它可以推动、也可以阻碍物质文化的发展。对此，邓小平同志说得很透彻："制度好可以使坏人无法任意横行，制度不好可以使好人无法充分做好事，甚至会走向反面。"

制度即是一定时代的产物，又具有某种超越时空的意义。

人们可以欣喜地看到，从红色金融走来的人民共和国金融业，继承和弘扬了当年的光荣传统，有些制度，今天依然发挥着经典范例的作用，有些制度，因为时过境迁，实际情况已经发生了根本的变化，已经无法适应当前的实际了，成为历史的记录，这也是很正常的事情。不过，有一条是不变的，那就是在党的领导下，充分发挥制度优先的作用。或许，这也是闽西红色金融留给人们的珍贵的启迪之一吧！

第四节　理论之光

理论是行动的指南。闽西红色金融之所以能够谱写厚重的篇章，是建立在一定的理论和对现实问题深刻分析的基础上的。紧密联系实际的"问题思维"颇为耐人寻味。

这是一篇难得的有理论深度的历史文献。题目是《关于合作社》，写于1933年7月15日，原载《斗争》第17、18期。作者署名是寿昌，真实名字是陈寿昌。他是浙江镇海人，早年曾和刘少奇等一起从事党领导的工人运动，是个坚定的革命者。

他从事情报工作，为保卫党中央领导机关和党组织的安全做出了贡献。1929年被派到苏联学习，不久回国，继续在中央特科从事情报工作。1931年12月按党中央的安排，与聂荣臻等人一起离开上海到中央革命根据地工作。1932年1月参与组建中华全国总工会中央苏区执行局，任党团书记、主任。1933年2月任中共福建省委书记，1933年7月任中共湘鄂赣省委书记兼湘鄂赣军区政委。1934年2月被任命为中华苏维埃共和国中央执行委员，同年6月兼任红十六师政委。1934年10月，中央红军主力长征后，陈寿昌受命于危难之际，留在中央革命根据地坚持斗争，率领红十六师在湘鄂赣边界开展游击战争，牵制敌人兵力，配合中央红军长征。1934年11月，陈寿昌部在湖北崇阳、通城之间的老虎洞与国民党军队遭遇，战斗中，他不幸重伤牺牲。

他的这篇文章，应是任福建省委书记期间写的，他对合作社的分析在一定程度上反映了当时的党组织在理论上认识的深度和高度。拭去岁月的烟云，重读此文，依然为当时党组织领导人清醒的思想、思维所感动。

合作社尤其是信用合作社是红色金融的发端。如何看待当时党和苏维埃的领导尽全力支持和积极筹办的合作社？合作社属于什么性质的？此文一开篇，就站在理论高度进行科学的分析。

合作社的组织是资本主义经济性质，还是社会主义经济性质，或既非资本主义亦非社会主义呢？

他没有就事论事，而是运用马克思列宁主义的观点，站在国际、国内的广阔视野，在对中外不同的合作化运动进行认真对照比较的情况下，分析苏区的合作社，得出的结论是：苏区的合作社，不是资本主义企业，也不是社会主义经济，而是一种小生产者的集体的经济。

这个结论是十分准确的，对于党领导苏区的合作社，具有重要的指导意义。

任何社会组织的诞生，都有一定的时代背景和社会条件。文中对苏区合作社存在和发展的特殊社会条件的分析，很有说服力。作者敏锐地指出，苏区合作社的性质、意义及其前途，是由特殊的社会条件决定的。

其一，是苏区政权的性质。苏区的苏维埃政权是无产阶级即共产党领导下的工农民主专政的政权。这个政权完全是为工农劳苦大众的彻底解放服务的。政权的性质决定了必须在经济、财政、金融等方面为合作社提供特惠，而且要把合作社放在国家的监察和控制之下。显然，从政权即国家性质的视角看待合作社的必要性和重要性，可见其分量之重。

其二，是土地革命的成果。党领导的土地革命的胜利，获得广大工农群众的拥护和支持。合作社组织系工农自己的组织，排斥了富农、资本家、地主等剥削分子。

其三，商品经济。这是很有见解的分析。作者发现：虽然在土地革命胜利后的农民生产的商品经济属于小生产范畴，根据列宁的观点，"它可以每日每时不断地自然地大量胎生资本主义与资产阶级的种子"，"然而合作社却以逆势，把小商品经济集体化组织起来，反转过来和资本主义倾向做斗争。我们可以看到合作社是在消灭地主与反富农的土地革命斗争中和对资本家怠工投机斗争中发展起来的，在它一成立的时候，就和富农、资本家关店闭厂、怠工投机、囤积抬价，以及国民党的经济封锁做了有力的斗争。"

这是对毛泽东所赞许的"合作社第一好"的很有力度的解读。

对于苏区合作社的前途，作者引用了有理论家之称的落甫即张闻天的一句话："它的发展趋向将随着中国工农民主专政的走向社会主义而成为社会主义的经济。"党对合作社领导的高度重视，原因就在这里。

对于合作社的作用和意义，本文作者引用斯大林在《列宁主义概论》一书中的观点，认为合作社是发挥党的"领导力量"的"轮带"和"杠杆"。也就是说，它是党联系群众的"轮带"，是支撑和平衡党和群众的"杠杆"。这个比喻形象且别具深意。正因为有共产党的领导，合作社才有如下的几个显著的机能：通过组织消费合作社，可以提高城市居民的利益，反对资本的中间剥削，同时和私人资本的投机、提高物价做斗争；由手工业和手艺工人组织的合作社，可以解决他们的失业问题，反对国民党的经济封锁、骚扰破坏和资本家的怠工闭业；农村的合作社具有更为重要的意义，通过组织商业、借贷以及供应农民工具等活动，把散漫的农民组织起来，提高土地的生产力，提高农民土地合作社所得的利益，反对和减少富农以及中间人对农民的剥削，让农民摆脱贫困的境地。这几个方面的总结和提升，是比较到位的。

此文并不避讳合作社暂时无法超越的局限，因为，当时的合作社并不是社会主义性质的，而是以商品经济为基础的小生产者的集体组织。因此，如作者所论：并非可以全然免除资本剥削，相反的，甚至合作社本身还免不了资本剥削，这并不是说苏区的合作社运动完全受资本主义的笼罩和统制，而是相反地说明，尽管这种剥削关系存在，合作社运动通过无产阶级领导，可以在小农经济和工农民主专政下完成对资本主义倾向斗争的任务。大胆承认合作社运动在当时依然免不了有资本剥削的因素存在，因此，共产党人在领导合作社运动和发展苏区经济中，应当注意用社会主义的思想教育农民，和资本主义倾向进行必要的斗争，争取社会主义倾向的胜利。此论的提出，颇有远见卓识，对党领导合作社运动很有指导意义。

在论述苏区合作社运动的性质和任务以后，此文对加强党对合作社运动的领导的八点意见，务实且不乏尖锐，尤其是对存在的倾向性的问题提出了批评。认真研读，深感作者并非泛泛空谈，而是具有强烈的针对性。透过字里行间，可深切地感受到作者的焦虑和严肃的负责精神。

第一条，是必须加强党对合作社的领导问题。当时苏区存在两个倾向：一是忽视了对合作社的领导工作，许多地方没有把领导合作社的工作提到议事日程上，对合作社运动存在的缺点和错误置若罔闻；二是陷于最庸俗的空喊，特别是对于苏区存在的失业问题，缺乏具体而细致的工作。因此，加强并真正落实党对合作社运动的领导，急迫而特别重要。

第二、第三、第四条是论述如何加强党的领导问题。其中包括领导合作社成为生机勃勃的群众运动，扩大合作社的规模；苏维埃政府应当给合作社更大的帮助，除了已经实行的免税、资金借与，将没收来的土豪与怠工歇业的资本家的房屋、生产工具让给合作社使用以外，还应当给予更多的特权，并加紧对合作社的监察，防止出现政府和干部侵占合作社利益和财物的事件发生；建立自区以上的县、省、闽赣两省乃至中央苏区合作社总社组织，在合作社中开展更多的业务等。这些意见皆适时且很有价值。

第五、六条意见是根据当时合作社存在的问题进行阐述的。一是在组织消费合作社的同时，如何加强组织生产合作社，提到生产能力和水平。二是合作社不应"讳言利"，应大胆地坚持"获利的原则"，让社员得到实际的利益和好处。合作社本身也应有相当的积累，才能坚持办下去，还对合作社个别办事人员的贪污腐化行为提出了严厉的警告，同时指出，必须废除赊账制度，严格审查账目，反对贪污腐化与不负责的官僚化。

第七条是关于将合作社建成真正的群众组织的问题，特别提到关于经常召集社员大会的问题，明确社员才是合作社的主体，而不是采取官僚主义的办法。

第八条是在合作社中坚持进行文化教育的问题。

此文的最后一部分令人为之警醒，因为，作者毫不隐瞒地揭露了合作社中存在的严重情况，如出现了富农分子混进合作社和出现了许多冒牌合作社的问题。前者如四都合作社，后者为数不少。这个问题的严肃提出，充分说明当时的党组织的领导人敏锐的觉悟和明察秋毫的锐利目光。

冒牌合作社是怎样产生的？作者显然经过认真的调查研究，告诉人们，这种冒牌合作社，一种是手工业老板的合股组织，他们通过雇请工人，谋取私利；一种是反对工人斗争的行会组织，实行垄断政策，强迫人们参加，禁止别人做工；还有一种合作社是工人或农民落后性的反映，不以反对剥削为目的，而是以合作社的名义进行新的剥削。对此，作者严正号召，应当发动群众，把混进合作社的富农分子驱逐出去，并没收他们的股本。对冒牌的合作社，动用国家权力，严加禁止。

这篇立意高远、理论联系实际的文章，信息量十分丰富。不仅在当时对苏区的合作社运动具有指导意义，也使今天的人们可以深入了解当时苏区的党组织领导合作社运动的状况、历程以及前辈们的艰苦努力。作者虽然远去，但他留下的大作依然焕发出异彩。

第五节　坚定不移

回首闽西红色金融的诞生、成长、发展和不断走向成熟的历程，由衷地赞叹闽西特委和苏维埃政府始终坚定不移地一手抓枪杆子、一手抓钱袋子的精神。

这是很值得注意的一份报告。题目是《巡视员谢运康给中共福建省委的报告——关于金汉鼎入闽与应付方策等情况和问题》，时间是1929年10月25日。

谢运康又名谢汉秋，真实的名字叫谢景德。他的经历很不寻常：早年就读于厦门集美学校师范部，1924年5月开始从事新文化新思想的宣传，并利用暑假回乡创办平民学校，组织农民学文化，宣传国民革命道理。毕业后留校任教，加入共产主义青年团和国民党"左"派组织，参加反帝反封建军阀的斗争。1926年4月加入中国共产党。1927年2月受国民党省党部派遣回龙岩参加岩平宁（龙岩、漳平、宁洋）政治监察署工作。在龙岩"四一五"清党反共事件中，组织"左"派力量与袭击监察署的国民党反动分子武装对抗，随后被迫潜往武汉。同年8月与中央特派员陈明等回闽恢复福建的党组织，开展农民运动，组织武装斗争。1928年秋担任中共福建省委常委，此后历任省委特派员、省委组织部长兼秘书长，在漳州、厦门、泉州等地指导工农运动，组织武装斗争。1929年底，毛泽东复出担任红四军前委书记后，他陪同毛泽东巡视闽西苏区，随后参加古田会议。1930年5月25日，与罗明、王德、王海明、陶铸等同志一起领导厦门大破狱，接应获救同志成功地转移到闽西苏区。同年11月2日，因积劳成疾，在厦门英年早逝。

福建省委为什么会派他去闽西呢？这里有个特殊的时代背景和原因。

1929年是非常不寻常的一年。毛泽东、朱德、陈毅率领红四军两次入闽，在闽西地方武装的积极配合下，开辟了上杭、永定、龙岩等红色根据地。然而，在红军不断取得胜利的大好形势下，红四军党内的非无产阶级思想如单纯军事观点、极端民主化、非组织观点、流寇思想等也泛滥开来。1929年6月在龙岩召开的红四军第七次党代会上，毛泽东落选，不得不离开了红四军前委书记的领导岗位。离开了毛泽东指挥的红四军虽然打了一些胜仗，如攻下了"铁上杭"，但由于思想混乱的问题没有得到解决，出现了不少问题。

面对复杂而严峻的局面，这一年的8月，陈毅冲破敌人的封锁，秘密到上海向中央汇报红四军的真实情况，并请示解决的办法。中央听取了陈毅的报告后，请陈毅起草中央文件，这就是著名的"九月来信"，此信由时任中央军委书记的周恩来亲自签署，其中最为重要的一条，就是肯定毛泽东的思想和主张，请毛泽东重回红四军担任前委书记。

陈毅带着中央的"九月来信"回到福建，把它交给中共福建省委。据史料记载，福建省委并没有把中央文件直接转给红四军，但根据中央精神，另下达了文件并派福建省委巡视员谢运康口述中央文件精神。因为"九月来信"中还提到红四军进击广东东江，10月6日，福建省委在致中共闽西特委、红四军前委的信中对东江形势做了错误的判断，认为："当此两广军阀混战爆发，广东西北江风云紧迫，东江防地较弱，同时东江丰顺、大埔、五华、兴宁、海陆丰等地广大工农群众起来作剧烈斗争时，省委同意中央对前委的指示，朱毛红军全部立即开到东江去，帮助东江广大群众的斗争。""四军离开时，尽可能地派出少数得力干部来加强闽西的工农的武装组织，如有可能，或调一部分闽西的武装跟着四军去东江参加工作，在实际斗争中来训练他们，打破其家乡的观念与加强其战斗力，经过相当时期派回来闽西工作。"

　　10月13日，谢运康到上杭后，红四军前委按照中共中央指示和福建省委意见，决定"立即调三个纵队向潮梅一带游击，准于十月二十日集中粤边，十月二十一日以后，进攻蕉岭，仍用游击战争发动群众起来斗争"，"留一个纵队（第四纵队）红军在闽西坚持游击战争"；同时向中共中央报告，"我们在此时期的任务，决定遵照来信去执行。取进攻策略，先占蕉平、梅丰区域，发动群众，夺取地方武装，武装农民，消灭一部分敌（人），待机夺取大的城市，以影响粤桂战争。粤桂战争紧急时，再游击潮汕，深入东江。发展东江群众游击战争，转变到东江的大部赤色割据。"

　　红四军挺进东江失利，损失兵员高达三分之一。影响最大的是担任红四军前委委员、第二纵队队长的刘安恭在10月21日的一场遭遇战中牺牲。刘安恭是四川重庆永川区人，曾经留学德国，参加南昌起义，被派到苏联学习。回来后，以中央特派员的身份到红四军担任领导工作。他作战勇敢，颇有军事指挥能力，但并不了解和熟悉红军，机械地搬用苏联的经验，和毛泽东的观点不同，多次公开指责、顶撞毛泽东。尽管有这些缺点，但作为红军的高级将领，他的牺牲，还是红军的一大损失。

　　中央"九月来信"，解决了红四军内存在的最大问题，那就是恢复了毛泽东在红四军的领导地位。毛泽东在邓子恢、张鼎丞等闽西特委和苏维埃政府领导的精心照料下，终于恢复了健康，精神抖擞地走上红四军的领导岗位。他在闽西养病3个多月，先后辗转永定、上杭等地。

这3个多月的时间里，他指导和协助闽西特委和苏维埃政府的工作。得知中央的"九月来信"，邓子恢一方面为毛泽东高兴，一方面也非常舍不得毛泽东。他知道，重回红四军的毛泽东，重任在肩，已经无法像以前那样，可以有空闲和他促膝交谈，甚至耳提面命，直接指导闽西的工作了。对此，他曾对从上海回来的陈毅说了一段真心话："老陈，我知道留不住毛泽东了，我们要感谢你把毛泽东借给我们的3个多月，把闽西的党组织、政权、扩军、土地分配和根据地建设，都理顺了，发展了，提高到一个很高的水平。"此话让人们明白了，闽西在极为关键的3个多月的时间里，始终坚持党管经济、党管金融不动摇，背后站着的是掌舵的伟人毛泽东。

了解这段时代背景，认真读巡视员谢运康给中共福建省委的报告，就一目了然了。

这份报告高度重视红色区域的经济问题。谢运康不愧是个富有经验的共产党人，他没有回避当时闽西苏区在经济上存在的严重情况，务实地向福建省委报告：农民虽然分到了田地，收成的谷子多了，但因为经济不能流通，谷子卖不出去，米价低落，苏维埃政府虽然发文禁止米价下跌，但并不能起作用，农民为了生存，还是不得不暗中减价出售谷子。因此，采取消极限制价格的办法是没有用的。此外，他还对因敌人封锁造成交通不便，造成工人失业、市场凋落，尤其是坚持斗争较久的永定，经济更是困难进行了阐述。怎么办呢？

闽西党组织采取应对之策：一是切实保护小商人，以维持市场，但严办奸商故意哄抬物价。二是苏维埃设法一面打通与白色区域的交通，一面鼓励小商人向外做买卖。三是提倡苏维埃群众，实行节省主义。四是开办农村合作社，开办小银行。五是开办生产合作社，由苏维埃出本钱，叫工人来工作。

除了上述办法以外，还用种种办法救济失业工人。

五条应对之策，是非常切实、准确而及时的。开办的小银行，当时叫农民银行，实际就是信用合作社。永定当时的群众在党的领导下，斗争最坚决也最为持久，受敌人的摧残也最为严重，正因为如此，他们在党的领导和组织下，办合作社尤其是信用合作社，也办得最早、最好，成为闽西苏区的范例。

在谢运康这次带着特殊使命巡视闽西苏区期间，国民党组织了以金汉鼎为总指挥的"三省会剿"。面对强敌，红军主动撤出上杭，闽西特委迁到上杭北部的白砂。因为闽西特委和苏维埃政府始终按照毛泽东的建议，扎扎实实地通过开办各类合作社发展经济，着力解决"剪刀差"问题，发动群众，组织群众，增强了苏区的实力，因此，显得从容不迫。毛泽东复出之后，首先带领红四军在新泉进行整训，并积极着手筹备红四军党的第九次代表大会即古田会议，纠正党内的错误思想，开拓党和红军的全新历程。

担任福建省委巡视员的谢运康不虚此行。他曾经陪同陈毅去上杭的苏家坡看望毛泽东。毛泽东轻松地对他说："陈毅带回了中央来信，把原则问题解决了。我们一同去汀州召开前委和福建省委联席会议吧。"

11月28日，毛泽东在长汀亲自主持召开了前委会议，福建省委巡视员谢运康应邀出席。对于由国民党三十一军军长金汉鼎充任总指挥的"三省会剿"，毛泽东以潇洒的态度轻松地说道："形势并不那么严重，闽西已有80万赤色群众，足以掩护红军。前委还是按照中央九月来信的精神，安排12月份工作。红军如果不及时训练整顿，必定难以执行党的政策。我们当前主要任务是准备召开四军第九次代表大会。"

于是，这一年的12月28日，中国共产党红四军第九次代表大会在古田廖氏祠堂隆重召开。其时，漫天飞雪，天气奇寒。会场上有通红的炭火驱寒。90多年过去，当年参加会议的代表们早已远去，他们化为祖国的高山、大海，与日月同在。古田会址当年留下的黑色的炭火痕迹，今天依然清晰可见。星火燎原，那是永恒的红色历史的见证吧！

第六章 以民为本

以民为本，全心全意地为劳苦的工农大众服务，为他们的翻身解放服务，为他们尽可能过上美好幸福的生活服务，现在如此，当年的红色根据地更是如此。我们的立足点在哪里？人民为上！我们的力量在哪里？人民，用正确思想武装起来的人民！老百姓是天，天命不可违。红色苏区金融传承给人民共和国的金融之根不可动摇。

第一节 服务"三农"

这是闽西红色金融的光荣传统之一。"三农"是指农村、农业、农民。

当时的"三农"和今天的"三农"，虽然名称一样，但因为时代不同，具体的内容和内涵都有区别。今日的"三农"，要解决农民增收、农业发展、农村稳定问题。

实际上，这是一个居住地域、从事行业和主体身份三位一体的问题，但三者侧重点不一，必须一体化地考虑以上三个问题。中国是一个农业大国，"三农"问题关系到国民素质、经济发展，关系到社会稳定、国家富强、民族复兴。

改革开放以后，大批青壮年农民涌入城市务工，不少农村只剩下老人和孩子，但因为种种原因，进城的农民中的绝大多人融不进城市，却又回不了农村。如专家所言，他们成为失去了根的"挂在墙上的人"。因此，实施乡村振兴战略，成为目前重大的任务之一，目的是要解决我国经济社会发展中最大的结构性问题，通过补短板、强底板，使我国发展能够持续健康、行稳致远、全面进步，使农业、农村同步实行现代化。

当年闽西苏区的"三农"，当然无法达到今天这样的层次。如果说，现代解决"三农"，是使农村跟上现代化的步伐，让农民同样分享到改革开放的丰硕成果，日子过得更好；那么，当年的闽西苏区，在敌人重兵的围困之下，解决"三农"问题不是日子过得好不好，而是如何生存下去，坚持下去，度过最为艰难的岁月。

服务"三农"，在当年并非易事。因为不仅牵涉到党和苏维埃政府的具体措施，而且和党的路线、战略紧紧连在一起。人民共和国的金融之源为什么会出现在闽西这片质朴的土地，是有深层次原因的。

1927年的"四一二"，蒋介石叛变革命，疯狂屠杀共产党人和革命群众，中国共产党在武汉举行紧急会议，果断决定以武装起义反击国民党。从此，中国共产党走上独立领导革命的道路。

敌强我弱，拭目全国，一片腥风血雨。中国革命应当走什么道路？一条是根据苏联的成功经验，以城市为中心，以武装的工人和士兵为主体，举行城市暴动，夺取政权，从城市走向农村。这种"城市中心论"，对中国影响很深。当时隐蔽在上海的中共中央的领导人，不少是到苏联喝过"洋墨水"的，始终不忘苏联经验。1930年前后，不断要求红军进攻城市、夺取城市，甚至提出全国红军"饮马长江、会师武汉"的极"左"的冒险口号，使红军遭受到不应有的严重损失。实践证明，这条盲目照搬苏联经验的路线是行不通的。最后，连在上海的中共中央也站不住脚了，不得不撤退到苏区。还有一条就是毛泽东提出的井冈山道路，即"工农武装割据"的思想。闽西有幸，因为毛泽东在闽西，而闽西的党和苏维埃政府的领导人坚决执行了毛泽东提出的路线和战略，一手抓军事斗争，一手抓根据地的经济建设，如邓子恢说的那样，把一切都理顺了，才有了不断突破敌人的封锁并建立了稳固的革命根据地的辉煌战绩。

土地革命的主力军是农民，红军大部分是穿起军装的农民。而农民最为关切的是命根子一样的土地，因此，闽西暴动，毛泽东、朱德、陈毅率领的红四军入闽，闽西红色苏区应运而生，最为动人的风景就是"分田分地真忙"。

分得了田地的农民如何战胜"剪刀差"等问题，战胜困境？闽西特委和苏维埃政府开出的良策就是组织起来，成立合作社包括信用合作社。

服务"三农"，道路是关键，这是一条正确道路。找到这条道路，许多问题就迎刃而解了。站在当时党的正确路线和战略的高度上，审视当时闽西苏区在解决"三农"问题时的竭尽全力，就可以明白，那不仅是一时的应对之策，而是发自对土地革命的性质、任务、目标的深刻理解。

路线以及在正确路线指导下制定的战略决策，属于高屋建瓴之举。应当从这样的视角看待服务"三农"问题。闽西特委和苏维埃政府的不同寻常之处就在这里。

农民的产品最主要的是谷子，丰收年月谷子却卖不出去。正因为有了信用合作社和后来成立的闽西工农银行，才有了一定的资金保障，苏维埃政府成立了粮食调剂局，科学地处理了这个难题：丰收时节，将农民卖不出去的谷子按照正常的价格收购进来，调剂到缺粮的地方，或者暂时囤积起来，待以后再进行出售。总之，不让农民受到奸商的剥削，让他们感受到党和苏维埃政府的温暖。闽西苏区的农民为什么特别相信共产党，特别爱护和支持红军？就是因为他们亲身体会到革命给他们带来的好处和希望。

服务"三农"不仅仅是经济问题,而且是伸手可触的政治问题。正如习近平于2021年2月20日在党史学习教育动员大会上发表的讲话中所言:"江山就是人民,人民就是江山,人心向背,关系着党的生死存亡。"历史是一面镜子,当年的闽西苏区,最大、最可靠的群体就是农民。服务"三农",赢得了占人口最多的农民对共产党和苏维埃政权的支持,闽西才出现了一片阳光灿烂的好风景。

高利贷是旧中国的毒瘤,不知坑害了多少借贷无门的老百姓,其中受害最多的也是农民。闽西苏区在严厉取缔高利贷的同时,通过信用合作社向农民实行低利贷款,也同样解决了农民的燃眉之急。

当年,服务"三农",不仅体现在上述这些帮助农民解决普遍存在的大难题上,而且是根据党的正确政策和决策,充分依靠群众,发动群众,让他们在党的领导下,组织起来,走共同战胜困难过上扬眉吐气的好日子的道路。

从1930年到1933年,毛泽东曾经三次到过上杭的才溪乡调查,留下了著名的《才溪乡调查》。毛泽东在这篇文章中,热情地赞扬了才溪乡的农民。从中人们也同样可以看到服务"三农"的盛况和取得的丰硕成果。

当时,面对敌人一次更比一次凶狠的对红色苏区的反革命"围剿",最急迫的任务是扩大红军。中央曾经提出建立百万红军的号召,才溪乡是扩大红军的模范,全乡88%以上的青壮年都当了红军,为什么能够出现如此令人惊喜的局面呢?毛泽东的发现是:这样大数量地扩大红军,如果不从经济上、生产上去彻底解决问题,是绝办不到的。只有将经济上的动员配合政治上的动员,才能造成扩大红军的热潮。

有句老话,经济是基础。的确如此。服务"三农"的核心就是帮助群众解决最为切实的经济问题。细读《才溪乡调查》,不得不为毛泽东思想的深邃、丰富和远见卓识所震撼。此时的毛泽东,被免除了军事指挥权，专门做地方工作。在这篇文章中，有这么一段值得注意的文字：

> 这一铁的事实，给了我们一个有力的武器，去粉碎一切机会主义者的瞎说，如像说国内战争中经济建设是不可能的，如像说苏区群众生活没有改良，如像说群众不愿意当红军，或者说扩大红军便没有人生产了。我们郑重介绍长冈乡、才溪乡、石水乡的光荣成就于全体工农群众之前，我们号召全苏区几千个乡一齐学习这几个乡，使几千个乡都如同长冈、才溪、石水一样，成为争取全中国胜利的坚强的前进阵地。

显然，这是对机会主义者严正的回答。《才溪乡调查》的主要内容是介绍该乡如何做经济工作，分别从劳动力问题、消费合作社、粮食合作社、犁牛合作社、日常生活、物价、经济公债 7 个方面展开具体论述。

大批的青壮年男子出外当红军、做工作去了，因此，耕种主要依靠女子，此外，就是老人和孩子。能够支撑下来吗？文中写道："同时，'老同志'精神很好，开山开岭多是他们，一部分还可莳田割禾。儿童又参加生产。因此，生产是在发展中。除了女子、老人、儿童参加生产之外，生产的发展还依靠于劳动力的相互调剂。一村中，劳动力有余之家，帮助不足之家。一乡中，有余的村，帮助不足的村。一区中，有余的乡，帮助不足的乡。这样，以区为单位调剂劳力，做劳动工，党团员又做'礼拜六'。因此，生产得着更大的发展。"

其中的奥秘，就是"调剂"两字。"调剂劳动力的主要方法，是劳动合作社与耕田队，其任务是帮助红属与群众互助。""劳动合作社统筹全局，乡的劳动合作社委员会 5 人，主任筹划一乡。4 村每村一个委员，筹划一村。""本乡劳动合作社，1931年开始创设的。现在全苏区实行的'劳动互助社'，就是发源于此的。"

劳动合作社的优越之处，令人赞叹。服务"三农"，最为重要的途径，通俗地说，就是让群众觉悟起来，组织起来，自己为自己服务。

其他的合作社成效如何？细心的毛泽东作如下叙述。

消费合作社：全区8乡有14个消费合作社，上才溪2个，下才溪3个。加入消费合作社的人家，上才溪60%，下才溪90%。货缺时，红属先买，社员后买，非社员再后买。"合作社第一好"是当时的普遍舆论。这样，"卖'外货'的私人商店，除一家江西人开的药店外，全区绝迹（逐渐削弱至此），只圩日有个把子私人卖盐的，但土产如豆腐等，私人卖的还有。"

粮食合作社：才溪粮食合作社原名粮食调剂局，1930年开始创设，由群众募集股金。每乡组织一个调剂局，全区8个局，共有股金1810元。"每年秋后收谷子量入谷仓，用乡苏长条标封。春夏出谷一次二次不定，由群众决定，群众需要了，即开仓出卖。大概每年3月莳田时与5月青黄不接时，均是出谷时节。"

犁牛合作社：全区只上下才溪两乡组织了犁牛合作社，"两乡约20%的人家无牛，还没有想出解决的办法来。"

而且凡是牵涉到农民生活中实际的问题，皆在服务之列。

这是一个真实的故事：有一次，毛泽东到才溪，有一位大妈对他讲，她家暴动后分到的3间平房，发生火灾烧掉了两间。全家5口人，她和老头体弱多病，守寡的儿媳妇带着两个孩子，大家挤在一块住。家中又无劳力，生活非常困难。毛泽东不仅安慰她，而且当夜就找来区、乡干部研究，怎样帮助解决这位大妈的困难。干部们想不出好办法，毛泽东开导他们说，你们找群众商量，能否开展一个村帮村、邻帮邻、一村帮一户、百人帮一人的互助活动？这使干部们开了窍。第二天，在乡苏干部带动下，大家献工献料，各户拿一点，帮助大妈盖房。半个月后，新房就建好了。那个大妈很感谢，说苏维埃政府是专替穷人消灾灭祸的。毛泽东这样帮助解决大妈的困难，就是精准扶贫。所谓"精准扶贫"：第一，要找准扶贫对象，是真正的贫困户；第二，要有扶贫的具体办法，不能空对空；第三，还要落实检查，也就是验收。这三条，毛泽东当年都做到了。

用今天的观点看，当年闽西苏区的服务"三农"，同样不乏领导农民、摆脱贫困的精准扶贫的意义和作用。当年，虽然没有"扶贫"的提法，但服务"三农"，实际上和今天的扶贫在精神上是相通的。

第二节 着眼根本

1930年前后，闽西苏区的根本是什么？读1929年11月5日中共闽西特委第十五号通告《中共闽西特委第一次扩大会关于土地问题的决议案》，里面有一段这样的文字：

> 现在就整个中国的局面来说还是夺取群众的时代，而不是夺取政权的时代。

夺取群众，这就是根本。

如何夺取群众？"坚决领导广大贫苦农民彻底实行土地革命"是闽西伟大斗争的主要目标。深谙农民祖祖辈辈对土地强烈渴望的共产党人，心中明白，土地问题是土地革命最为根本的问题，要取得夺取群众这一大局的伟大胜利，用什么口号去令无数的群众尤其是广大劳苦农民毅然奋起跟共产党走呢？平分土地！这就是中共闽西第一次代表大会实施的土地政策产生无穷力量的奥秘。

抓住"牛鼻子"，土地就是夺取农民的"牛鼻子"！

能够在取得辉煌成绩的情况下,清醒地看到"平分土地"这一夺取了千千万万群众的土地政策的缺点,并及时采取应对的策略,更是不简单了。他们没有被胜利冲昏了头脑,而是在看到喜人成就的同时,发现其中存在的问题,用辩证法来看,这是科学二分法。

平分土地有哪些缺点呢?

因为是平均分配土地,只要不是地主、富农,包括小商人、知识分子,人人有份,结果是不会生产或没有劳动力的人分到了土地,只好雇人耕种,除了发点工钱,还有利润,无形中形成了新的剥削制度,这是很让人担忧的现象。因为是绝对的平均主义,会生产的农民少分了土地,一些土地落到不会生产的人手里,造成不会生产的人家为了雇工付工钱,不得不贱卖粮食,造成米价下跌,加紧出现"剪刀差";而有生产能力的人家,因为分得的土地不够耕作,造成人力、物力的闲置,同样影响了生产力的发展。于是,相继出台了一系列的有关规定和政策。

广大的贫苦大众,主要是农民。夺取群众,直率地说,就是夺取农民。正如这一文件中所说的:"没收一切土地之实现证明了闽西贫农力量之伟大。"

分完了土地的闽西,左右人们的是什么?"剪刀差"!

为解决迫在眉睫的"剪刀差"问题,闽西特委和苏维埃政府采取组织起来大办合作社包括信用合作社和闽西工农银行的策略,立足点依然是群众,尤其是劳苦大众。细读1929年12月5日颁发的《中共闽西特委关于剪刀差问题演讲大纲》,人们可以鲜明地感受到当时共产党人的清晰思路,以及对群众尤其是农民的无比关爱之心。

这份文件是作为党内教育和对群众进行宣传用的。面对着日益严重并威胁到暴动之后取得政权的根据地的生存和稳定的"剪刀差"问题,透过现象,怎么认识到这一问题的实质和危害呢?

文中首先明确指出:"剪刀差"现象的流弊是变相剥削农民,使农民重陷困苦的境地，并会使农民丧失生产劳动的积极性，产生怠工的问题，直接减少生产。此外，"剪刀差"的现象持续下去，农民的购买力降低，市场冷落，工业缩小，工人失业，同样造成社会经济的恐慌。最终的恶果是共产党失去群众的信任，脱离苏维埃政权，这正是国民党反动派所想要达到的奢望。

着眼解决"剪刀差"问题的根本，立足点依然还是农民以及工人。因此，解决的办法和思路，还是紧紧从服务农民和工人出发。在这份文件中，提出的办法就是救济处于困境中的农民以及工人。其中提出的九条措施，完全都是站在工农群众的视角进行布局安排的。

值得注意的是，第一条措施就是办农民银行，由区政府设立借贷所，办理低利借贷给农民，使农民不致贫苦而告贷无门、贱卖粮食。办银行是要资本即本金的，文中提出了两个来源：一是从没收的土豪财产中拿出一部分；二是搜集私人股金和私人借贷汇集而成。这一思路正是信用合作社和后来成立的闽西工农银行所走的道路。

处处想到农民，处处想到群众，处处都为解除他们的困苦而竭尽全力，这是闽西特委和闽西苏维埃政府最为重要的举措，也是闽西苏区金融最令人骄傲和自豪的地方。

第二条措施是解决粮食问题，提出由县政府筹集资金，在丰收或粮价跌落的时候收购粮食，把粮食贮藏起来，或运到粮食较少、粮价较高的地方出售，或待春荒缺粮的时候卖出。这就是后来成立的粮食调剂局。它和消费合作社有不同的地方，它是由政府直接出面组织并为农民服务的机构。急农民之所急，尽可能让农民避免受到奸商的剥削，是成立粮食调剂局的初衷。实践证明，当时闽西各县成立的粮食调剂局在解决"剪刀差"问题上的确发挥了重大作用。

城市中的工人、商人同样进入关注的视野。在"剪刀差"问题没有得到解决之前，工人的工资不可提得太高，规定加薪要得到政府的同意。对于失业工人，政府要适当进行安排。保护商店，保护工商业，避免和商人发生冲突，控制紧缺品如盐、油、糖的价格，等等。凡是涉及群众生活、生存乃至发展的问题，皆进入闽西特委和苏维埃政府的目光之内。

以民为本，是中国儒家思想的重要内容之一，共产党人的民本思想不仅继承了儒家思想的精华，而且有着全新的内容。它不是纯粹为了夺取政权、巩固政权的需要，而是出于共产党人的最高宗旨，那就是以人民群众的解放并过上幸福生活为奋斗目标。为了实现这一伟大目标，共产党领导的新民主主义革命，就是必须动员和组织全国的人民群众，推翻代表帝国主义、封建主义、官僚资本主义的三座大山，建立起人民真正当家做主的新中国。因此，如果要论到真正的根本，发展苏区，壮大红军的力量，在军事上粉碎国民党反动派的疯狂"围剿"，把革命的熊熊烈火烧遍神州大地，当时的语言叫赤化全国，实际上就是解放全中国。这是共产党人和苏维埃政权的长远目标，也是为之奋斗的根本。

革命战争是当时的中心任务，战胜敌人、消灭敌人，才能确保苏区的安全。

国民党反动派对红色根据地和中央苏区的崛起，向来视之如背上的芒刺，欲拔之而后快。从1930年11月开始到1934年期间，先后五次派重兵进行军事"围剿"。第一次到第三次，由毛泽东亲自指挥，采取诱敌深入、集中优势兵力各个击破的灵活机动的战略战术，粉碎了兵力完全占绝对优势敌人的进攻，取得震惊全国的胜利。

1932年12月，国民党调集近40万兵力，对中央苏区发动第四次"围剿"。1933年1月底，蒋介石到南昌亲自兼任赣粤闽边区"剿匪"军总司令，指挥这次"围剿"。在这次反"围剿"的战争中，占据中央领导岗位的王明、博古极力排挤毛泽东，不顾周恩来、朱德的反对，剥夺了毛泽东的指挥权，但毛泽东的军事思想在红军中依然具有深远的影响,在时任红军总政委周恩来和总司令朱德的指挥下,还是取得了重大的胜利。第四次反"围剿"胜利后,红一方面军主力和地方红军扩大到8万余人。

最为严酷的第五次反"围剿"在1933年9月25日开始。蒋介石调集约100万兵力,采取"堡垒主义"新战略,对中央革命根据地进行大规模"围剿"。这时,王明"左"倾机会主义占据了统治地位,拒不接受毛泽东的正确建议,用阵地战代替游击战和运动战,用所谓"正规"战争代替人民战争,使红军完全陷于被动地位。经过一年苦战,终未取得反"围剿"的胜利。

最为惨烈的是松毛岭战役,它是第五次反"围剿"的最后一战,红军和敌人在这里血战七天七夜,数千红军壮烈牺牲在这里。此战之后,红军被迫进行战略转移,开始了二万五千里长征。

如何为关系到苏区生死存亡的革命战争这个根本任务服务?当时,存在着两种截然不同的意见。一种是把革命战争和经济建设对立起来,认为在革命战争的环境中没有进行建设的可能,没有空闲去搞建设,建设是和平年代处于安静环境时的事情,等打完了仗再去进行建设。持这种意见的人往往一听到抓经济建设就给对方戴上可怕的"右倾"的大帽子。另一种是把革命战争和经济建设统一起来,认真做好经济工作,安排好老百姓的生活,尽全力发展生产,增强苏区的经济实力,使红军能够在毫无顾虑的情况下去进行作战,使苏区的群众从内心深处拥护共产党和红军,积极参军参战。那种以一切服从战争而取消经济建设的做法,恰恰是削弱了红军的力量。担任中华苏维埃临时政府主席重任的毛泽东坚持第二种意见,克服种种困难,顶着压力,做了大量的切实有力的工作。他在《必须注意经济工作》《我们的经济政策》《才溪乡调查》《长冈乡调查》等文章中,进行了详细的阐述,正确指导了当时苏区的经济建设。

1933年7月,第五次反"围剿"战争即将打响。中央执行委员会发布关于发行经济建设公债的决议。值得注意的是，在敌情非常严峻的情况下，此次发行的并不是战争公债，而是建设公债。在这份重要文件中附有经济建设公债的条例。第一条中明确指出：中央政府为发展苏区的经济建设事业，改良群众生活，充实战争力量，特发行经济建设公债，以三分之二作为发展对外贸易，调剂粮食，发展合作社及农业与工业的生产之用，以三分之一作为军事经费。这次发行的建设公债总数是苏币300万元。

这是非常了不起的举措！

1933年7月28日，由国民经济人民委员会委员林伯渠和财政人民委员会委员邓子恢共同签署的《发行三百万建设公债宣传大纲》中，以激情洋溢的标语式的短句号召苏区群众踊跃购买公债，并且提出了购买公债的具体目标，共有10条：

1. 不能使有觉悟的工人农民及红色战士的手中不拿着光荣的经济建设公债！
2. 购买经济建设公债，发展各业生产！
3. 购买经济建设公债，每乡建立一个粮食合作社！
4. 购买经济建设公债，每乡建立一个消费合作社！
5. 购买经济建设公债，发展五十万粮食合作社，发展五十万消费合作社社员！
6. 购买经济建设公债，加紧发展生产合作社与信用合作社！
7. 购买经济建设公债，加紧粮食调剂，充裕粮食供给！
8. 购买经济建设公债，努力发展对外贸易，打破敌人的经济封锁！
9. 购买经济建设公债，充裕红军的给养！
10. 购买经济建设公债，粉碎帝国主义国民党的五次"围剿"，争取革命战争的全部胜利！

厚重的 10 条，闪烁着时代的异彩，展现着共产党人处处为人民群众着想和服务的宽广胸襟和崇高情怀。闽西苏区金融的要义和活力就在这里。

第三节　不改初衷

汀州有个并不起眼的铸锅厂，是闽西工农银行直接投资支持的。

为什么要建这个厂？因为敌人多次疯狂"围剿"苏区，敌强我弱，无法正面和敌人打阵地战，红军以及地方武装只好暂时撤退到深山老林中和敌人周旋。恼怒至极的敌人往往纵火烧房子，甚至把老百姓家中的锅全部砸毁。于是，为了解决老百姓这一难处，就建了这个铸锅厂。

不改初衷，全心全意为人民群众服务，是闽西苏区金融的最高宗旨。纵观信用合作社和闽西工农银行等金融机构的实践，凡是牵涉到人民群众生活、生产、利益乃至文化、生存环境的方方面面，他们都竭尽全力予以支持。

在红色农信诞生地展览馆展厅的大墙上，有一幅巨型的油画，内容是春耕大忙时节，闽西工农银行的工作人员亲自携带款项来到正在耕地的农民中间，向他们发放低利贷款。这幅送款下乡图，采用现代的弧形艺术设计，具有强烈的立体感，人物、景色、细节都给人以身临其境的感觉。重现历史，重现闽西苏区金融当年一心为民的动人风采，这幅油画不知留住了多少参观者的目光和脚步。

在当时特殊的时代环境里，闽西苏区金融能够始终不改初衷、坚守为人民群众服务的坚定信念，极不容易！因为，人们不但要经受随时有可能发生的敌我之间残酷战争的生死考验，还有来自党内的"左"倾机会主义的残害。

在奋战在闽西苏区金融战线上的先辈中，有四个很值得后人崇敬和缅怀的先烈，他们分别是罗寿春、陈海贤、林锦彬、林修纪四位先烈。

罗寿春是福建上杭溪口乡石铭村人，原来是个小学教师。1927年夏参加中国共产党，1928年2月受党组织的派遣回上杭开展农民运动，曾组织和参加了溪口12个乡的农民暴动。1929年4月，在上杭第一次工农兵代表大会上，被选为上杭县苏维埃政府执委常委。1930年3月，又被选为闽西苏维埃政府经济部长。他主持制定了《关于调剂米价宣传大纲》《合作社条例》等，组织成立了粮食调剂局，积极发动群众创办各种合作社。同年9月，他四处网罗人才，和其他同志一起，在较短的时间内就筹建起中央苏区第一家商业银行——闽西工农银行。他两届出任闽西苏维埃政府的经济部长，是个通晓经济并为闽西经济建设做出了重要贡献的干部，更是闽西苏区金融的先驱者。1931年下半年，他在闽西苏区发生的"肃清社会民主党"的运动中遭到错杀。中华人民共和国成立后，1955年被追认为革命烈士。

永定是信用合作社办得最早而且办得最好的地方。陈海贤就是永定高陂镇黄田村人，1928年加入中国共产党并参加永定暴动。1929年5月任太平区委宣传队队长，10月任太平区苏维埃政府财经委员会主任。1930年任永定县苏维埃政府财政科长。他对经济工作十分熟悉，曾经创建了粮食调剂局、消费合作社、信用合作社等经济组织，为发展苏区经济和开拓苏区金融做了大量的工作。1931年4月接任永定县苏维埃政府主席。1931年，他也因为"肃清社会民主党"被错杀。中华人民共和国成立后，被追认为革命烈士。

林锦彬是永定县高陂镇西陂村人。他出身店员，富有经营经验，1930年9月至1931年1月任西陂乡苏维埃政府第四任主席，后来调任太平区信用合作社任第二任的主任。他把信用合作社办成业绩突出的组织。1931年6月也因为"肃清社会民主党"而被错杀。中华人民共和国成立后，被追认为革命烈士。

林修纪也是永定县高陂镇西陂村人。1929年6月至1930年2月任西陂乡苏维埃政府第一任主席，后来任太平区信用合作社工作人员。1931年6月同样因为"肃清社会民主党"而被错杀。中华人民共和国成立后，被追认为革命烈士。

一路走来，闽西苏区金融的先辈们，不愧是筚路蓝缕，不改初衷，为履行神圣的使命而奋斗不息。他们的精神永存。

第四节 一个极为重要的政策

如何对待私营工商业？这是一个敏感的课题，直接牵涉到极为重要的政策。从表面上看，似乎仅是一个阶层或阶级，但却是连着闽西苏区的全局，连着千千万万的家庭和无数的普通百姓。

人们一般称私营工商业主为商人。闽西苏区金融的诞生、发展、成熟，始终和其相联系。如实地说，商人这个概念比较笼统。在私营工商业主中，有肩挑叫卖辛苦行走于城乡的小商贩，他们属于穷苦人家，比较容易进行阶级划分，难就难在有一定或相当资产的私营工商业主，若按阶级划分，他们属于民族资产阶级，对待共产党和革命，具有"左"、中、右之分。按照毛泽东的观点，既可以争取、利用、团结、改造，又不能让他们搅乱了自己的阵线。

正因为如此，闽西苏区从组织合作社开始，就对商人采取了颇为谨慎的态度。最早的合作社，一般是没有让商人参加的，后来，允许商人参加，但规定不能让商人掌权，道理很简单，就是谨防合作社成为商人赚钱谋私利的工具。这种做法完全是正确和必要的。

闽西苏区最早主要是在农村，后来，苏区不断发展、扩大，进入龙岩、长汀、上杭等城市，自然接触到大量的商家。开始，不少商人受国民党反动派的欺骗，害怕共产党"共产"，逃跑或藏匿起来了。后来，看到情况并非如此，红军纪律严明，陆续回来继续经营。闽西苏区的领导人正确地执行了团结、保护私营工商业主的政策，尤其是面对敌人严酷的经济封锁，更是高度重视私营工商业主的作用。

1929年3月，红军首次入闽解放汀州的时候，毛泽东就亲自起草了《告商人及知识分子书》，明确指出："共产党对城市政策是取消苛捐杂税，保护商人贸易。"这一年的7月，中共闽西"一大"通过的《政治决议案》规定："对大小商店应采取一般的保护政策（即不没收）。"1930年3月，闽西第一次工农兵代表大会通过的《商人条例》也明确规定："商人遵照政府决议案及一切法令，照章纳缴所得税，政府予以保护，不准任何人侵害。"允许"商人自由贸易"。正是有了正确政策，闽西苏区的私营工商业不仅得到很好的保护，而且获得迅速的发展。

在组织信用合作社时，对商人限制，不让他们参加信用合作社，原因是担心商人控制了信用合作社的运转乃至命脉。闽西工农银行成立之后，对私营工商业主的政策就宽松多了。因为工农银行实际是向社会招募股本的商业银行，于是，对待私营工商业主采取了热烈欢迎的政策，鼓励他们积极向工农银行购买股票。虽然，当时向闽西工农银行购买股票的绝大多数是工农群众，还有苏区各级的苏维埃政府以及合作社，但从闽西工农银行的日计表来看，也有不少商家和私营工商业主。

保护私营工商业，是一项极为重要的政策。

长汀，被誉为中央苏区红色"小上海"。当时，全城367家的私营商家，构成了此地的繁华。而转移到这里的闽西工农银行，始终坚持党的正确政策，保护、团结私营工商业主，取得了显著的成效。

在当时的特殊政治和时代背景下，这是很不容易的事情。

1931年1月7日，在以共产国际代表名义出现的米夫的一手操持下，中共六届四中全会在上海召开，王明等"左"倾机会主义者采取突然袭击的手段，以批判李立三的"左"倾冒险主义路线为名，窃取了党中央的领导权。这是一次充满激烈斗争的会议，只匆匆开了一天就草草收场。经过岁月的沉淀，现在再来看这次中央全会，就非常清楚了，这完全是由米夫操纵、王明等疯狂篡夺党中央领导权的一场闹剧。

窃取了党中央领导权的王明等"左"倾机会主义者，推行比李立三更为"左"倾的机会主义路线，他们打着执行共产国际指示的旗号，盲目地照搬苏联的经验，给全国革命造成了极为严重的损失，最后，他们无法在上海立足，党中央不得不在1932年陆续撤离上海，进入中央苏区。

他们进入中央苏区之后，一开始就把毛泽东视为眼中钉，撤销了毛泽东的军事指挥权。鉴于毛泽东在党内和红军中的崇高威信和影响，虽然暂时还不敢轻易对他所担任的中华苏维埃临时中央政府主席的职务有所觊觎，但1932年10月在江西宁都召开的中共苏区中央局全体会议上，"左"倾错误的推行者，对毛泽东进行了无理的指责和错误的批评。史家评论，宁都会议是在敌强我弱的情况下，王明"左"倾盲动主义的"积极进攻战略"同毛泽东为代表的"积极防御战略"斗争的总爆发。这次会议是在红军第四次反"围剿"即将到来的紧迫情况下，排挤和剥夺了毛泽东对红军的领导和指挥权，不仅给当时红军的前线指挥机关造成了困难和不利局面，而且成为后来红军第五次反"围剿"失利的一个重要原因。

宁都会议之后，被"左"倾机会主义者剥夺红军指挥权的毛泽东患了病，他到汀州一边养病，一边进行社会调查。毛泽东高度重视汀州，在汀州期间，除了开各种类型的调查会之外，多次专程召开苏维埃的干部会议，特别提到商人问题。他语重心长地嘱咐人们，要懂得经济建设的重要性，加强对个体商人的管理，发给商人护照，允许私商合法贸易。特别交代，对商人的货物不检查，不课税，给商人兑换现金的方便，不能把偷运物资进入苏区卖的白区商人作为探子抓了，一次两次抓，他们就再也不敢来红区做生意。要使个体商人有方便可取，有实惠可图。他热情地希望苏区干部学会做生意，做好经济工作。

毛泽东的这些讲话，给汀州的干部很大的启示和鼓舞。闽西工农银行的人们按照毛泽东讲话的精神，和不少私营工商业主交朋友。据赖祖烈回忆，闽西工农银行的人们特别注意和商人搞好关系，给他们合理的利润，有时还给他们送点礼，通过他们为苏区购买一些急需的物资，并利用商人社会联系广泛，甚至和国民党、地方军阀、民团都有联系，可以自由进入敌占区的特点，为打破敌人对苏区的封锁，做好对外贸易等工作。

目光敏锐、思想深邃的毛泽东通过社会调查，还发现了汀州的苏维埃政府存在的一个倾向性的问题，在《关心群众生活注意工作方法》一文里中肯地批评他们："比如以前有个时期，汀州市政府只管扩大红军和动员运输队，对于群众生活问题一点不理。汀州市群众的问题是没有柴烧，资本家把盐藏起来没有盐卖，有些群众没有房子住，那里缺米，米价又贵。这些是汀州人民群众的实际问题。十分盼望我们帮助他们去解决。但是汀州市政府一点也不讨论，所以，那时，汀州市工农兵代表大会改选以后，一百多个代表，因为几次会都只讨论扩大红军和动员运输队，完全不理群众生活，后来就不高兴到会了，会议也召集不成了。扩大红军、动员运输队也就减少了成绩。"

在毛泽东的严肃批评、耐心教育和热情帮助下，汀州干部改变了作风，切实做好群众工作。在闽西工农银行的全力支持下，加强了粮食调剂局的工作，开设了汀州市红色米市场，保护商人贸易，促进金融流通，组织手工业合作社、消费合作社，组织砍柴队上山砍柴，发动群众熬制硝盐并办起了硝盐厂，老百姓的衣食住行、柴米油盐和妇女扫盲、小孩读书等问题相继都得到解决。在解决这些人民群众的实际问题中，闽西工农银行发挥了重大作用。

进入中央苏区并掌控了党中央领导权的"左"倾机会主义者，不仅在军事上执行冒险主义的所谓"进攻战略"，而且在经济建设上也推行一系列的极"左"政策，严重影响苏区的经济建设。其中主要的表现是极力推行"左"倾劳动经济政策。实际上，毛泽东在当时发表的一系列关于经济建设的文章以及在汀州养病期间所做的社会调查，就是对当时"左"倾劳动政策的有力纠正。

王明的"左"倾机会主义在苏区经济问题上的表现是教条主义。他们脱离中国的实际，打着维护工人阶级利益的幌子，规定不少过"左"的劳动法令，提出过高的劳动条件和工资待遇。例如要求在一切企业中实行8小时或6小时工作制，强迫私营企业者接纳失业工人，甚至在年关到处组织有害苏区经济流通的总同盟罢工，由于对苏区城市中的商店、作坊提出过高的经济要求，致使企业不堪负担而被迫倒闭。这些过"左"的劳动法令，脱离群众、脱离实际，是由上而下强制执行的，并非是工人真正的要求，结果是伤害了私营工商业，也伤害了工人的实际利益，对苏区经济的发展和繁荣更是造成严重的后果。

为了解决这个问题，1933年3月至7月间，担任中华苏维埃共和国全国总工会苏区中央执行局党团书记的陈云亲自到汀州进行调查，通过召开有工会领导、工人代表、资方老板参加的多种形式的座谈会，详细了解真实的情况，先后在苏区中央执行局机关报《斗争》上发表了《关于苏区工人的经济斗争》《怎样订立劳动合同》等文章，严厉批判了"左"倾机会主义者所推行的过"左"的劳动法令，保护了私营商业在苏区的发展。

1933年初，刘少奇从上海来到中央苏区，担任中华苏维埃共和国全国总工会苏区中央执行局委员长，他也曾经多次到商业繁华的汀州，指导汀州的工会工作。他工作扎实，深入到闽西工农银行直接投资建设的红军兵工厂和红军被服厂，发现了由于实行过"左"的劳动法令，造成管理的大漏洞。他在《斗争》第51期上发表《论国家工厂的管理》文章，尖锐地指出："在国家工厂中我们还没有建立真正的工厂制度，没有科学地组织生产、计划生产"，"没有设立检验生产产品的机关（有工人代表参加），来负责检验每日的生产产品"，以致造成了"兵工厂做的子弹，有3万发是打不响的，枪修好了许多拿到前方不能打"，"被服厂做好的军衣不合尺寸，不好穿，扣子一穿就掉"。"左"倾劳动政策在国有工厂特别是军事工厂造成的恶果，情况如此严重，那些口头上唱着维护工人阶级利益的高调的"左"倾机会主义者，貌似十分革命，实际却是严重损害国家利益的。

国有企业尚且如此，那些私营企业造成的问题就更为严重了。在陈云、刘少奇先后到汀州进行社会调查并采取进一步措施之后，"左"倾机会主义造成的流毒终于肃清。汀州呈现出更为繁荣的景象。中华苏维埃国家银行成立之后，在汀州成立了福建分行，闽西工农银行依然存在，忠诚地履行着职责，包括模范执行对私营工商业的政策，成为苏区金融的一面鲜红旗帜。

第五节 令人感动的一则附注

1933年9月10日，中华苏维埃政府有关部门发布《信用合作社标准章程》，共有36条。结尾有个附注，内容是：

> 我们为使最贫苦的工农群众都能加入起见，每股股金不宜定得太多，如得多数贫苦工农之同意，当然每股也可以多至二、三元至四、五元，但不能超过五元以上。

并不起眼的一则附注，经过岁月的洗礼，细细品味，却是令人感动。

这则附注蕴含着什么呢？

首先，让人们看到，当年的贫苦大众并不富裕。在文件中的第六条规定："本社股金定每股一元，以家为单位，其一家愿入数股者听之。"

1元钱，在今天已经微不足道，但在贫苦的农家，要有1元钱却并非易事。君不见，即使是20世纪80年代，在闽西稍微偏僻一点的农村，有些农民买点盐的钱，往往还是用自己家中的鸡蛋换来的。20世纪30年代前后的闽西山村农民，则更为穷困。正是充分体恤到贫苦农民的这一实际情况，进入信用合作社的门槛才定得那么低，以1元钱作为入社费。

其次，是让尽量多的贫苦农民能够享受到共产党组织的信用合作社带来的好处，让他们能够真正摆脱高利贷的剥削，能够维持生活乃至生存下去的基本条件。实践证明，贫困农民参加共产党领导的暴动，推翻了压在头上的三座大山，分得了土地，如果得不到经济上的翻身，还是很难立足的。在当时的时代背景下，将政治上的解放和经济上的翻身结合在一起，真正为贫苦农民着想，很是难得。

共产党的宗旨是全心全意为人民服务，在当时，实际的内容就是为人民谋解放。人民是个大概念，其中人数最多的就是挣扎在贫困线上的农民。充分考虑到为这个占人数最多又最需要共产党人帮助和服务的群体，对劳苦大众特别爱护和关注，是闽西苏区金融特别值得铭记和弘扬的初心。

再次，从这个设置最低的门槛要求中，可以看出，当时成立农村信用合作社，并非如想象中的那样一呼百应，由于种种的原因，闽西苏区各地成立的信用合作社，很不平衡。做得最早和最好的是永定，其次是上杭，即使是这两个地区，依然有不少空白之处。有的地方，即使成立了信用合作社，却被商人甚至坏人把持着，贫苦大众得不到好处。

1930年11月29日，《中共闽西特委报告第一号——闽西的政治形势与党的任务》中，在论及合作社的一节中，对信用合作社的情况如实介绍道：

> 信用合作社，组织很不普及。比较大的有上杭北四区信用合作社，营金约二千元，即发行数毛纸币票。永定第一、二区信用合作社，营金五千余元；永定太平第九、十、十一三区合作社，营金三千余元，都发行纸票。永定河西及各县区信用合作社，营金一千元、数百元不等，低利借贷，便利于农民。

从这个文件中，人们可以看到，成立和组织信用合作社并不是简单的事情，组织很不普及，完全不同于组织比较普及的消费合作社，主要有以下原因。

一是闽西苏区各级领导的主要精力，都集中在如何对付不断加剧的敌人的军事"围剿"，重在扩大红军等准备打仗的问题上了。枪杆子太重要，关系到苏区的存亡，而往往无法将经济建设尤其是金融问题提到最为紧迫的议事日程上。

二是广大贫苦农民还没有完全意识到组织合作社的重要性。农民是传统的个体生产者，他们的思维模式往往只注意到个人生活、劳动的小圈子内，对于通过组织起来成立合作社的方式，一时还处于不熟悉的陌生阶段。农民是最讲实际的现实主义者，当他们暂时还没有看到或亲身感受到信用合作社优越之处的时候，往往采取旁观、犹豫甚至怀疑的态度。

三是在组织合作社中存在着某些缺点，直接影响了合作社在农民中的信誉。1930年12月1日发的《闽西苏维埃政府通告经字第一号——关于发展合作社流通商品问题》的文件中，有一段颇为尖锐的批评文字：

过去各处对于合作社的组织，非常忽视，同样在执行这一工作上，有许多错误和缺点。合作社没有普遍的平衡发展，生产合作社则简直没有做到，信用合作社多数没有站在贫苦群众方面谋利益，消费合作社更是多数像公司性质或商人营业一样的图利。如贩牛、宰猪、挑运货物、墟场贩卖等，其内部组织也无依照合作社条例办理，只有一个合作社的名义。这些缺点和错误，都是过去各级政府没有注意到的缘故。

仔细品读这段文字，人们可以清晰地感受到，当时的合作社的确存在着不少问题，尤其严重的是，信用合作社多数没有站在贫苦群众方面谋利益。出了什么情况呢？有的信用合作社的钱不是借给贫农、雇农，而是借给了富农。在这份文件中明确地指出了这个具有某种政治倾向性的严重问题。

关键的问题，还是有的信用合作社，不是掌握在有信仰的工人、贫农手里，而是掌握在过去善于打算的地主富农手里，他们来充当合作社的负责人，出现没有为贫苦大众谋利益的情况，就不可避免了。

是否紧紧地站在贫苦大众尤其是农村中占绝大多数的贫苦农民一边，为贫苦大众谋利益，从来就存在着激烈的斗争，无论是党内，还是党外，皆是如此。从第一次大革命时期对风起云涌的农民运动，是"好得很"还是"糟得很"之争，到由共产党独立领导中国革命的土地革命，是坚持毛泽东所提出的依靠农民，在农村建立革命根据地，实行武装割据，由农村包围城市，最后夺取城市的路线和战略，还是机械、教条地照搬苏联的经验，以城市为中心，在敌强我弱的情况下，强迫红军去攻打城市，是两条路线斗争的焦点。无论是当时中央的负责人李立三的"左"倾冒险主义还是后来王明的"左"倾机会主义，都属于后面的范畴。

实践一次次地证明，农民问题是土地革命的根本问题，组织武装暴动，建立红军，开辟红色苏区的军事斗争是如此，苏区成立以后，巩固革命根据地，发展社会经济，组织合作社，同样如此。值得注意的是，1930年前后，中央的领导权都掌握在"左"倾领导者手里，他们推行的一整套机会主义路线，不仅给革命造成了严重的损失，而且弄乱了党内的思想。闽西苏区当然无法避免受到影响，但闽西苏维埃政府在开展合作社运动中，尤其是在组织信用合作社和后来的闽西工农银行的实践中，始终坚持以人民群众为本，旗帜鲜明、毫不动摇地为贫苦大众谋利益，的确是非常可贵的。

四是宣传工作不到位，也是当时信用合作社无法达到原来所设想的效果的重要原因之一。贫苦农民多数没有文化。在党的领导下，千千万万的贫苦大众毅然奋起，打土豪分田地，汇成席卷大地的滚滚洪流，局势大变。而经济建设，组织合作社，无法像武装暴动那样轰轰烈烈，那样可以直接点燃贫苦大众久蓄心中的熊熊烈火，跟着共产党冲锋陷阵。经济建设，尤其是牵涉到金融问题，需要做大量的细致、平凡且符合科学规律的工作。要让贫苦大众觉悟起来，自觉参加合作社，宣传工作是必不可少的。

最有力度的宣传是什么？政策。政策是最为伟大的力量。

将由中华苏维埃临时中央政府有关部门颁发的《信用合作社标准章程》和闽西苏区以前发的关于信用合作社的文件联系起来考察，

就可以清晰地发现，它们是一脉相承的，这个标准章程实际是闽西苏区关于信用合作社条例的完整梳理和总结。特别是其中有几处做了更为准确而肯定的规定，其目的就是强化为贫苦大众服务的力量。

首先，是入社资格。标准章程开宗明义之处，"本社社员以工农劳苦群众为限，富农、资本家、商人及其他剥削者，不得加入。"这一条就是宣示社会，信用合作社是为劳苦大众服务的，这是其最为重要的宗旨。离开了这个宗旨，信用合作社就变味乃至变质了。

这一条的规定中，有个值得注意的细节，就是把商人和富农、资本家及其他剥削者排列在一起，不允许商人加入信用合作社，如果进行客观的历史分析，有点"左"的气息，因为商人毕竟和富农、资本家以及其他剥削者有区别，他们是属于保护、争取、利用的对象。制定这一条，很可能是鉴于信用合作社曾经被商人把持，没有真正为劳苦大众服务的教训，矫枉过正，可以理解。

其次，加强乃至强化了各级政府对信用合作社关注、管理甚至干预的程度。信用合作社是苏区重要的经济、金融组织，党管经济、党管金融并非一句空话。以前，苏区合作社包括信用合作社不少处于政府不管的状态，具体表现是，连基本的向政府登记的制度都没有，这种散漫的状况再也不能继续了。标准章程中规定，信用合作社应当规范化，按照组织条例，规定要向县政府登记。林区合作社营业证书在名称上也有统一的规定，必须表示县、区名称。在营业过程中，每3个月召开一次社员大会，向社员大会做营业报告的同时，必须向当地政府报告。而且规定，每个信用合作社3个月要决算一次，决算期应制定表册、书类交社员大会审定后，报告当地政府及中央政府。其表、书的类别是：资产负债表、损益表、财产目录、营业报告书、红利分配表。

这项规定有两个值得特别注意的情况：一是报告的级别，信用合作社除了向当地政府报告以外，还要向中央政府报告。这是以前所没有的，可见对信用合作社的高度重视。二是报告内容规范化，不是口头报告，而是形成标准的表册文书。政府的介入管理和干预，是极为重要的保障，可以检查、监督，从而发现问题和倾向，使信用合作社为劳苦大众服务不至于成为一句空话。

再次，强化制度化管理。前面所述的报告制度即是重要内容之一。在对社员的管理上，注意到保障社员的权利，包括以前的合作社条例中就有选举权、被选举权、表决权，新规定中增加了条款：不论入股多少，一家只以一权为限。这一条显然是为劳苦大众着想的。因为他们相对比较穷困，一般投入的股金不高，但不能因此影响他们的权利。对于社员退社、违规社员的处理等都强调了管理委员会和社员大会的作用。制度化管理中对于以前的信用合作社条例，有两个颇有意思的补充：一是社员有转让股权给承继人之权，但须得到管理委员会的同意。二是股票如有遗失，可以先向管理委员会挂失，登报声明之后，可以申请补发。两个小小的细节，都充分展现了当时对劳苦大众的竭尽苦心。

如今有句时尚的话语：细节决定成败。多数用在企业管理或生意场上，其实，大至历史转折中直接影响时代发展进程的重大事件，小到为人处世，都不愧是真知灼见。从《信用合作社标准章程》中，人们可以感受到当年苏区金融关爱劳苦大众的温暖之情。

第七章 金融家的摇篮

人们往往很难相信，人民共和国有那么多的金融家，居然是穿着草鞋从苏区走出来的。他们极不寻常的经历、创造的经验以及丹心似火的品格、情怀、精神，令人感动、敬佩！人民共和国金融的领军人物，虽然已经远去，但永远是闽西这片红土地的自豪和骄傲，也更是现代金融业界的榜样、标杆和旗帜。

第一节 苏区金融的领航人

中华苏维埃共和国的红色金融家，首推毛泽民；而闽西苏区的红色金融家，则首推邓子恢。

邓子恢是龙岩东肖社邓厝村人，他是闽西苏区的创始人之一。

闽西苏区的红色金融，之所以能够在当时的全国苏区中脱颖而出，不仅成为各苏区借鉴的典范，而且为中华苏维埃共和国银行的诞生提供了丰富的经验、模式以及人才，成为人民共和国金融的源头，邓子恢堪称是坚定的领航者和核心人物。

闽西的苏区金融是从组织互助合作运动开始的。邓子恢的思想源于何处？除了他自身的马克思主义修养和积累之外，因为特殊的原因，主要来自毛泽东对他的谆谆教诲和刻骨铭心的深刻影响。从1929年春开始，毛泽东、朱德、陈毅带领红四军进入闽西，邓子恢和毛泽东建立了深厚的情谊。尤其是毛泽东离开红四军的领导岗位，在永定、上杭养病的艰难时期，邓子恢更是紧紧跟着毛泽东，不仅时刻关心着毛泽东的生活、健康、安危，而且只要有机会就向毛泽东请教，他是得到毛泽东思想尤其是毛泽东合作经济理论和互助合作思想真传的闽西苏区的创始人。这是奇缘，更是由特殊的时代机遇造就的传奇。认真研究邓子恢领导闽西苏区和后来领导中央苏区的经济工作的辉煌历程、他的思想和实践，可谓处处都可以寻觅和强烈感受到毛泽东经济思想的异彩。

邓子恢任闽西特委书记，是闽西苏区的领导者。他是一个务实的人，从小生活在农村，对农民有着深刻的理解和深厚的感情。由于国民党军事"围剿"和经济封锁，闽西苏区经济形势迅速恶化，出现了非常严重的"剪刀差"现象，严重影响甚至威胁着群众生活和苏区的生存。如何解决这个难题？邓子恢积极倡导和组织互助合作运动，使苏区的生产方式发生重大变化，从而促进了苏区经济的迅速发展。邓子恢也因此成为苏区互助合作运动的先驱。

革命家管经济、管金融，闽西苏区自邓子恢开始。

1929年9月3日，邓子恢签发了《中共闽西特委通告（第七号）——关于剪刀差问题》，分析了闽西"剪刀差"的产生原因及其危害之后，提出解决"剪刀差"问题，最重要的一条措施是："由县区政府经济委员会有计划地向群众宣传，并帮助奖励群众创造合作社，如生产合作社、消费合作社、信用合作社等，使农民卖米买货不为商人所剥削，而农村储藏资本得以收集，使金融流通。"

1929年11月，邓子恢主持召开中共闽西特委第一次扩大会议，再次强调创办合作社的问题，指出"解决赤色区域中剪刀差现象的特殊经济问题，成为目前闽西党当务之急"，"各级政府工作，应针对群众要求，为群众解决痛苦，在目前应努力帮助建立合作社之组织。"

1930年3月，出任闽西苏维埃政府首任主席的邓子恢，更加大力推动互助合作运动。在闽西第一次工农兵代表大会上，邓子恢主持通过了《经济政策决议案》，其中专门将"发展合作社组织"作为一项重大政策，规定："一、规定合作社条例予以保护。二、各处合作社要纠正过去照股分红之错误，要照社员付与合作社之利益比例分红。三、各地尽量宣传合作社作用，普遍发展各种合作社的组织。四、有乡合作社地方，要进一步组织区或县合作社。五、政府经常召集合作社办事人开会，讨论合作社进行方法。"

1930年5月，闽西苏维埃政府主席兼经济委员会主任邓子恢签署发布了《闽西苏维埃政府布告（第十一号）——合作社条例》，要求"各级政府及全体群众一概知悉，并切实进行为要"。

高度重视社会调查，从群众中汲取智慧，实行从群众中来到群众中去的思想方法，毛泽东很喜欢用的方法，被邓子恢学到了。当时闽西苏区因为"剪刀差"问题没有解决，出现"谷贱伤农"的严重情况，损害了农民的利益。邓子恢通过开调查会，找到了一个平抑粮价有效的办法——创办粮食调剂局。1930年6月14日，邓子恢签署发布的《闽西苏维埃政府布告（第十五号）——关于组织粮食调剂局问题》，"决定调剂米价办法，组织粮食调剂局，以救济贫农"，要求各级苏维埃政府"坚决的为工人贫农阶级谋利益"，"大力筹集资金，使各乡农民得到普遍的救济"。同时还严格规定，粮食调剂局筹得的款项"无论何人不准移作别用，如有侵吞此款十元以上者，即行枪决以儆效尤"。对此，邓子恢回忆："这种政策当时甚受农民欢迎，粮价也从此稳定下来。这种政策同时也推广到闽西各县。"

如何组织劳动合作社以解决劳动力不足的问题，邓子恢也是在和农民一起研究之后找到的具体办法。邓子恢回忆："我们与农民研究了这种情况，提议组织劳动合作社（实际是劳动互助性质），社员与社员之间互相换工，社与社之间则集体换工，双方登记出工数，收割后结算，多出工之社由对方补付工资，这样对农业生产有利，双方又可以避免支付工资的困难，也可以避免因支付工资而竞售粮食，致造成粮价跌落的现象。"互相换工，从个人到集体，这种行之有效的办法，解决了大问题。

苏区初创时期，苏区财政出现了不少混乱和不规范的地方。当时，各县各地财政自收自支，各自为政，没有钱了，甚至搞强行摊派。革命不能做无米之炊，如何筹集经费？筹集上来的经费应当如何处理？富有经济头脑的邓子恢，在闽西苏区初创的时期，就开始着手统一财政工作，使闽西苏区成为统一财政的先行区。为此，邓子恢于1929年11月主持制订《关于苏维埃工作问题的决议》，指出："各级政府财政多数无预算不统一，而且过滥开支，财政困竭了无办法，更有些派起捐来，这虽然是仅有现象，但长久下去，财政无办法时客观上会走到抽捐的路上去。"强调"政府财政要有预算，量入为出，建立财政独立基础"。1930年，邓子恢主持召开闽西第一次工农兵代表大会，再次提出确立预决算制度，这样就促进了统一财政预决算制度的形成。邓子恢还积极推动统一财政税收制度。1929年11月，中共闽西特委对土地税、山林税等作了统一规定。1930年3月，闽西第一次工农兵代表大会规定一切税收由县政府统一征收。闽西苏区的统一财政工作为后来中央苏区的财政统一工作积累了宝贵经验。

为了稳定金融市场和改善人民生活，1929年9月3日，邓子恢签署发布中共闽西特委第七号通告，要求"由县政府设法开办农民银行，区政府设立借贷所，办理低利借贷，借予贫困农民，使农民不至于告贷无门而贱卖粮食。其银行、借贷所基金，则由打土豪拨出一部分，并招集私人股金或向私人告贷，集资而成"。

在这一基础上，邓子恢还进一步提出成立闽西工农银行，发行统一纸币,统一金融市场。1930年11月7日,闽西工农银行正式在龙岩成立。闽西工农银行成立后,开展一系列的金融活动,为发展闽西苏区生产、活跃苏区经济、沟通赤白贸易和打破国民党的经济封锁,发挥了积极作用。

中华苏维埃共和国临时政府成立以后,邓子恢肩负财政部长并兼土地部长、国民经济部长等重任。当时,苏区财政收支同样非常混乱,不但自收自支、随意列支,而且收入与经费开支也没有分开,甚至连私人移借都混在一起。邓子恢果断地把在闽西统一财政的经验运用到实践之中。他亲自主持制定一系列的规章制度来统一财政收支。

1932年8月16日,邓子恢签发《中华苏维埃共和国财政人民委员部训令(财字第15号)——关于统一税收的训令》,决定:"从8月份起,凡土地税、商业税、山林税以及店租、房租、矿产租金等各项租税收入,各级财政部门都应另立账簿,如公债款一样,分别收入,按月解缴上级,汇送中央或中央所指令之用途,并须按月将收入情形详细报告,以便审查。各级财政部门对于上述各项税款,以后不得擅自动用,并不得将所收款项列入日常收入,以混乱会计系统。其上半年及7月份所收税款则须分别统计填写表格,报告本部,以便审查。兹发下各种表册,各级财政部收到后,须照此表式印好使用,以资统一,切切勿误。"中央财政人民委员部专门设计工业、商业、店房出租等财税收入登记表册,印发到各级财政部定期填报。此外,中央财政部还制定《矿产开采权出租办法》《店房没收和租借条例》《关于商业税与店租之征收事宜》等规章条令。通过这些规章条令,把各种税收纳入国家财政收入的渠道。按照财政人民委员部颁布的训令,中央苏区各级税务机关,对土地税、商业税、山林税等各项税收收入分别记账,按月解缴上报,汇送中央财政人民委员部。

1932年9月，财政人民委员部发布财字第六号训令，将统一财政收支作为目前各级财政部的中心工作之一。1932年11月，邓子恢签署发布《财政人民委员部一年来工作报告》，再次强调："统一财政，建立财政系统。要实现政府供给红军战费的任务，统一财政开支，是当头的重要工作，只有把一切财政开支统一起来，肃清过去贪污浪费的现象，由中央作有计划的支配，才能把不必要的用款通通节省下来，拿去供给红军。"

统一会计制度，也是邓子恢的重要贡献之一。健全的会计制度是统一财政的基础。当时，中央苏区会计制度很不健全，几乎所有单位收钱、管钱、用钱都混在一起，收的什么钱、用的什么钱也不分科目。因此，邓子恢决定要建立统一的会计制度，他强调指出："要统一财政、防财政舞弊是很难的。要彻底统一财政，要防止财政上一些舞弊行为，非有健全的科学的会计制度不行。"并制定统一会计制度的六项规定：第一，收钱、管钱、领代、用钱要分开；第二，各级收支情况，应按系统分别登记上报；第三，确定会计科目，按统一的名称与范围记账；第四，确定预决算规则，实行预决算制度；第五，统一簿记、单据格式，按规定要求记账；第六，实行财政交接制度，交卸者应提出清单报告，接管者要凭单清点核收。这些都是极有针对性的有力措施。

根据这六项规定，邓子恢还同财政人民委员部、国家银行工作人员一道认真研究制定会计规则、预决算规则、会计科目表，并设计各种簿记账册，发到各省、县苏维埃政府和红军部队使用。按照中央财政人民委员部《统一会计制度》的第12号训令和《会计规则》，从1933年1月1日起，各级税务机关，统一会计制度和账簿格式、采用新式簿记、确定会计科目、健全账目凭证、整理旧账、核对收入、清理移借之款、规范税款报解程序及期限，规定凡区税收委员会距离分支库所在地20里以内者，满200元缴纳一次，距离

20 里以外者，每满 500 元缴纳一次。区税务机关每满 400 元缴库一次，省、县税务机关每日缴库一次。每逢月底各税务机关收入款之余存数，无论多少必须全部缴库。

这些规定和制度，环环相扣，可谓滴水不漏。它来自经验，更来自高度负责的精神。

国库制度，也是邓子恢亲自主持建立起来的。建立国库是统一财政的重要一环。当时，中央苏区的钱款分散存放在各个地方或部门，甚至分散装在个人腰包里，中央根本不知道有多少钱。如何把国家的钱管起来？邓子恢受税务机关四联单的启发，进行了国库制度的设计。经过一段时间的摸索，邓子恢同国家银行行长毛泽民和曹菊如一起，起草《国库暂行条例》。

1933 年 1 月 1 日，中国革命财政史上开创性的工作条例《中华苏维埃共和国国库暂行条例》正式颁布实施。条例规定，中央建立总国库，省、县建立分、支库，一切收入必须缴进国库，一切支出均凭财政部签发的支付命令，任何人不得擅自动用国库的钱。上下级国库之间采取多联单形式作为通知和记账凭证。县支库的收款书为五联单，省分库为四联单，中央总国库为三联单。下级国库的解款书，以不同的联数报知上级国库。这样每一笔收支从有关的国库直至财政部都可以同时记账，上级财政部门对下级财政部门、中央财政部对整个中央苏区各级财政部门的收支和库存金额，一目了然。为了让大家按章办事，邓子恢还积极做宣传鼓动工作，甚至提到要从反对分散主义的高度开展思想斗争。

革命家管经济、管金融，最大的优势不仅是可以充分发挥党赋予的权力的作用，而且可以充分运用制度这个"笼子"，把权力置于制度的严格管辖之中。从闽西苏区走出的邓子恢，不仅是闽西苏区经济以及金融的领航人，而且为中央苏区的金融系统的完善和科学建设做出不可磨灭的杰出贡献。

此外，还有张鼎丞，福建永定人，他是闽西革命根据地的创始人之一。邓子恢任闽西特委书记，张鼎丞任闽西苏维埃政府主席，两人是并肩战斗的亲密战友。张鼎丞在带领闽西苏区军民粉碎敌人的"围剿"，领导苏区经济建设，尤其是筹建和领导闽西工农银行的过程中，发挥着重大的作用，有着卓越的贡献。

第二节　红色大管家的风采

中华人民共和国成立后，赖祖烈历任中央办公厅特别会计室主任、政务院参事、中南海管理局局长、中央警卫局局长等重要职务。通俗地说，他曾是中南海包括毛泽东的大管家。

赖祖烈是闽西苏区金融的主要创建者之一。他的经历很不寻常。

1907年，他出生在永定区湖雷镇石城坑一个贫苦农民家庭。因家境贫寒，为了生计，13岁就背井离乡，先后去上海、扬州等地同乡开的条丝烟店当徒工、店员。在扬州期间，为了寻求革命真理，他与同乡好友赖仁斋在收入微薄的情况下，省吃俭用，合订了《新青年》等进步刊物。他一边阅读，一边把重要的内容抄在小本子上，还经常与赖仁斋一起探讨自己的理解和看法。进步思想渐渐地在他脑子里产生了深刻的影响。

1926年5月，共产党员阮山、林心尧、熊一鸥和石城坑的赖秋实、赖玉珊（都是赖祖烈的叔父）在万源楼开会，成立了中共永定支部，这是永定也是福建的第一个农村党支部，组织和领导了湖雷和整个永定县的农民革命运动。

1927年"四一二"事变后，阮山来到江苏扬州，对赖祖烈进行马克思主义的教育并引领他走上了革命道路。同年10月，赖祖烈和赖仁斋从扬州回到石城坑，经阮山介绍，1928年，他们加入了中国共产党。不久，石城坑第一个党支部成立。

1928年6月29日，阮山领导湖雷的农民赤卫队举行暴动，一举成功，打响了永定暴动的第一枪。永定暴动成功之后，1929年5月底，毛泽东、朱德、陈毅率领红四军解放了永定。赖祖烈担任中共石城坑党支部书记兼赤卫队连指导员。永定县革命委员会和永定县苏维埃政府成立以后，他担任财政委员等职务。

　　赖祖烈和毛泽东、朱德有着一段特殊的交往，他负责安排毛泽东、朱德的驻地和生活。毛泽东在福建永定县湖雷曾主持召开红四军前委会议。在这次会议上，针对当时红四军存在的保守主义与游击主义、"个人领导"与"党的领导"即家长制与民主制、"党的领导权"与"军权"即军委与前委等问题，曾经发生激烈的争论，思想未能统一，前委的民主集中制领导原则无法贯彻实行。因此，毛泽东心情并不太好，敏感的他，感受到一场来势汹汹的挑战已经到来。赖祖烈虽然不了解其中的详细情况，但他朴实、心细、做事周到，处处关心毛泽东的起居、安全以及生活习惯，在这段特殊的日子里，特地把毛泽东安排在比较僻静的湖雷墟坝对面的新盛昌店居住，让毛泽东可以得到很好的休息。

　　他的勤勉、忠诚、厚道、务实给毛泽东留下了深刻的印象。或许，也是中华人民共和国成立后他有幸进入中南海担任大管家的起因。

　　赖祖烈是个理财高手。1929年10月，他根据闽西特委的第七号通告，率先筹建太平、湖雷等区的信用合作社和永定县农民银行，并担任了永定丰田区首任的信用合作社主任。1930年3月25日，闽西第一次工农兵代表大会通过《取缔纸币条例》，指出"信用合作社要有五千元以上的现金，并得到闽西政府批准者，才准发行纸币，但不得超过现金之半数。"他任主任的永定丰田区信用合作社在1930年2月15日就开始发行银毫票5000元，分为5角、2角、1角三种。这种纸币设计精美、科学且富有鲜明的红色元素，是由湖雷进化社印制的。赖祖烈筹建的永定丰田区、太平区两个区的信用合作社和上杭北四区的信用合作社皆是全国最早成立的红色信用合作社。

赖祖烈出色的金融才干，得到了邓子恢、阮山等领导者的高度认可。于是，闽西工农银行成立的时候，他就被选入七人委员会之列，并担任闽西工农银行的营业科科长兼总务科科长、秘书等职务。在闽西工农银行工作期间，赖祖烈勤勤恳恳地做了大量的工作。中华人民共和国成立以后，他撰写了《回忆土地革命时期闽西的对敌经济斗争》一文，比较详细地介绍了闽西工农银行执行"调剂金融，发展社会经济，保存现金，实行低利借贷"任务的情况，成为珍贵的史料。

毛泽民同样看上了赖祖烈。1932年，中华苏维埃国家银行成立，赖祖烈被调去筹建中华苏维埃国家银行和福建省分行，担任分行行长兼福建金库主任，还兼中华同业总公司经理。他积极发展苏区经济，统一货币，统一财政，扶持生产，筹集军饷等。1933年，他受中央指派，组织工作团并任团长，随军到各地筹款和收集物资，支援中央苏区反"围剿"斗争，成绩显著，受到中央财政部的表彰。他为开创中央苏区的财政金融事业、发展中央苏区的经济做出了重要贡献。

从筹建信用合作社到筹建闽西工农银行，以及后来调往苏维埃国家银行，赖祖烈的理财思路和金融运营的策略主要有哪些呢？

闽西苏区初创，一穷二白。面对直接威胁到苏区生存和群众生活的"剪刀差"问题，闽西特委决定采用组织合作社的形式渡过难关。赖祖烈率先组织信用合作社。这是金融组织，钱在哪里？除了苏维埃政府最早给予支持的一点经费以外，最主要的是依靠贫苦大众进行募股筹集，这种方法实际上就是共产党人一贯坚持的"从群众中来，到群众中去"的思想在金融上的运用。信用合作社如此，后来成立的闽西工农银行同样也是如此。

向群众募股，当然并非是赖祖烈一人的主意，但他却是身体力行，不惧艰辛甚至冒着生命危险，积极动员群众、组织群众。他筹建的信用合作社和后来他在闽西工农银行承担的营业重任，都充分体现这种思维。他能够从贫穷的百姓信任共产党的目光中看到潜在的力量和希望。

理财，一是筹款，二是用款。闽西工农银行的运营，充分展现了赖祖烈的精明和远见卓识。

银行的金融是需要放款即投资的，闽西工农银行在这方面的重点在哪里？首先是重在农民、农村、农业，也就是我们今天所说的"三农"；其次是根据需要，办好一些中小企业；再次是突破敌人的层层封锁，依靠群众，利用矛盾，大力发展商贸活动。如今，在发展国民经济的道路上，有句人们谙熟的话语："无农不稳，无工不富，无商不活。"这是朴素的常识，也是最为基本的经济规律，令人不得不叹服的是，1930年前后，像赖祖烈这批闽西苏区的金融行家，就在实践中初识其中的道理，根据当时的社会情况，采取了行之有效的措施，取得显著的成效，很不简单。

对党、对共产主义事业持有坚定的信念，是这位从闽西走出的红色金融家更为令人感动的地方。

1934年10月，赖祖烈随中央主力红军长征的第四天，因突发恶性痢疾，不能行走，不得不留在赣南苏区坚持斗争。因为在经济上的突出才华，他先后任赣南财经委员会副主任、赣南军区供给部部长，在陈毅领导下坚持艰苦卓绝的游击战争。

那是血雨腥风弥漫的极为艰难的岁月，国民党对留下坚持斗争的共产党人和红军采取了极为残酷的办法。1936年，赖祖烈所在的游击根据地遭到国民党反动派的重兵"清剿"，他与一些红军游击队指战员在一次激烈的战斗中不幸被俘。面对国民党反动派的严刑逼供、高官相诱，赖祖烈始终坚贞不屈，不为所动。1937年国共合作后，经当地党组织营救，他才被释放。他回到家乡后继续参加当地的革命斗争。

1937年7月抗日战争全面爆发后，赖祖烈冒着生命危险，一路风餐露宿，饱尝艰辛，经长途跋涉，从家乡永定秘密来到八路军南京办事处，找到了叶剑英、李克农、钱之光等人。他被分配在新华日报社筹备处担任会计，并参与《新华日报》创刊筹备工作。

南京，六朝古都，虎踞龙盘之地。从大山深处游击战争前线走出的赖祖烈，面对时代、环境、使命、工作任务的变迁，他的人生进入了更为壮阔的奋战历程。

当时，正是国共合作、全民抗战时期。

他到达南京两个月后，上海被日军占领，时局紧张，南京岌岌可危，报纸已无法出版了。赖祖烈奉命以押车副官的身份，将大批物资包括人民团体慰问八路军的物资和印刷《新华日报》的纸张等从南京安全转移、押送到八路军西安办事处。从浦口到西安，他们整整走了7天7夜，历经艰难险阻。随后，他调任八路军武汉办事处经理科科长，负责筹集、采购、管理、转运八路军与新四军的军饷和物资（包括枪支、弹药）。八路军武汉办事处撤离武汉之前，因为国民政府军需署迁到湖南衡阳乡下，所以赖祖烈与钱之光也跟到衡阳，便于领军饷、转运物资。赖祖烈先期抵达衡阳筹建临时办事处。

八路军武汉办事处西迁重庆，时间紧迫、任务繁重。当时交通不便，虽然国共建立了统一战线，但国民党顽固派依然沿途设明卡暗哨，监视八路军办事处的行动，并多次借故进行骚扰和破坏。在如此危急的情况下，办事处的许多重要文件和物资必须迅速、安全地运抵重庆。机智灵活的赖祖烈，连忙做通了国民党中央银行一位要员的工作，借到一批国民党中央银行专用的、无特殊允许任何人都不能查问的转运箱，用来装办事处的文件、物资。赖祖烈亲自押运这批非常重要的箱子，经过几十天的艰难历程，终于安全抵达重庆，圆满完成了任务。到重庆后，赖祖烈担任八路军重庆办事处经理科科长。

重任在肩，赖祖烈的睿智和在实际斗争中磨砺出来的灵活的斗争艺术，使他在错杂复杂的斗争中谱写了不少传奇性的故事。

八路军重庆办事处要管的事情很多，除了正常的军政事务外，还要管理云南、贵州、西康、湖南、湖北、广东、广西等地的我方机构及新华日报社等单位，这些机构的经费支出情况，都由赖祖烈一人管理。向国民党军需署领取八路军的军饷，更是赖祖烈经常性的工作。

这是一场斗智斗勇的特殊战斗。

1939年下半年，国民党顽固派破坏国共合作的行径愈演愈烈，给共产党的工作带来很大困难。赖祖烈善于做统一战线工作，团结国民党军政部、军需署、军医署、银行等机构中的一些进步分子，争取一些中间分子与中共真诚合作，克服了不少困难。赖祖烈结交的那些朋友，在蒋介石发动反共高潮时给了我方许多协助，使我方大批重要物资、重要人员得以安然无恙地输送到延安。

不辱使命，行走于刀山剑丛中，更需要有不凡的胆气和高超的艺术。

当时八路军、新四军的军饷由国民党政府发给。由于国民党反动派设置了许多障碍，所以领军饷也是一项艰难的工作。去领军饷的国民党部队很多，赖祖烈希望越早领到军饷越好，因为早点转存银行可以获得一笔可观的利息，早存一天所得利息等于一个八路军办事处的经费，所以每到领饷之日，赖祖烈就早早等候在国民党军需署门口。但是国民党歧视、排挤八路军，开始的时候，八路军的军饷总是最后才能领到，并且常被刁难，课以巧立名目的捐税，七折八扣，使八路军蒙受不应有的损失。为了解决这个问题，赖祖烈想了很多办法,通过多种渠道做发饷者和银行方面的工作。

他明白,国民党并非是铁板一块的,于是,充分运用党的统战政策,积极地广泛地接触国民党军方以及各阶层人士。很快,他以自己敦厚老实、讲义气、重交情、乐于助人的特有品质,赢得了一些国民党军需署高级官员和银行工作人员的同情与友谊,他们常常给赖祖烈优先照顾。后来,赖祖烈每次都能较早地领到军饷并立即转存银行,从而为八路军节省了不少经费。虽然物价一涨再涨,但八路军的军费却损失甚微。

1941年初,国民党反动派冒天下之大不韪,悍然发动皖南事变,重庆形势也日趋紧张,八路军办事处的四周,到处是国民党军警、宪兵、特务。赖祖烈已经成了国民党特务监视的重点目标,为防不测,周恩来让他以叶剑英的秘书的身份随同叶剑英从重庆飞回延安。赖祖烈抵达延安后,中共中央秘书长李富春在延安杨家岭召见他,向他宣布组织决定:根据需要,中央决定成立中共中央特别会计科,负责管理中共中央的特别经费,协调使用全国各地方党组织的经费,并负责筹措中共七大所需物资等准备工作,由他担任科长,直接受中共中央政治局常委领导。其时,赖祖烈还兼任陕甘宁边区政府贸易局副局长。

赖祖烈又干起自己的金融老本行,但肩上的重担和工作的性质已经完全不同了。他所负责的会计科非同小可。为此,中共中央政治局常委任弼时专门找赖祖烈谈话,就特别会计科的工作性质、具体任务、工作范围和工作方法做了具体交代。任弼时特别强调:"你这项工作,职务不高,权力不大,但极其重要。这些经费是全国各地党组织和全体党员上缴的,它凝结着中国共产党人的忠贞和血汗,管理这些经费是不允许有任何差错的。"

从此,赖祖烈在这个岗位上一干就是25年。1945年,赖祖烈兼任中共中央办公厅行政处副处长,负责中央领导人的生活事务等工作。

1946年1月，国共和平谈判开始。1月13日，中共代表叶剑英飞抵北平，着手组建北平成立的军事调处执行部（简称军调部）我方机构。中央决定赖祖烈调任北平军调部中共方面的办公室经理组组长、行政处处长、交通处处长。根据与美、蒋达成的协议，军调部的活动经费均由联合国善后救济总署提供。可是，实际支付给我方的经费却少得可怜，连6个处的工作人员的人头费用都难以应付。根据中央的指示，军调部我方机构要积极开展上层统战活动，要出版宣传和平的读物，要资助北平地下党组织，等等。可是这一笔笔为数不少的经费从哪里来？

理财高手赖祖烈能够解决这个难题吗？

当时，平津地区的黄金价格疲软，美元价格坚挺，而沪杭地区则恰好相反，许多国民党的军政要员利用手中的权力大做这种买卖，从中牟取暴利。赖祖烈认真研究了国统区的经济动态、资金流向，提出在国民党为我方提供的活动条件和范围内，巧妙地利用金融市场业已形成的种种弊端，为我党筹集活动经费。他的想法经组织批准后，他秘密地从北平买进黄金，冒着被查出的风险，亲自带往上海、南京换成美元，然后返回北平抛出。日积月累，军调部我方拥有了数目可观的活动经费，满足了军调部中共方面的日常开支。

这真是一着险棋！

在国共斗争极为尖锐复杂的情况下，赖祖烈不但千方百计筹措资金，而且经常亲自秘密地给中共北平地下组织送钱送物资。为避免意外，赖祖烈不得不乔装打扮，避开国民党特务的目光，为北平、天津地下党组织送去经费，为我党在北平创办的《解放》报馆提供资助，使这份致力于和平、民主、团结，建设新中国的神圣事业的报纸《解放》得以不停地出版。

1947年1月，北平军调部解散，赖祖烈返回延安。同年3月，国民党军对解放区发动重点进攻。胡宗南部进攻延安时，赖祖烈负责押送物资和重要文件，随中共中央机关撤离延安、转战陕北。

赖祖烈肩上的担子越来越重。

中共中央后方工作委员会成立时，他担任中共中央后方工作委员会办公室主任。中共中央机关迁到河北平山县西柏坡后，他兼任晋察冀中央工作委员会副秘书长。1949年1月，北平和平解放，他随李克农进城做接收北平的工作，并为中共中央机关进驻北平做好准备工作。

中华人民共和国成立后，赖祖烈历任中共中央办公厅特别会计室主任兼周恩来的财政秘书、政务院参事、国务院外国专家招待处处长、国务院外国专家招待事务管理局局长、中央办公厅副主任兼中南海管理局局长、中央警卫局局长等职。

中共中央办公厅特别会计室是个有点神秘的具体为党中央管理钱财的专门机构，赖祖烈担任该室主要负责人，他掌管的经费项目之多、数额之大、内容之机密，更是一般人无法想象的。他经手过黄金、美钞、银圆、珠宝和数以亿万计的巨额人民币，包括毛泽东的稿费。尤其是他担任中南海管理局局长后，集财、权于一身，只要写张条子，就可以从银行支取成千上万的巨额资金，只要打个电话，就可以从国内任何地方调来所需要的物资。他的权力，超过了许多身居要职的人。但可贵的是，无比忠诚于党的事业的他，完全不为种种诱惑所动，25年来始终恪尽职守，一丝不苟，他过手的每一笔钱财，来龙去脉都有完备的记载，管理得井井有条，记录得明明白白，而他和家人却两袖清风、一尘不染。赖祖烈不愧是个高尚的人，纯粹的人，他的高尚品质和出色工作，得到历届中央领导的信赖和好评，他被誉为中共中央的红管家、好管家。

赖祖烈在半个多世纪的革命生涯中，大部分时间从事财经管理工作，他历尽艰辛、呕心沥血，出色地完成了繁重而艰巨的任务，建立了显著功绩。他艰苦奋斗、两袖清风、勤勤恳恳、忠于职守，为中共中央和中央领导人服务，为建设和发展中央机关后勤管理、生产服务，为党和国家的最高利益服务，鞠躬尽瘁，做出了重要贡献。

从永定湖雷走出的这位客家俊杰的动人风采，永存史册。

第三节　诗心如火照汗青

阮山，闽西苏区创始人之一，闽西工农银行的首任行长，声名如雷贯耳。他有一个特长：创作客家山歌并善于歌唱。因此，苏区老百姓又亲切地称他为"山歌部长"。诗心如火照汗青，他短暂的生命，永存在闽西金融的辉煌史册上，也永存在他创作的大量客家山歌中。

客家山歌被誉为"有《诗经》遗风的天籁之音"，是流传千年的极为珍贵的客家口传文学，深得客家祖祖辈辈的喜爱，有着极为广泛而深厚的群众基础。包罗万象又具浓郁地方特色的内容，灵活多样又自然朴实的艺术特征，明快酣畅又即兴的精致演唱技巧，使客家山歌成为客家人的"乡愁名片"。在共产党领导的大革命中，由于加入了红色元素，客家山歌又成为启迪、鼓舞、激励群众参加斗争的有力武器。

阮山是闽西早期的共产党员，他的革命生涯和他创作的山歌紧紧联系在一起。

1926年夏，阮山回到永定县，与林心尧等人一起组建福建省第一个农村党支部——中共永定支部，阮山担任支部书记。他以毓秀学堂为活动基地，创办平民夜校，培养农民运动的骨干。他讲课语言幽默，形象生动，旁征博引，寓意深刻，大家从中得到启发，受到教育。更具特色的是，阮山充分发挥山歌创作的专长，紧紧结合农村的实际和当时的革命斗争形势，创作了大量具有鲜明阶级性和战斗性的山歌。他创作的山歌通俗易懂，朗朗上口，洋溢着浓郁的乡土气息。其中流传最广的是《救穷歌》。这首山歌虽然比较长，但历数工农之苦，深刻揭露反动统治者的罪恶，号召工农起来闹革命。内容非常丰富，用客家山歌铿锵有力的曲调唱起来，让人为之感动和振奋。

  侄今唱歌唔要钱，总要大家肯来听，总要大家听落肚，十人传百百传千。
  头一痛苦是工农，着件衫裤补千重，三餐食的番薯饭，住的房子尽窟窿。
  石榴开花满树红，当今世界太不公，有钱之人就享福，无钱之人一世穷。
  今个世界太黑暗，有钱之人就做官，样样东西抽到贵，穷人赚食真艰难。
  今个世界受煎熬，样样东西都要捐，穷人做来无出处，有钱人家钱赚钱。
  住在山中怕豺狼，住在乡中怕土豪，土豪劣绅放恶债，银头较少利较多。
  土豪放债剥削你，还有劣绅欺负你，有钱无理变有理，无钱有理不理你。
  想起无钱会发癫，讲起劣绅心就煎，勾结官僚派军饷，要派五百开一千。
  木匠师傅篾缚床，做衫师傅烂衣裳，泥水师傅无屋住，耕田阿哥口米皇。
  冤枉娘来冤枉爷，真正冤枉无钱侪，大家莫做冤枉鬼，起来打倒寄生虫。

一枝竹子拗就断，十枝竹子拗唔弯，总要工农快团结，行到共产唔会难。

厓唔讲来你唔知，共产社会无共妻，总要两人心甘愿，唔要银钱结夫妻。

共产社会无愚鲁，男女老少有读书，男子就有好老婆，女子就有好丈夫。

讲到共产唔要惊，共产社会无相争，工人就有好工价，农民个个有田耕。

共产社会真神仙，处处都有好花园，做好工作不娱乐，快快活活又一天。

共产社会乐如仙，好食好着无牵挂，人老就入养老院，子女送进幼稚园。

讲到革命就开心，讲到杀敌就精神，总要大家齐下手，共产社会一定成。

一理通来百理通，十个人有九个穷，大家穷人齐团结，何愁革命唔成功。

这首著名的《救穷歌》，传遍闽西，具有强烈的鼓动力量。阮山不愧是个颇有才气的革命诗人。

阮山在1928年8月的永定暴动中担任副总指挥，他在《暴动歌》中这样号召农民：

我们大家来暴动，消灭恶地主，农村大革命，
杀土豪，斩劣绅，一个不留情。
建设苏维埃，工农来专政；
实行共产制，人类庆大同。

叱咤风云，阮山展现出了他杰出的组织和领导才能。永定暴动取得成功，他组建了当地第一支游击队。1929年红四军入闽以后，他担任湖雷乡革命委员会主席、永定县革命委员会秘书长、县苏维埃政府主席兼财政委员会主席、中国闽西特委委员、闽西苏维埃执行委员、闽西工农革命委员会委员、新红12军团长等重要职务。

因此，闽西工农银行成立的时候，对他最了解的邓子恢推举他担任行长是很自然的。

闽西工农银行是在闽西特委的直接领导下工作的，时任闽西特委书记的邓子恢亲自参加银行七人小组的领导工作。银行采取类似今天的董事会制度，从银行的宗旨到每一项具体工作，都进行非常认真的讨论，各项工作井井有条。阮山是个十分称职的行长。

他写过一首《设立工农银行歌》：

帝国主义主意深，
滥发纸币准现金，
设立银行收存款，
将钱放利剥削人。

目前闽西的地方，
市面金融渐恐慌，
现金日见流出去，
影响工农影响商。

现在革命已高潮，
帝国主义根本摇，
资本银行和企业，
不久一概会没收。

资本银行一没收,
纸票无用命都收,
唯有工农银行的纸票,
永远通用一样收。

全国总暴动时期,
纸币变成废纸哩,
自己银行快设起,
储存现款挽危机。

另里金钱大家有,
集腋起来可成裘,
组织银行力量大,
爱借爱贷容易求。

工农银行设起来,
实行低利的借贷,
借款容易利钱少,
大家欢喜心就开。

金钱集中本应该,
革命群众认真来,
全体动员加上去,
快快捷捷拿出来。

这首山歌用老百姓通俗易懂的语言,把闽西工农银行的性质、任务尤其是为老百姓服务的突出特点，表现得淋漓尽致、丰富多彩，通过歌唱山歌，赢得民心。阮山不愧是闽西苏区的"山歌部长"，是把革命战鼓擂得最响的人，是时代号角吹得最嘹亮的人。

他不仅用山歌动员群众、组织群众，在实际工作中，也展现了出色的才干。他的亲和、幽默以及对事业强烈的责任感、使命感，更是使他成为闽西苏区具有相当威望和影响的领导者。特别是担任闽西工农银行行长期间，他指挥、组织果断有力，工作安排井井有条，紧紧地团结和带领团队，不断开拓新的局面，得到苏区群众的一致赞誉，也引起了敌人的恐慌和仇视。

他的牺牲是壮烈的。

1934年10月，主力红军长征后，阮山奉命留下带领队伍坚持游击战争。阮山和其他留下的干部战士一起冲破敌人的封锁线，撤退到福建省委所在地长汀附近的山村，留在省委工作。"清剿"的国民党军队的总司令，听说阮山用一首山歌就可以鼓动无数群众跟共产党走，而且探得阮山还留在闽西与赣南交界一带活动，便在各地张贴通缉令，悬赏一千大洋，要阮山的人头。

消息传到阮山耳里，他毫不动摇，更不惧怕。他是本地人，熟悉山山水水，和群众又有紧密的联系，继续带领部队和敌人周旋，寻机打敌人一个伏击，打赢就走。敌人对这个早就把生死置之度外的阮山毫无办法，于是，收买了一个名叫黄志军的叛徒，让他利用曾是留下养伤的红军战士的身份，混入了阮山所带领的游击队。在一个深夜，这个可耻的叛徒为了1000大洋，在离长汀不远的四都谢坊村，趁阮山熟睡时，将阮山杀害，并将阮山的头颅割去到国民党军队那里请赏。

阮山被叛徒杀害的消息，传到时任闽西南军政委员会主席张鼎丞那里。张鼎丞闻讯大怒，下令追查杀害阮山的凶手黄志军的下落，他派了两名精干的游击队骨干，来到瑞金，经过3个月的摸排侦察，终于查到黄志军的下落。

两名游击队战士把情况摸清楚后，跟踪黄志军来到瑞金高围宋屋，深夜把正和野女人鬼混的叛徒活捉，愤怒地砍下他的头回到四都，然后在阮山殉难的地方燃起香烛，祭奠亡灵。

阮山已经牺牲很多年了。他创作的山歌依然在闽西山村流传着。他永生在那质朴、深情的山歌里。

第四节　曹菊如的道路

曹菊如，又名曹淡初，福建省龙岩县（今新罗区）红坊镇南阳村人。1901年4月生于一个清贫的店员家庭。曹菊如少年时，家庭经济已经十分拮据。6岁始，辗转于私塾、旧制小学、龙岩商业学校、湖洋开明小学等处读书。他是很有个性的，根据其子曹阳文回忆："在幼年时代，父亲听到外国人诬蔑中国人的辫子是猪尾巴，十分气愤，不顾老人和社会的压力，毫无顾虑地剪掉辫子。虽然当时已处于反帝反封建时期，但剪辫子的人还不多。"曹菊如人小志气高，曾经梦想通过经商以发展民族资本，暗暗地立下了"报国救民"的志向。15岁时，他告别了慈母，到河南睢县烟店当学徒，后又到江西赣州塘江一家烟店当店员。一次，老板让他筹备一场商会活动，各项工作有条不紊地完成后，老板却恶狠狠地对他说："商会只有老板才能参加，你回去吧，现在没有你的事了！"曹菊如当即从老板的话中体会到店员与老板的差别，深深感受到世上人与人之间的不平等，激起了对旧社会制度的愤恨。

这是特殊的缘分，曹菊如因为经常到邓子恢当店员的铺子里收账，有幸结识邓子恢，并成为莫逆之交。在邓子恢引导下，他开始认真学习《新青年》《新潮》等进步书刊，逐渐接受先进理论和革命思想。

1922年春，他回到龙岩，结识邓子恢、陈明、林仙亭、张觉觉、章独奇、苏庆云、张双铭等进步青年，他们被时人称为"龙岩八骏"。他们发起成立读书会，印行《读书录》，在龙岩白土（今东肖）桐冈书院创办闽西第一个宣传马列主义的进步社团——"奇山书社"。曹菊如在认真做好社团事务的同时，积极为社刊《岩声》撰写文章。

1923年冬，他应亲戚邀请，到印尼苏门答腊岛实武牙的一家香料厂经理账务。1927年大革命失败后，国民党当局实行白色恐怖统治，许多革命志士避险印尼。曹菊如参加了他们组织的"反帝大同盟"和华侨集会，广泛接触新思想，积极从事进步活动，并在华侨救国会担任秘书。

他是具有强烈责任感的。一次，一位革命同志因张贴标语被捕，曹菊如花了100银圆把其保释出来并帮助他转道香港回国。从商期间，他经常为店员鸣不平，深受工友们的爱戴和信任。因写揭露和抨击资本家榨取工人剩余价值的文章，呼唤店员与资本家进行斗争，他受到了上层社会的打击。

1929年春，他得悉家乡开展热火朝天的打土豪、分田地运动，建立起苏维埃政权。他毅然回到龙岩，投身革命洪流。7月，中共闽西特委任命曹菊如为闽西总工会秘书，从事工人运动的政策指导。9月，因工作出色，曹菊如加入中国共产党。

他为什么会被作为重点人选，和邓子恢等一起参加筹建闽西工农银行呢？

当时，为了解决"剪刀差"问题，闽西特委和苏维埃政府强力推动合作化运动，农村信用合作社快速发展。作为新生事物，加上大家缺乏经验以及各种因素，信用合作社的日常管理暴露出一些问题，并隐藏着一定的信用和资金的风险。1929年10月，闽西苏维埃政府主席张鼎丞亲自找到有过管理商铺账务经验的曹菊如商量对策，要求他迅速深入各地了解清楚当前信用合作社发展的形势，尤其是发现存在的必须解决的问题。于是，曹菊如被闽西苏维埃政府确定为信用合作事业联络人。

曹菊如不负重托，他带着助手，花了近10天时间，深入永定、上杭等地认真开展调查研究。现场调查中，他发现各地信用合作社普遍存在纸币发行程序不规范、发行储备不足额、资金核算流程不严密、账务处理不谨慎、金融服务不统一、货币信誉受影响等问题。在收集真实依据、认真总结经验、客观分析原因的基础上，曹菊如等人向闽西特委和苏维埃政府报告"苏区信用合作社发展情况"，提出了解决当前信用合作社突出问题的具体方法。他坚定的政治觉悟、敏锐的发现能力、对全局的认识和掌控水平、务实的工作作风，以及对闽西苏区信用合作社的真知灼见，得到邓子恢、张鼎丞等领导的充分肯定和赞许，他的组织能力和金融方面的才华被发现了。于是，规范信用合作事业的发展，成为闽西特委和苏维埃政府负责人的强烈共识。

1930年3月18日到24日，闽西第一次工农兵代表大会召开。会议通过的《经济决议案》提出，将合作社的管理置于法律之中；明确了信用合作社为纸币发行机关，规定了发行纸币的储备金，发行面值为1角、2角、5角三种。这些决定就是根据曹菊如等人的社会调查做出的。

闽西工农银行成立，曹菊如被列为银行管理委员会委员，担任会计科长。之后，曹菊如又兼任总务科长，并被任命为闽西工农银行党支部书记、中共闽西苏维埃政府总支部干事会组织干事。

对于如何办银行，尤其是账务管理，和他当店员时遇到的情况大不一样。坦率的曹菊如在后来的回忆文章中，如实地介绍了当时真实的情况：

当时干部没有办银行的经验，也没有办银行的规章制度可循，只有依靠在银行工作的几个人，根据实际情况，边干边研究，搞了一点简单的办法。

实践出真知、出智慧、出办法，但要真正付诸实践，却并非说话那样容易。从最基础的分清会计与出纳的不同职责到一整套现代银行规章制度的建立、健全，他们都是摸索着前进的。改革开放时期曾有句时尚的话语："摸着石头过河。"如果只见一片汪洋，不知道石头在哪里，只有到滚滚波涛中识深浅了。

曹菊如的人生道路是不断学习、不断探索、不断创新之路。他是善于学习之人，为了早日掌握现代银行的有关管理以及运行的知识，他除了在实践中学习有关书本理论知识以外，还虚心地向觉悟起来的国民党原银行工作人员请教实际经验。

前进是需要参照物作为指引路标的，指引曹菊如前进的参照物是什么呢？闽西工农银行率先发行纸币，废止当时社会上流行的杂币，保存现金，其参照物就是作为硬通货的银圆。

闽西工农银行建立初期，群众对发行的纸币有顾虑，很多群众持纸币兑换银圆。曹菊如和同事们商定，为了保持银行信用，一律敞开兑换，"不论兑多兑少，均予兑给，还随来随兑，并一直保持着银圆与纸币一比一的比例。"推行这些措施后，纸币的信用度慢慢深入人心。之后，持银圆兑换纸币的人多了起来，很多搞贸易的人因为银圆不便携带，反而愿意来银行把银圆兑换成纸币。由于闽西工农银行拥有一定数量的白银、黄金和丰富的物资作储备，其发行的纸币币值稳定，需要102枚银圆才能兑换100元纸币。

在当时的时代背景下，要建立闽西工农银行发行纸币的崇高信誉，借此完成保存现金这一重要任务。作为业务来说，就是要有充足的黄金、白银、银圆等储备，作为指导思想也就是路标来说，就是坚信闽西特委和闽西苏维埃政府制定的办银行的使命即四大基本任务不动摇。

曹菊如在闽西工农银行工作时间很短,1932年调到瑞金,协助毛泽民筹备中华苏维埃国家银行,毛泽民任行长,曹菊如任会计处长,后兼业务处长。此时的曹菊如,已经成为银行管理的行家里手,他根据自己掌握的银行管理知识和闽西工农银行的从业经验,仅用一个多月时间,就起草出国家银行的章程,制定了国家银行的业务规程,设计了银行的各种账簿、凭证和单据。曹菊如还协助邓子恢和毛泽民整顿税收、统一财政,建立国家总金库制度,同时,还制定预算制度、决算制度、审计制度等,奠定了临时中央政府经济的坚实基础。考虑到闽西工农银行是由苏区群众合股所有,遵照临时中央政府指令,闽西工农银行停止募股,但继续保留机构。根据工作需要,两家银行进行了具体分工:国家银行福建省分行负责代理金库,收纳税款和没收土豪的金银,从资金上支持闽西工农银行;闽西工农银行主要业务是管理支持信用合作社,支持农业与工业的建设与发展。因闽西工农银行所发行的纸币在苏区信用非常好,因此,国家银行成立后,它继续流通了很长时间才逐步被收回。

1934年10月,曹菊如被编入红军军委直属纵队,随红军参加长征。历经艰辛,到达陕北以后,历任苏维埃国家银行西北分行副行长、陕甘宁边区银行晋热辽分行经理、中共中央财政部副部长、晋察冀边区银行晋热辽分行经理、东北银行总经理、东北财经委员会秘书长等职务。

中华人民共和国成立以后,曹菊如历任政务院财经委员会委员、副秘书长,中国人民银行副行长、行长、党组书记等要职,为国家金融事业的建设奋斗了一辈子。

1981年1月6日,曹菊如在北京逝世,终年80岁。时任中共中央政治局常委、国务院副总理姚依林代表中共中央、国务院在致悼词时这样评价他：

> 曹菊如同志的一生，是光荣的一生、战斗的一生。在长期的革命战争中，在社会主义革命和社会主义建设中，他对党的事业无限忠诚，对工作勤勤恳恳，任劳任怨，维护党的团结和统一，严守党的纪律，服从党的决定；他认真贯彻党的正确路线，按照党的正确的经济方针、政策办事，对于来自"左"的错误进行了抵制和斗争……

从闽西走出的曹菊如，是闽西苏区的光荣和骄傲。

第五节 从当挑夫起步

从闽西苏区走出的金融家曹根全是个传奇人物。

1906年，他出生在龙岩红坊镇南阳村一个贫苦的农民家里。他和许多农村的青年农民一样，从小饱尝农家辛苦，脸朝黄土背朝天地艰辛劳作，在磨砺中萌发出对改变人生命运的强烈渴望，一旦遇到领导农民翻身求解放的共产党，就和成千上万的贫苦农民一样，起来闹革命了。

1929年5月，曹根全参加了龙岩黄坊区委组织的暴动队，配合红四军三打龙岩。他是暴动队伍中的积极分子。战斗胜利后，建立了红色政权，曹根全被选为乡、区苏维埃代表。1930年3月，出席了闽西第一届工农兵代表大会。同年5月，他光荣地加入了中国共产党。10月，在龙岩扩大红军的热潮中，他报名参加了红军，被编入龙岩县红军警卫营第三连任司务长。

曹根全是个勤奋而忠诚的人，1931年10月，曹菊如把他要到闽西工农银行当挑夫。这可不是一个轻快活，当时，他挑运东西去的最多的地方是上杭白砂。那是一个古镇，以木偶驰名。以"堂"命名的数十家民间剧团汇聚在这里。当时，没有公路，挑夫们走的大多是古驿道。两旁山峦起伏，一路上全是遮天蔽日的森林，成片的杉树林、松树林、杂木林。最让人惊叹的是，这里居然有大片数十年甚至上百年的木荷林。木荷树伟岸、挺拔，木质好，是农家做家具的上等材料。对此，曹根全太熟悉了。古驿道被穿行在这里的数不清的行客的脚踩踏，成了斑驳的泥土路。尽管如此，古驿道仍然恪守山民坚忍的秉性，始终不断地延伸而去。五里一亭，可稍做歇息。渴了，就俯下身子，在道旁寻个汩汩山泉喝点清冽的山泉水。当挑夫虽然很辛苦，但他却从来没有叫过苦。他的踏实尤其是超乎寻常的吃苦精神，给人们留下很深的印象。

偶尔，闽西工农银行也派他深入敌占区执行买货的任务。他机智地躲过敌人，很好地完成了任务。曹菊如很喜欢并看重他，同年11月，把曹根全正式调到闽西工农银行工作，任管理员，负责出纳，点算钱钞光洋。

这是个普通而琐碎的工作，但曹根全却干得十分认真，从来没有出现差错。一个数钱点钞的平凡的工作人员，后来怎么会成为金融领域中的银行家呢？

曹根全的忠实、厚道尤其是他的敬业精神，赢得了人们的信任。1933年2月，他奉调瑞金叶坪，担任中华苏维埃共和国国家银行出纳员。当时，苏维埃国家银行设在瑞金叶坪村一座老百姓的房子里，最初只有7个人，男女各住一间，一起煮饭吃。如今，这座房子还在，泥墙，偏黄色，乌瓦，木质的内屋，有个阁楼，上面的房间也不大，毛泽民的卧室兼办公室在楼上。房子显得如此普通，人们或许很难想象，集聚了大量金银财宝的苏维埃国家银行，居然会屈居在这座并不起眼的农家老屋里。

毕竟是国家银行，比在闽西工农银行数钱的工作复杂多了。出纳员是要负责账务的，经费的来往项目多，数量也大，行长毛泽民对工作要求严格，可谓一丝不苟，来往账目要求清清楚楚。曹根全文化程度不高，在艰苦的战争环境里，他虚心地向曹菊如、李六如等学习管理账目，和同志们一道制定了银行管理制度，分清收款、付款和会计、出纳职责，认真研究、探讨、发展苏区金融事业，为国家银行纸币、公债券的发行和使用，为发挥金融调剂作用、缩小"剪刀差"等献计献策。

敌人对苏区封锁得很紧。当时，中央苏区根据闽西工农银行的经验，统一全区的纸币，老百姓称之为"苏币"。这种纸币是用一种名叫雪花皮的特殊纸张制成的，苏区缺乏这种纸张，曹根全多次冒着生命危险，到白区采购这种纸张和油墨等，每次都成功地完成任务。他的勇敢、沉着、睿智得到了人们的称赞和信任。

在国家银行工作，紧张而富有秩序。敌人不断对中央苏区进行军事"围剿"，仗越打越大。同时，敌人还实行严密的经济封锁，造成苏区财政困难，粮食紧张。为减轻人民负担，粮食部号召后方的机关干部"节省粮食支援红军给养"，曹根全与国家银行全体同志日均节省6升米，为筹款支援前线和支援白区人民斗争，每人将5个月工资捐给前线的红军。当时，党中央机关报《红色中华》特地著文表扬了国家银行的先进事迹。

他们为克服生活困难，没有食盐就吃硝盐，曹根全还曾冒着危险穿过敌占区去会昌筠门岭购买硝盐。

他逐渐成为一个成熟的金融干部。

1934年10月，红军开始战略突围，主力红军8万多人走上长征路。如此大规模的行动，后勤保障成为极为艰巨而又重要的任务。中华苏维埃国家银行组成十五大队，队长袁福清，政治委员毛泽民，党支部书记曹菊如，随部队行动。

曹根全在十五大队第一排任排长。空前惨烈的湘江之战后，红军损失过半，曹根全升任大队长，十五大队编入军委直属纵队"红章纵队"。"左"倾机会主义者在军事上是逃跑主义，但又带着坛坛罐罐长途大搬家。十五大队有150多位运输员，挑着100多副担子，其中有几十担苏区铸造的光洋、几十担票子和一批印票子用的机器、材料等，还有一个连的警卫部队，全军的家当都在这些用扁担挑着担子的红军战士肩上，因此，人们称之为"扁担银行"。

挑着沉重的担子行军，爬山越岭，行军速度极为缓慢，"扁担银行"历尽辛苦。在国民党几十万大军的围追堵截下，他们挑着关系到数万红军生存的黄金、白银、苏维埃纸币及印刷机器、油墨等随军行动。到湖南潇水附近，奉命轻装，十五大队才把印刷机、材料卸掉了。曹根全也把大部分行李丢弃，只保留生活必需品。

曹根全是对事业无比忠诚又具有强烈责任心的人，在漫漫的长征途中，他总是处在队伍的最后面，担任后卫和收容任务。同行的战友还清晰地记得这样的情景：1934年12月中旬，中央红军到达广西越城岭。这里是苗族同胞聚居的地区，山路窄小，险峰很多。十五大队在拥挤的羊肠小道上十分艰难地攀登，运输队员挑着沉甸甸的担子，长途跋涉，一路上战事不断，得不到很好的休整，个个疲惫不堪。为了减轻运输员的劳累，曹根全带领部分警卫连战士走在队伍后面，看到哪个运输员走不动了，就上前帮着挑一程，决不让一个人掉队。他不停地为运输队员加油，鼓励他们。天黑时，红军点起火把前进，然后在半山露营休息，拾来柴火，烧水煮饭，并把湿透的衣服烤干。心细的曹根全仔细地检查担子到齐了没有，担子上的绳子是否牢靠，直到没问题了才去休息。他心里十分清楚，"扁担银行"的人们肩上挑的担子，是全军的粮草，关系着部队的生死存亡，不能有任何懈怠。他肩上的担子太重了。

1935年1月，红军攻下遵义城，这是红军长征极为重要的转折点，党中央召开了具有伟大历史意义的遵义会议，终于确立了毛泽东在党和红军中的领导地位，结束了王明"左"倾机会主义路线的统治，使红军和党中央在十分危急的关头得以保存下来。历史终于选择了毛泽东。

此时，红军部队已经把蒋介石的几十万追兵甩在乌江以南。红军得到了3个月来未曾有过的10天休整。遵义是长征途中经过的最大城市，也是长征途中苏维埃国家银行唯一发行纸币的地方。就在这短短的10天中，曹根全和银行同志们紧张地工作着，及时地组织货币发行和回笼工作。当时遵义最为昂贵的是食盐，男人娶媳妇，女方要看你有几斤盐才可谈婚论嫁。当地百姓因吃不起盐，身患浮肿或大脖子病的很多。为了打破官僚、军阀、地主、奸商的垄断，解决人民急需的生活用品——食盐，曹根全他们一面紧张地发行"红军票"，一面又将大量没收的食盐，按平价出售，回收货币。红军战士用于购置行军必备品的少量"红军票"，也可从组织出售食盐中收回。红军即将离开时，尚有部分纸币未收回，就用现洋兑回，以保护群众的利益。由于发行和回笼是紧密配合的，且有充足的物资保证，所以苏维埃国家银行发行的纸币信誉很好，群众争要"红军票"。红军在遵义期间，街上商店生意兴隆，全城活跃，群众拥护红军。在红军离开遵义的前一天晚上，曹根全他们通宵达旦地为群众办理用现洋兑换纸币的工作，即用其他商品和银圆，把留在群众手中的银行发行的纸币尽量兑换回笼，直到黎明时分才结束。

一路征战，部队急需战斗力量，在进入遵义之前，保护十五大队的警卫部队调离，十五大队编制缩小。二渡赤水后，红军在贵州土城与四川军阀激战，这就是著名的"土城之战"。十五大队奉命进一步轻装，烧毁了大部分票子，埋掉了一部分毫子。此时担子也所剩不多，老领导毛泽民、曹菊如又被调走，曹根全独当一面，承担起率领十五大队继续长征的重任。

这是让曹根全感到十分惋惜和难过的一件事：红军经过贵州桐

梓时，为了进一步轻装，曹根全奉命深夜将苏维埃国家银行铸造的白铜板倒进一口井里。当时他心如刀绞，暗自流泪。为了运送这些担子，十五大队牺牲了多少人，这是用战友的鲜血和生命换来的呀！但是为了减轻负担，继续前进，也只得这样做了。十五大队在曹根全带领下，翻过雪山，走过草地。后由于人员减少，中央军委决定撤销十五大队编制，曹根全等带着剩下的一小部分担子，合并到林伯渠领导的总供给部。

终于胜利到达陕北，经过二万五千里长征血与火的洗礼的曹根全，继续留在金融战线，贡献自己的力量。

实践出真知、出才干。1937年1月，由于西安事变和平解决，第二次国共合作局面即将形成，曹根全奉命调往红军驻西安联络处工作，担任科长等职。联络处后改为八路军驻西安办事处，他任经费管理副官，具体负责向国民党当局定期领取八路军3个师的军饷，以及负责我方至西安来往人员的接待工作。曹根全经手的数十万、数百万巨款从没出过差错，一次次顺利地完成领取薪饷的任务，保障了前方军费的正常开支。在同国民党上层人士和地方官员打交道的日子里，曹根全保持着共产党员的高贵品质，不亢不卑，沉着机智。他生活简朴，勤俭节约，办事一丝不苟。他的工作作风受到周恩来、叶剑英的高度赞扬，连国民党军军官和政府官员都不得不佩服。

解放战争时期，曹根全任东北银行嫩江省银行经理、辽西省银行经理等职。中华人民共和国成立以后，任中国人民银行黑龙江省分行党组书记、行长和中国农业银行黑龙江分行行长等职务。

从挑夫起步，曹根全终于成为名副其实的金融家。

这些红色苏区金融创始人，是红色苏区传承给共和国金融的极为宝贵的财富。

第八章　闽西红色金融精神与贡献

朱熹诗云：问渠那得清如许，为有源头活水来。千万不要低估了孵化于闽西这片红土地上的红色金融之源的作用、意义和产生的深远影响。它是源头，是从这里流出的乳汁，养育人民共和国金融的成长和壮大；它是根、是本，是从这里奠定的基础，成就了人民共和国金融大厦的厚重、巍峨。它是耸立云天的丰碑，更是永不过时的现代金融的标尺。不忘初心，牢记使命，从这里开始。

第一节　从长汀到瑞金

从长汀到瑞金，如今走公路大约40公里。如果爬山走古道，距离更近，山水相依。两座近邻的红色城市，还有着一段不被许多人知晓的特殊缘分。

1931年秋，经过三次反"围剿"战争的连续胜利，中央苏区迅速扩大，在闽粤赣形成了一个有300多万人口的区域，红旗飘拂，形势一片喜人。红军总部准备从江西兴国迁移到福建长汀，并准备在长汀召开全国第一次苏维埃工农兵代表大会，建立中华苏维埃共和国，首都原来准备设在长汀。然而，众多红军将领奔赴长汀路过江西瑞金停留的时候，却被时任瑞金县委书记的邓小平留住了。或许，是被瑞金特殊的地理位置，尤其是有200多棵数百年古樟遮蔽的叶坪村如梦幻般的迷人奇景留住脚步吧,最后,由毛泽东提议,临时改变了主意,决定将红军的总部设在瑞金,尔后成立的苏维埃共和国首都也选在瑞金了。长汀和苏维埃共和国的首都虽然失之交臂,但和中华苏维埃共和国国家银行却是血肉相连。

苏维埃国家银行的行长是毛泽民。他是毛泽东的大弟弟,比毛泽东小3岁,字咏莲,后来改为润莲。虽然读了小学四年级后就被父亲毛顺生留在身边帮助管家,却在实践中学会了干农活、记账、生意经营等技艺,并打得一手好算盘,人称"神算子"。

1919年冬到1920年春,毛泽民的父母相继去世。其时,毛泽东已经在外从事革命活动,毛泽覃在长沙上学,他肩负起持家和资助两个弟弟的重担。1921年春节,毛泽东回家过年,在毛泽东的教育和引导下,他举家离开韶山到长沙参加革命,1922年加入中国共产党,并受党组织的委派,到江西萍乡安源煤矿参加工人运动,任该矿工人俱乐部经济股股长,还被工人们推荐为由煤矿工人自己组织起来的合作社总经理。后来,辗转广州、上海、武汉等地,成为党的优秀干部。

他为人厚道、勤俭,而且是个理财高手。1931年7月,他通过红色交通线,终于到达闽西苏区永定的虎岗,被留下担任闽粤赣军区经济部长。他把军区的财政搞得有声有色。这年的10月,毛泽东正在瑞金筹备全国第一次苏维埃工农兵代表大会,并准备建立中华苏维埃共和国临时中央政府,他被临时抽调来负责大会的总务工作。

这次会议从1931年11月7日开到20日,顺利完成各项议程,选举了毛泽东为中华苏维埃临时中央政府主席,项英、张国焘为副主席。成立了中央执行委员会和人民委员会,设立了九部一局,搭好了苏维埃共和国的基本框架。最后一天,还举行了盛大而隆重的阅兵仪式。由主力红军和地方赤卫队组成的受阅部队,精神抖擞、雄风猎猎,按照序列接受首长的检阅,彭德怀任阅兵总指挥,成为中央苏区一大盛典。令人惊讶的是，由毛泽民担任总务的会议后勤保障也做得分外出色。会议结束，人们在大会会场门外看到，由大会总务处公布的《大会伙食费开支明细表》，其中最后一行"盈亏"栏目上的"盈"栏中竟然出现了"1.205"大洋。人们情不自禁地赞叹，毛泽民真不愧是个理财专家。因为，当时代表们的菜金每天只有1角钱。

大会期间，出现了颇有趣味的一幕。

阮山，闽西工农银行行长，作为闽西苏区的代表出席了这次大会。在会上，他向代表们汇报了闽西工农银行创办的目的、产生的社会效益和经济效益以及目前运转的情况。他特别强调，闽西工农银行是真正由农民、工人共同入股创办的银行，银行的经营原则和任务，紧紧围绕着"调剂金融、保存现金、发展社会经济、实行低利借贷"进行，运行一年多来，在解决"剪刀差"、打击奸商、消灭高利贷剥削、发展闽西苏区的经济等方面发挥了重大作用。阮山的讲话幽默、活泼、风趣，他不仅口才好，而且是驰名的山歌手和山歌的创作者，讲着、讲着，他兴奋地唱了起来。他唱的是他自己创作的《工农银行周年纪念歌》，淳朴优美、洋溢着浓郁乡土气息的客家山歌，很快就把代表们的热情点燃了，代表们中有不少客家人，听到阮山深情动听的演唱，更是激动不已。

"我们也要办银行！"代表们发出一片赞叹之声。

这些从与敌人血拼前线走来的代表们深深懂得，打仗是必须要有物资保障的，要有足够的钱作为支撑，闽西工农银行能够办得如此成功，苏维埃国家银行也同样可以办好。

选谁来当苏维埃国家银行的行长，没有任何悬念，众人眼中的理财专家毛泽民全票当选。毛泽民一直想上前线杀敌，他开始不太愿意做经济工作，对办银行更是心里没有底。曾经找毛泽东诉说心事，希望能够改变这个决定。毛泽东很了解这个弟弟，他不仅会理财，善于做经济工作，而且心无杂念，廉洁奉公，毫不贪钱。便语重心长地给他做说服工作，解开他的心结。毛泽东是幽默之人，在毛泽民谈到办国家银行没有钱的时候，笑了，风趣地说道，你去找你的老婆呀！原来，毛泽民的爱人姓钱，叫钱希钧。这把一脸愁容的毛泽民逗笑了。接着毛泽东又说道："我知道，钱希钧虽然姓钱，但也没有钱。第三次反'围剿'，我们缴获了20万大洋，原来存放在陈毅那里，现在已经上缴到中央财政部了，这20万大洋全部给苏维埃国家银行做资本。"

朴实、耿直的毛泽民终于被毛泽东说通了，于是，就开始紧张地做筹备工作。按照规定，50多天就要完成筹备任务，战事紧张，前线急需国家银行的鼎力支持。

说起来今天的人们都很难理解，当时，给毛泽民的国家银行编制只有5个人。关键是人才，懂得银行业务的人才在哪里？不乏机敏的毛泽民，立即想到闽西工农银行的行长阮山，这个性格开朗、会唱山歌编山歌的客家人，他的手下有一批具有实践经验的干部。但转念一想，又担心阮山不肯放人。

其实，开朗的阮山早就想到这件事了，自从得知毛泽民当上苏维埃国家银行的行长，他就预感到毛泽民肯定会前来找他要人的。人是有眼缘的，虽然，他以前不认识毛泽民，但一见面就觉得他十分亲切、投缘。因此，当毛泽民亲自赶到长汀向阮山要人的时候，阮山哈哈大笑，爽朗地说："我的眼皮一直跳，已经感觉到有贵人来了！毛行长，你是送钱来的吗？"说完，阮山两眼瞟着毛泽民哈哈大笑。

看到阮山如此高兴，毛泽民也毫不客气，笑着回答："不，我是到你这个行长这里挖墙脚来了！"

阮山早就有思想准备，他是个豁达之人，笑着说："欢迎！欢迎！"并热情地请毛泽民坐下，给他泡了一杯热茶，还叫工作人员送上一盘香喷喷的闽西炒花生。

毛泽民看到阮山如此豪爽、大方，便直接掏出他从主管经济的苏维埃国家副主席项英那里开来的临时中央政府一张调令递给阮山。阮山只是瞄了一眼，就扯开嗓门，朝里面的一个房间大喊："曹菊如，你的新上司来了！"

曹菊如正在会计科办公，听到阮山的呼喊，连忙放下活计，走了出来。他和毛泽民算是老朋友了。打过招呼之后，阮山在调令上签了字，递给曹菊如，曹菊如没有想到，毛泽民会亲自来调他到国家银行工作。

阮山和曹菊如既是上下级，更是老战友，在筹建和开办闽西工农银行的日子里，他们共同奋战，一起战胜了不少困难。阮山深知曹菊如政治觉悟高，对事业无比忠诚，而且在实践中已经成为精通银行业务的高手，是闽西工农银行不可缺少的台柱子，但为了大局，为了新建的国家银行的需要，他不得不忍痛割爱。

阮山非常能够理解毛泽民此刻的思绪和情况。万事开头难，筹建国家银行的重任在肩，毛泽民巴不得马上就把曹菊如带走。阮山对曹菊如吩咐说："你迅速把手上的工作交代好，办个移交，随毛行长去吧！"说完，眼眶里含着泪，他实在是舍不得曹菊如呀！

毛泽民见状，也深受感动，不知说什么才好，只是紧紧地握着阮山的手，表示感谢。阮山感到，毛泽民的一双手，比毛泽东的手粗粝多了。毕竟，毛泽民多年耕田，是农民，毛泽东则是书生。

1932年元旦，曹菊如挑着行李，来到瑞金叶坪村的国家银行，而且还带来了两个懂财务的年轻人，一个叫邱冬山，后来负责记账、做报表，一个叫彭天喜，负责兑换货币和行内勤务。

正是从曹菊如的口里，毛泽民得到会设计钞票的黄亚光被诬陷为"社会民主党"的消息，在刑场上解救了黄亚光，如前文所述，成为惊心动魄的一页传奇。

后来，毛泽民还从闽西工农银行"挖"了营业科科长赖祖烈，让他担任苏维埃国家银行福建省分行行长兼福建金库主任以及中华商业总公司经理等职。

苏维埃国家银行刚成立的时候只有5个人，毛泽民夫妻以及曹菊如和他带来的两个年轻人。半壁江山，是靠闽西工农银行撑起来的。

第二节 神韵相通

1932年2月，上万红军奉命攻打赣州城。杀声震天，硝烟四起，爆炸声如惊雷滚滚。中央苏区第三次反"围剿"取得大胜之后，顽固坚持"左"倾机会主义路线的博古等人，以中央的名义，不顾毛泽东的反对，为推行"在一省和数省首先取得胜利"的错误路线，强令红军攻打中心城市，计划在攻打赣州取得胜利之后，继续攻打吉安、南昌等地。延续33天的赣州战役最终失败，红军遭受到严重损失。

指挥这次大战的是有虎将之称的彭德怀。赣州城在章江、贡江的交汇点上，三面环水，一面是陆地。城墙坚厚，素有"铁赣州"之称。彭德怀采用挖掘地道的办法，把地道挖到赣州城墙下，然后把炸药装进棺材里，运到城墙下进行大爆破。尽管数次爆破成功，炸塌了城墙的小部分，红军勇士曾经攻上城楼，但遇到敌人早就准备好的密集火力，攻城没有成功，最后不得不撤出战斗。

在这段时间里，苏维埃国家银行行长毛泽民同样处在高度紧张之中。因为红军的军需官几乎日夜跟着他，向他要钱买军粮供应在前方作战的红军。苏维埃国家银行最早的20万大洋就这样被这场大战几乎耗尽了。

好在毛泽东在撤出赣州战役后，带领红军东路军返回闽西，再克龙岩，直下漳州，取得辉煌胜利。消灭了漳州守敌，缴获了大量的武器，还有 100 多万的大洋，暂时解了燃眉之急。

有一个饶有趣味的细节。

毛泽东率领队伍回师闽西准备攻打漳州的时候，军中已经没有什么钱了，想向闽西工农银行借。可是，闽西工农银行银库缺钱，便由毛泽民出面，向当时的龙岩商会借了 5000 大洋购买军需物资。阮山全力支持，派人用箩筐挑了两担大洋送到毛泽东率领的军中。漳州战役胜利以后，毛泽东不忘此事，特别嘱咐把战前借的大洋还给龙岩商会。

闽西工农银行是采用股份制的商业银行，该银行的钱除了最早由苏维埃政府支持的一部分外，主要是依靠募股筹集，然后经过科学的运营，增加银行的实力。毛泽民任行长的苏维埃国家银行就不一样，它没有向社会募股筹集资金，开始的时候，全部靠打仗的时候缴获。赣州一战，就把 20 万大洋打光了。该银行如果缺乏大量的战争缴获，就很难办下去。

如何增强苏维埃国家银行的实力？毛泽民的目光再次聚焦到闽西工农银行上。闽西工农银行不愧是苏区最早办且办得颇为成功的银行，它不仅给苏维埃国家银行提供了急需的人才支持，其经验和实践，更是给国家银行提供了极为重要的借鉴。

两者的神韵是相通的。

据曹菊如回忆，苏维埃国家银行总行开张后的第一件工作，是接收财政部的全部库存现金，存入银行，库房和库管人员也移交总行。接着，通知党、政、军各机关和国有企业，必须在银行开户，存款存入银行，借款按照透支手续办，并在实践中相应建立了各种制度。苏维埃国家银行实际上就是苏区的总金库和金融大管家。

仅是局限于管钱就可以吗？大管家毛泽民在总行成立之初，就发现了闽西工农银行的长处——发展经济。因此，他一开始，就打算经营开矿、淘金、造纸、运盐等业务，并且已经着手小规模试办。将银行和发展经济紧紧地连在一起，并且直接参加经济经营活动，这是闽西工农银行的重要经验之一，它被善于理财的毛泽民看懂了，为了办好此事，毛泽民还兼任业务处处长。

赣南出钨砂，钨砂是制造枪炮的重要原料，系宝贵的矿业资源。1932年春，苏维埃中央政府决定成立钨矿公司，任命毛泽民行长兼任公司总经理，组织钨砂出口，开辟了中央苏区重要的经济来源。

银行办实业并非简单的事情。闽西工农银行在这方面创造了丰富的经验，其中最为重要的一条，就是派遣可靠的优秀的党员干部担任企业的领导，组织工会，发动工人积极生产，严格执行有关的规章制度。毛泽民是大忙人，开始的时候，无暇顾及矿山的情况，结果，最为重要的铁山垄和仁凤山等几个矿区，被作风腐败的干部把持，几乎陷于半停产的状态，后来采取果断措施，撤换了干部，他亲自出任总经理，整顿矿区，建立新的工会，并成立了工人消费合作社，才使属于苏维埃国家银行的矿山重现生机。

正是汲取了闽西工农银行的经验，苏维埃国家银行直属的钨矿生产为苏维埃国家创造了大笔的财富。据史料记载，1932年，毛泽民任总经理的中华钨矿公司生产钨砂1000多吨，1933年猛增至2000多吨，1934年10月长征之前超过4000吨，仅钨砂出口就为苏维埃国家银行积累了200多万大洋，还有通过苏区外贸局用钨砂换回的大量苏区急需的物资，包括药品、罾、布匹等更是难以计数。

发展实业是一条广阔的道路，在苏维埃国家银行的鼎力扶持下，瑞金办起20多家的国有企业，除了毛泽民亲自任总经理的中华钨矿公司以外，还有中央造币厂、中央印刷厂、军委印刷厂、卫生材料厂、粮油厂、被服厂、织布厂、兵工厂甚至草鞋厂等国有企业。这些国有工厂的工人达4000多人。其中值得特别注意的是直属苏维埃国家银行的中央造币厂，可以生产"大洋头""小洋头""老瘾头"

等硬通货币,专供外贸总局开展边界贸易,极大地缓解了中央苏区内军需民用物资匮乏的局面。

金融业和实业相结合,闽西苏区金融创造的经验,在苏维埃国家银行乃至中央苏区结出了丰硕的成果。

货币,银行最为重要的要素。闽西工农银行率先实行统一货币政策,并发行自己印制的纸币,取得了很好的成效。闽西工农银行发行的纸币在群众中和市场上具有极高的信誉。这一经验同样被苏维埃国家银行吸收并付诸实践。苏维埃国家银行成立以后,闽西工农银行坚决执行中央统一部署,停止发行纸币并进行了成功的回收。

苏维埃国家印制的纸币发行之初,根据闽西工农银行的做法,保证兑换银圆,信用也好。然而,1933年以后,由于"左"倾机会主义路线的影响,苏区的面积越来越少,随着战争的扩大,敌人的封锁越来越严重,银圆缺少,不得不实行限制银圆兑换的政策,造成财政更加困难,向银行透支过多,结果只好大量发行纸币,支援财政和支撑战争。到长征之前,苏维埃国家发行的纸币居然达到800万元之多。

当然,苏维埃国家银行过度发行纸币是被形势逼出来的,不能苛责,但再一次证明,纸币的发行多少是有内在规律的,必须严格控制在银行所存现金的一半以内,必须保证有充足的现金可以随时兑换,才能确保银行纸币的信誉度。在这一问题上,闽西工农银行堪称是一个经得起时间和实践检验的样板。

中国共产党是讲究信誉的,虽然,红军主力撤离中央苏区,历经十多年的白色恐怖时期,这批纸币大部分由群众自行销毁或储存。值得一提的是,中华人民共和国成立以后发行新币,仍然规定可以按照一比一的比价收回。当然,如果现在谁手里有当年苏维埃国家银行发行的苏币,那就是珍贵且价值非同一般的革命文物了。

对待私营工商业,闽西苏区始终采取正确的保护和利用政策。

汀州的繁荣是一个有力的例证。相比较之下，苏维埃国家银行在这方面成为弱项。国家银行刚成立的时候，与私营商人的往来不多，后来就完全没有了，其原因有二：一是敌人的严密经济封锁，货物进入白区十分困难。二是"左"倾机会主义路线的影响，在政策上有问题，直接影响了私营商人的积极性，不愿意到白区去进货。"左"倾机会主义者的自我封锁政策，必然会造成这种结果。

服务民众，大力扶持合作社，突破经济发展的瓶颈，推动苏区经济的全面繁荣，是闽西工农银行的光荣传统，在这一问题上，苏维埃国家银行同样毫不动摇地传承和弘扬开去。

开始的时候，由于客观条件的限制和人手较少的缘故，苏维埃国家银行把工作的重点放在最为急迫的筹款上，后来，毛泽民亲自着手抓这项工作。他组织银行工作人员走出去，到农村、城镇乃至圩场，宣传苏维埃国家银行。他们把关注的目光投向贫苦的农民、小手工业者以及小商人，支持和鼓励发展生产，开展商业活动，并且以中央政府的名义制定了第一部金融法规，即《借贷暂行条例》，为苏区的商贸、工业、农业的信贷政策以及业务规则确定了基调。在银行存款和放款这两个重要环节上，开拓了走向科学尤其是有法可依的全新局面。有了这些规定，苏区的农民、小商人以及各种合作社尤其是信用合作社、工厂、商店都得到益处。

闽西工农银行和苏维埃国家银行运行的轨迹，有着太多的相似之处。前者的实践经验成为后者有力的借鉴，而后者的继承和发扬光大，更是把苏区的红色金融提升到一个新的阶段。遗憾的是，由于"左"倾机会主义路线的影响和干扰，未能达到更为理想和完美的高度，但依然是耸立在中华民族史册上的丰碑。

第三节 信仰的伟力

曹菊如从闽西工农银行调到苏维埃国家银行工作的时候，带去了两个年轻人,他们是彭天喜、邱冬山,他们还带去了闽西工农银行的优秀传统。这一天,他们按照毛泽民行长的盼咐,到江西的于都县了解铁器手工合作社的情况。于都的传统产业是打铁,该地有个手工业合作社主任叫杨衍金,性格耿直而又比较精明,他曾写信给苏维埃国家银行,说自己的本钱不够,请求给予贷款。毛泽民看到这封信,就请曹菊如带来的两个年轻人去了解有关情况。

见到这两个年轻人,杨衍金把他们视为财神爷了,生怕得罪了他们,说话小心,一副诚惶诚恐的样子。经过调查,两个年轻人发现,这个手工业合作社的确需要有充足的周转资金投入,引进大量的有铸犁耙经验的师傅,才能扩大生产。这位主任信中所写的情况是属实的。杨衍金早已经安排厨房做好饭菜,准备好好地招待两位"财神爷"。彭天喜告诉他:"如果你请了我们吃饭,我们反而不会贷一分钱给你。"并给这位主任解释银行工作人员的铁的纪律:凡是下乡,远的自带干粮,近的赶回单位吃饭,不准接受吃请。杨主任才相信社会上对苏区干部作风的传闻,恭敬地送走他们。

两位年轻人回去之后,如实地向主管此事的曹菊如汇报。征得毛泽民行长的同意,苏维埃国家银行贷给这个铁器手工合作社1200大洋。月息才1分2厘,时间6个月。

苏区干部的作风如此清廉,人们往往只注意到纪律的严格。在闽西苏区,邓子恢曾经下令,凡是苏区干部,如贪污10个大洋以上,立即处决。当然,森严的法律是一个重要的方面,但最为关键的是信仰的伟力发挥着巨大的作用。

闽西工农银行刚成立的时候,真正在银行工作的只有几个人,人们很难相信,这些毫无银行工作经验的人们,居然在很短的时间内,边干边学,把银行搞得红红火火,实在是个奇迹!究其原因,人们可以发现共产党领导下的苏区金融的密码。

其一,不得不佩服闽西苏区领导人邓子恢、张鼎丞的眼力和对苏区金融的高度重视和勇敢探索。最早开创苏区金融业的这批前辈，不少是经过严峻考验的共产党人。尤其是闽西工农银行的阮山、赖祖烈、曹菊如这些业务骨干，包括后来调进来的曹根全，都是优秀的共产党员。他们有一个共同的信念，那就是跟着共产党，为拯救危难中的国家、解放广大的劳苦大众而竭尽全力奋斗到底。因此，遇到困难，他们从不回避，而是想尽一切办法，迎难而上。

其二，是信仰。信仰，是不可战胜的力量。信仰是什么？如果仅从概念上解释，似乎还没有一个统一的标准答案。实际上，信仰是超乎物质存在，被人们奉为圭臬的精神、思想、主义。共产党人的信仰是马克思主义学说。随着时代的推移，马克思主义学说也在不断丰富，而马克思主义和本国实际相结合，则是中国共产党人恪守的宗旨。正因为如此，中国才产生毛泽东思想等精神宝库。信仰并不是仅仅停留在口头上，而是融化在脑海深处指导自己言行的准则。千万不要低估了信仰的力量，它不仅可以催生人们的智慧，更为重要的是催生崇高的使命感和责任感。有了坚定的马克思主义的信仰，心中就不是仅仅限于个人，而是装着如高山大海般的伟大的事业，这就是无坚不摧的力量的底蕴和源泉。初创时弱小的共产党，为什么能够战胜并最后彻底打败貌似强大的国民党？真正的原因就在这里。信仰是思想的核心，信仰的崩塌必然造成人心的崩溃，人往往被自己打倒的现象，就出于此。以前曾经流行的一句话，共产党人是用特殊材料制成的。回首历史，如今就很清楚了，这个特殊材料就是基于马克思主义而产生的坚如磐石的信仰。

其三，是出于坚定信仰的基础上强烈的为老百姓尤其是贫苦大众服务的意识。为什么要办闽西工农银行？这些踏进银行大门的共产党人心里非常清楚，那就是为了解决当时困扰苏区的由于敌人层层封锁造成的诸多困难，为苏区群众解除苦难。马克思、恩格斯起草的《共产党宣言》的结尾有一段激情洋溢的话语："无产阶级在这个革命中失去的只是锁链，而得到的是全世界。"这些恪守马克思主义的共产党人，是把人民群众特别是劳苦大众的翻身求解放置于心中的，这是毫不动摇的责任和使命。正因为具有这样的思想境界，他们遇到困难时，就会深切地感受到，他们所做的事业，是和人民的疾苦紧紧相连的，不能也不敢有丝毫的懈怠。心中有人民，眼界就大不一样，即使是如曹根全那样，为人民挑着重担跋山涉水，也觉得浑身有着用不完的力量。

其四，是当时党风、民风的重大作用。土地革命时期，闽西苏区的共产党人是在和敌人进行血拼的战斗中走来的，他们的胆气、血性以及不惧牺牲的无所畏惧的精神，成为激励和鼓舞苏区群众的旗帜和号角。在如此激情燃烧的时代，党风、民风就是不一样。它是经过淬火之后的纯净，它是经过熔炼之后的精华，它荡涤旧社会、旧世界的污泥浊水而点燃起对新世界无比向往的灿烂的火把。也就是人们今天所说的社会主旋律，或者是滚滚滔滔不可阻挡的社会潮流。马克思主义的信仰在闽西这片古老的土地上得到从来没有的大普及，红色成为人们目光中最为神圣、最为璀璨、最为尊崇的色彩。这样的时代是英雄俊杰辈出的时代，是人民真正创造奇迹的时代。闽西苏区金融异军突起而成为共和国的金融之源，是时代的硕果之一。

赖祖烈是从闽西工农银行走出的很值得人们尊敬且更值得人们研究和思考的人物。在闽西工农银行期间，他是掌握银行大量资金的营业科长兼总务科长，经过他手上的大洋成千上万。红军长征的时候，他才走了几天，因患恶性痢疾不得不留了下来坚持三年游击战争，后来，他在抗日战争和解放战争中，始终在我党我军的金融战线承担重任。中华人民共和国成立以后，他得到党中央和毛泽东的信任，进入中南海，任中南海管理局局长、中央警卫局局长等职务，经过他手中的钱款更是难以计算，然而，他一辈子无论职务如何变化，却始终廉洁奉公、纤尘不染、两袖清风，成为我党金融战线的楷模和榜样。

他难道都没有受到世俗的诱惑吗？他的人生征程中，先后在上海、重庆、西安、北京等大都市工作，满目不乏灯红酒绿，而且常和高官打交道，金钱、美女，奢侈的享受，几乎伸手可得。他不是神仙，同样是凡人。有些人在战场上是英雄好汉，却在这些令人眼花缭乱的糖衣炮弹中腐败、变质，沦为被时代以及人们抛弃的垃圾之辈。而赖祖烈却像铁打的金刚，刀枪不入。所有的诱惑，如过眼的浮云，无奈他何。原因何在？信仰之故也！

位于龙岩的原闽西工农银行旧址，现在已经成为纪念馆，馆内有一件重要的文物，那是赖祖烈给家乡的叔公赖绍贤以及诸位伯叔兄弟等的亲笔信。一手漂亮的毛笔字，记载着一段令人难忘的往事。

赖祖烈的故居叫"福春楼"，位于永定湖雷镇高石村石城坑村口的低谷处。此楼很不寻常，是赖祖烈的十四世祖玉玕公在广东佛山经营木材生意发财后，汇了一大笔钱回家，由其兄赖玉琅于清乾隆年间主持建造的。这座气势不凡的古宅，坐西向东，占地面积2000多平方米，中轴线上自东向西依次为门楼雨坪、门厅、天井、主楼。全楼共计有2厅4棚36个房间。楼的外面四周檐廊，全用方形青砖铺砌，条形石板镶边。它是村中标志性的建筑。1928年，赖祖烈参加农民暴动并加入中国共产党。1929年，国民党军队疯狂进攻闽西苏区，游击队转入山区作战，敌人放火烧毁了赖祖烈的故居。这座聚族而居的名楼，因为赖祖烈参加革命而遭难。后来，族人修修补补，勉强在此栖身。中华人民共和国成立以后，赖祖烈在北京担任要职，于是由赖祖烈的叔公领头，联名写信给赖祖烈，希望通过他，能够由政府出面，对福春楼进行修缮。以赖祖烈的身份和地位，是很容易办到的事情，但他丝毫没有动用自己的影响和权力，而是耐心规劝亲戚、族人：中华人民共和国刚刚成立，又正逢抗美援朝，国家百废待兴，用钱的地方太多，应以大局为重，不要向政府要求办理此事。这表现了一个纯粹的革命者大公无私的高风亮节。

70多年过去，福春楼还在，现在已经成为永定区公布的第十批县级文物保护单位。久经战火和沧桑的古宅，见证着并没有远去的时代和可敬的革命老前辈的一片拳拳之心。

信仰是红色文化的灵魂和核心。文化的真正意义在于直接影响甚至决定人们的思维模式。树立坚定的共产主义信仰的中国共产党人，率领中国人民，创立了翻天覆地的伟业，改变了中国和整个时代的走向。从这个大视角来看待闽西苏区的金融业，或许仅仅是其中的一个动人的篇章或史诗，但它雄辩地证明了，树立共产主义信仰，乃是坚不可摧、威力无穷的成功之本。

第四节　和谐之美

闽西苏区金融，如果用系统论的观点进行深入的审视和解读，人们在赞叹其创造的丰富而宝贵的经验的同时，还可以深切地感受到其发展历程中诸种要素相谐相生的和谐之美。

根据系统论的基本观点，每个事物组成的系统都是一个有机的整体，它不是各个部分机械的组合和简单的相加，系统的整体功能是各个要素在孤立状态下所没有的性质。系统中的各个要素不是孤立地存在着，每个要素在系统中都处在一定位置上，起着特定的作用。要素之间的相互关联，构成一个不可分割的整体，而它们之间的联系和特殊的运动形式，更是使这一整体千姿百态或浑然天成、自成一格。闽西苏区金融做得风生水起，不仅惠及闽西的广大民众，而且开拓出一条全新的发展红色金融之路，为苏维埃国家银行提供了人才的保障和经验乃至发展模式的借鉴，成为人民共和国金融之源，认真考察其组合的基本要素，探究它们之间的关系，感受其中的和谐之美，很有意义。

如今，解读闽西苏区金融的诞生、发展、成熟的密码，有四个基本要素：时代、领导、民众、金融、制度。

时代。时势造英雄，此话很有道理。闽西金融诞生的时代，是中国共产党独立领导土地革命的时期。面对国民党举起的血淋淋屠杀共产党人和革命群众的屠刀，共产党领导的广大革命群众用如烈焰冲天的武装暴动进行回击。毛泽东所欢呼的"红旗卷起农奴戟"就是最为形象的写照。这个如火如荼、狂飙突进的时代最为显著的特点就是，所有维持国民党反动统治的旧思想、旧观念、旧传统被彻底冲破了，自古以来受压迫、受剥削的群众尤其是劳苦大众做了主人。农民为之欢天喜地的是他们祖祖辈辈渴望的土地分到他们手里。

这是一个真正思想大解放的时代，是中国共产党被人民群众充分信任视为救星的时代，是《国际歌》中所高歌的"英特纳雄耐尔"即共产主义理想和理论大普及的时代。时代和历史大转折，为闽西苏区金融的隆重登台准备了最为壮美的舞台。

时代的舞台太重要了！有句脍炙人口的话语：与时俱进。这是对的，时代潮流滚滚而来，顺之者昌逆之者亡，时代具有几乎超越人们想象的伟大力量，它可以呼唤成千上万群众的觉醒，并组成铁流般的队伍呼啸前进，它还可以激发无数英才俊杰的智慧和才华，使他们成为时代的弄潮儿，带领群众创造前所未有的奇迹。因此，时代是催生新事物、新创造乃至新传奇浩荡的春风，是点燃照亮新世界的熊熊火炬，在这样的时代里，涌现如闽西金融这样全新的事物是顺其自然的事情。

领导。闽西苏区金融紧紧地抓住时代这个极为重要的元素，应运而生、逐步成长并走向成熟。实践证明，金融是时代的产物，什么时代就会产生什么样的金融。

闽西苏区金融的领导者，是共产党人。中国共产党是中国革命的舵手。在彪炳千秋的史册上，中国共产党不仅要领导人民群众和帝国主义、封建主义、官僚资产阶级以及他们的代理人进行殊死的战斗，还要和党内形形色色的"左"、右倾机会主义做斗争，不断地淘汰、清洗那些混进党内的各种不良分子、腐败分子甚至敌对分子等，其中也包括曾爬上高位的领导人。在激烈的斗争中成长壮大并走向胜利，构成了100年中共党史的基本框架。

值得庆幸的是，在闽西苏区金融的诞生和发展历程中，闽西特委和闽西苏维埃始终站在党的正确路线、立场上，坚定、科学地领导了闽西苏区金融发展的全过程。闽西特委书记邓子恢，苏维埃政府主席张鼎丞，是不可多得的深深扎根在闽西这片大地上的领导人。他们和那些喝多了洋墨水夸夸其谈只会背诵马列主义的教条主义者截然不同，他们都是土生土长的闽西本地人，最了解闽西的历史渊源、文化习俗特别是老百姓的心声、诉求。他们都是忠诚的马克思主义者，更为优越的是，由于特殊的机遇，他们和多年在闽西转战甚至被排挤至此的毛泽东有着密切的交往和情谊，深得毛泽东思想特别是合作经济思想的真传，他们是在20世纪30年代党内"左"倾机会主义滥觞时期，始终按照毛泽东思想践行的党的杰出领导干部。他们思维清晰、思想深邃、处事果断，于迷雾之中认清方向，于重重干扰中稳把方向盘，领导闽西苏区包括闽西苏区金融穿越激流险滩，此堪称闽西之大幸。

千万不要小看领导尤其是党的领导者的中流砥柱的作用。过去有句话，路线决定一切，路线决定方向和前途，此话当然有道理。红军第五次反"围剿"几乎打了一年，根据地越打越小，红军损失惨重，最后不得不进行战略转移——长征。根本的原因就是王明、博古"左"倾机会主义路线造成的恶果。然而，普通的常识告诉人们，路线是由人去执行的，关键是人。

试想，如果毛泽东依然在指挥红军全军的领导岗位上，会造成如此举步维艰而陷于危险的局面吗？革命大业犹如航船，领导是掌握方向的舵手，我们党和军队的领导体制，虽然执行的是具有集体领导性质的民主集中制，但最后的决定权在于领导者，特别是第一把手。中国共产党和红军在这方面用无数先烈的鲜血和生命换来一个极为重要的真理：领导者尤其是主要领导者造成的错误、失误是全局性甚至是毁灭性的。历史已经证明，中国正是因为庄重地选择了毛泽东，由这位农民的儿子将马克思主义与中国的实际相结合，才完成了伟大的中国革命，解放了占人类四分之一人口的中国人民。

闽西苏区金融从催生的第一步开始，就在以邓子恢、张鼎丞为主要领导者的中共闽西特委、闽西苏维埃政府的正确领导之下，人们不仅可以从一系列的报告、通告、通令、决议等文件中，清晰地寻觅到闽西苏区金融所走过的足迹，而且还可以从大量的史实和老前辈的回忆文章中，重现当年波澜起伏的真实风貌。值得特别注意的是，当时闽西苏区领导者高度重视闽西苏区金融，他们不是高高在上，而是深入实际，对闽西苏区金融前进过程中的每一步，即从组织信用合作社到成立闽西工农银行，都予以全程的关注、引导、领导，尤其是对于关键性、倾向性的难题、问题，都进行认真的调查研究，提出并落实解决的办法。

党的领导最为重要的是政治领导、思想领导。闽西苏区金融所走过的征程，无不闪烁着马克思主义特别是毛泽东合作经济思想的光辉，这是闽西苏区金融的灵魂，也是其之所以能够成为人民共和国金融之源最为重要的原因。难能可贵的是，它不是仅仅停留在文件或口头上，而是紧紧地和解决实际问题联系在一起。莫道实践之树常青而理论总是灰色的，翻开闽西苏区金融的史册，人们可以发现，两者结合，就可以书写纵横捭阖论春秋的大气之作。这也是闽西特委和闽西苏维埃政府领导闽西苏区金融最令人感奋之处。

民众。走进闽西，你不得不为闽西民众的气质、素质尤其是对共产党、红军坚如泰山的信任、忠诚以及深沉似海的情感所心动。

上杭县古田镇大源村，著名的革命基点村。四周群峰耸立，一条绿荫遮蔽的山谷里，坐落着一个古老的村舍。此地处上杭、龙岩、连城三县交界的梅花山麓，原名大坪甲，全村60多户人家190多人，居然有133人为革命牺牲或遭敌摧残而死。

该村群众坚决跟着共产党闹革命，勇敢地和红军一起参战。1931年春，国民党反动派为千方百计扑灭大源村革命火种，纠集大批武装，由反革命分子张集盛引路，两个月内先后两次对大源村进行摧残，"三光"政策较之年初更甚，全村100多人被杀害，42所房屋共计620多间全被烧光，只剩下一个破烂的木寮，全部财产、牲畜被抢劫一空。16岁的儿童团员官先基被国民党杀害后，身体被砍成三截。按客家人"生要见人，死要全尸"的习俗，用做鞋的擂钻一针一针地缝上后才掩埋。

但这个村子的群众并不惧怕凶残敌人的淫威。1931年冬，大源村官觐玖在任汀连县游击总队队长时，及时将大源村遭难情况写信报告给闽西苏维埃政府，后来，又亲自向张鼎丞汇报。张鼎丞问大源村还剩下多少武装力量。当得知只剩下20多人可以拿枪时，张鼎丞决定送给他们枪支20支、子弹2箱、军号1把。大源村重新进行了组织机构整顿，成立村苏维埃政府，决定由官近敏任书记，官先希任村苏主席，官近侃任文书，并组织建立赤卫队，由官觐玖领导。此时全村193人，在遭受残杀后，仅剩下92人，他们重新回到离开一年左右已无人烟的大源村重建家园，并继续跟着共产党和红军干革命。

闽西不愧是红旗不倒的老苏区。像大源村这样的村庄不在少数，毛泽东曾亲自表扬的88%以上青壮年参加红军的上杭才溪乡，后来出了9个军长、18个师长。人们不会忘记，有十几万闽西子弟跟随红军闹革命。中华人民共和国成立后，被党和政府追认的有名有姓的革命烈士有24600多人。无比惨烈的湘江战役，红军牺牲3万多人，担任先锋和后卫的绝命师的大部是闽西子弟。生活在这片被炽热的革命烈火烧红的土地上的群众，最听共产党的话，具有很高的觉悟，他们真正把共产党视为亲人。因此，只要共产党一声令下，或者一声号召，就穿起草鞋忠贞不贰地跟着共产党走。

金融。闽西苏区金融，从共产党领导组织合作社开始，虽然中间也有不足甚至曲折，但总的发展趋势却是热气腾腾，赢得了广大群众的拥护和积极参与。闽西工农银行成立之后，人民群众对苏区的金融业更是倍加信任。苏区的红色金融并非是关门数钞票，而是打开大门为广大群众服务的。正因为有如此深厚、优越的群众基础，闽西苏区的金融才能够像深深扎根在沃土中的树木一样，枝繁叶茂，扶摇直上，成为动人的风景。

制度。如果从系统论的观点来看，金融是紧紧地和时代、领导、民众相联系的中心要素。虽然，从办信用合作社开始，从党的领导人到具体的办事人员，并不熟悉现代金融的内在规律和具体的流程，但他们有一个突出的特点，就是边干边学。毛泽东曾经有句名言："人的正确思想是从哪里来的？是从天上掉下来的吗？不是。是自己头脑里固有的吗？不是。人的正确思想，只能从社会实践中来，只能从社会的生产斗争、阶级斗争和科学实验这三项实践中来。"这是真理之言。实践出真知，实践出才干。凡事从不会到会再到精通、娴熟自如，其正确的道路就是实践。这是闽西苏区金融的前辈们令人肃然起敬的地方之一。

其中的关键是他们在党的领导下，有一颗全心全意为民众服务之心，不谋私利，高度自觉的责任感和强烈的使命感催动他们去认真学习、研究，因此，才会出现这样的奇迹：从一张很不起眼的包装纸上偶然发现的税务部门的四联单，居然令人欣喜若狂，居然受此启发，完成了金库制度的设计并制定出有关条例。巴尔扎克论文学创作，曾经发现："偶然是世界上最伟大的小说家，若想文思不竭，抓住偶然就可以。"办金融当然不同于写小说，但对于创新思维来说，却有某种相通之处。智慧的火花一旦被点燃，同样可以照亮一个全新的世界。

古人云："施之金石，则音韵和谐；措之规矩，则器用合宜。"和谐的本义是指各方的协调、配合；在系统论所论及的事物运行过程中，和谐是指各个元素之间的科学配合及其产生的理想效应。闽西苏区金融之所以能够创造如此的佳绩，各个元素之间的和谐是重要的内在原因。

和谐其实是一种理想的境界，马克思在《共产党宣言》中明确指出："代替那存在着阶级和阶级对立的资产阶级旧社会的，将是这样一个联合体，在那里，每个人的自由发展是一切人的自由发展的条件。"马克思关于自由人联合体和人的全面自由发展的表述，都是指未来高级的和谐社会的目标模式。闽西苏区金融所创造的和谐之美，其义大焉！

第五节　闽西苏区金融的主要经验

闽西苏区金融的主要经验，是超越时空的瑰宝。近百年过去，它给我们的思想宝库尤其是现代的金融业提供了值得百倍珍惜并应当继承和弘扬的密码。今天，我们解读中国共产党领导下的红色金融的密码，对人民共和国金融的发展，有着重要的意义。

金融是经济的血脉。闽西苏区金融在土地革命时期能够异军突起，成为人民共和国金融之源，最为根本的原因是始终坚持中国共产党的正确领导。党的领导不是抽象的口号，除了严密的组织和领导体系以外，其最具活力甚至伟力的是思想、路线、方针政策。

闽西有幸，因为毛泽东在20世纪30年代前后几乎走遍了闽西的山山水水，他和这片土地上的共产党的领导者邓子恢、张鼎丞等有着频繁而深情的交往，毛泽东的合作经济思想通过他们，成为闽西苏区党的领导者领导合作化运动的指导思想。

这是时代和历史馈赠闽西的光荣和骄傲，尤其是毛泽东受到党内错误思想和"左"倾机会主义排挤而处境艰难的时候，闽西苏区当时的领导者毫不动摇地站在毛泽东的一边，深刻理解、领会并将毛泽东思想付诸实际的领导工作，展现了他们对毛泽东思想和党的事业的无比忠诚。从这个视角看闽西苏区金融，人们就可以深刻地认识和感悟到其中深层次的奥秘：发轫于信用合作社、成熟于闽西工农银行的闽西苏区金融，并非是无源之水。滋养其鲜活生命力的不竭的潺潺之泉，就是后来已经被历史证实的伟大的毛泽东思想。

从党领导的武装暴动取得胜利之后，由解决"剪刀差"问题起步的闽西苏区金融，一开始就处在闽西特委和苏维埃政府特别关注的目光之中，党的领导始终落在实处。无论是对形势的精准分析、科学判断，还是由此对苏区金融诞生、发展、成熟所采取的一系列政策、策略、方针，事无巨细，都纳入党的领导和具体工作的范畴。在这一过程中，尤其注意及时发现问题、存在的倾向而采取有效措施。审视闽西金融发展的全过程，每一步皆在党的强有力的领导之下，从而保证、保障了闽西金融不断走向健康发展的正确道路，成为全国苏区金融中的佼佼者。

农民问题，是土地革命极为重要的问题。当年的红军，实际就是穿起军装的农民。在这一直接影响并决定新民主主义革命前途和胜利的问题上，毛泽东和党内的"左"右倾机会主义路线进行斗争，开辟了在农村建立根据地，以农村包围城市，最后夺取全国胜利的革命道路，其中最为关键之处，就是如何看待农民。

实践已经证明，土地革命从某种程度看实际就是农民革命，没有共产党领导的千千万万受尽剥削、压迫的农民如暴风骤雨般的大革命，中国新民主主义革命不可能取得胜利。闹革命要依靠农民，苏区办金融要依靠农民吗？对此，开始的时候曾经有不少人持怀疑态度，他们往往错误地认为，农民普遍比较穷，身上没有什么钱，大多数农民又没有什么文化，不会管账，依靠他们办信用合作社，行吗？后来事实证明，正是这些几乎没有什么钱和文化的农民，在共产党的领导下，组织起来，成为苏区金融的主力军。

原因何在？

中国农民处于社会的最底层，祖祖辈辈脸朝黄土背朝天，旧社会的三座大山沉甸甸地压在他们背上，正因为如此，他们蕴藏着如火山一样的渴望翻身解放的巨大能量，一旦得到共产党的领导，觉悟和觉醒起来，他们就如火山爆发，成为敢于冲决一切旧传统、旧观念尤其是推翻国民党反动统治的势如破竹的伟大力量。他们作战最勇敢，而跟着共产党办红色金融，同样最积极、最热心，因为苏区的红色金融是和他们的生活、命运息息相通紧紧相连的，是他们自己的事业和诉求。

依靠农民、团结农民，全心全意地为农民谋利益，帮助农民扶贫解困、渡过难关，扶持农民发展生产，从农民延及农村、农业，即今天的"三农"，勤勤恳恳地为他们服务，是闽西苏区金融值得特别珍惜，也是值得今天现代金融业予以高度重视并应当继承弘扬的光荣传统。

银行是聚财的地方，钞票、银圆、金子等汇聚此地。闽西苏区银行同样如此。然而，这些金钱用于何处？从银行的日常运行记录上可以看出，其最终的目的是"服务"两字。服务至上是其深得人心之处。苏区各地的信用合作社，老百姓称之为农民银行，性质也是如此。

革命是锤炼党心、民心的大熔炉，在那个火红的年代，自私自

· 233 ·

利是可鄙的，一切朝钱看也没有什么市场。苏区银行是为党聚财、为民聚财，而不是为自己谋私利，而且在银行成立的章程上，就明确地写着，不以营利为目的。闽西工农银行成立时向社会宣示的四大任务和目标，灿烂地围绕着一个大写的"公"字。为老百姓、为社会经济发展、为苏维埃政权、为前方和敌人拼死厮杀的红军，是他们日常的工作目的和宗旨。

并非是他们不懂得金钱的重要性，也并非是金钱在那个时代没有什么诱惑力，纸醉金迷的事情，什么年代都有，不同的是，当时从事苏区金融业的人们，连挑夫都是久经考验的优秀共产党员。一批对共产主义事业无比忠诚的战士，执行的是党和人民赋予的崇高使命，于是，他们把服务至上牢牢地记在心头，他们不愧是高尚的人、纯粹的人。

办银行当然允许盈利，允许积累金钱，但泾渭分明的标准是，为了谁？是为了广大的劳苦大众，为了崇高的革命伟业，还是为了结党营私的小团体、小集团或是为了个人？公与私，公心与私心，在白花花的大洋和金灿灿的金条面前，可以检测得一清二楚。

翻开苏区金融的历史，有一个感人的细节：第五次反"围剿"时期，前方吃紧，和国民党军队血战的红军，军粮供应也高度紧张，苏区的干部自觉地把每天吃的粮食节省下来，宁可自己吃不饱也不能让前线的红军挨饿。闽西工农银行的干部和工作人员同样每人每天自觉节省几两米，用于支援红军。仗越打越大，经费越来越紧张，中央苏区不得不紧急发行800万的公债以支撑战争，闽西工农银行的人们把自己微薄的津贴全部捐出，凑了1000多大洋送到国家银行。苏区金融人与共产党、人民、红军同生死共患难。

金融与实业相结合，是闽西苏区金融重要的成功经验。当然，当时并非完全为了开辟财路，更多的原因是因为需要。银行办实业有个很好的条件，那就是有一定的资金。闽西金融办的企业皆是公有企业，涵盖军工、民用、经济、交通、文化基础建设等诸多领域，与今天的国有企业有很多相似之处。有不少集中在商业发达的汀州。值得注意的是，这些由闽西苏区银行创办的实业，大多是由共产党员作为负责人，并且在企业中建立了坚强的党组织。企业的领导权牢牢地掌握在共产党人的手里。因此，始终坚持了为苏维埃政权服务、为民众服务的正确方向。

此外，闽西苏区还有大量的属于集体性质的合作社，它们同样是苏区金融的支持和帮扶对象。闽西工农银行以及后来成立的苏维埃国家银行，都把支持苏区的合作化运动作为自己应尽的责任。为此，在银行的资金运转中，特地拨出相当部分专款作为此项费用。因为他们明白，响应共产党号召成立起来的各类合作社，主要是农民和手工业者的合作社，支持他们就是支持作为苏区社会主体的人民群众，服务他们是苏区金融的重要职责。

各级的粮食调剂局，也是闽西金融重点支持的部门，它既有政府职能的因素，也有某种经济组织的功能，在解决当时迫在眉睫的"剪刀差"问题、平衡粮食供售方面发挥了重大的作用。

低利借贷是闽西苏区金融支持实业的主要途径和方式。它惠及各个企业包括中小私营企业等。实业是社会经济的主要支撑力量，实业的发展和繁荣，与苏区老百姓的生活以及总体的经济实力紧紧地联系在一起，显然，这是大局。在这一问题上，充分表现了闽西苏区金融人的清醒、务实、睿智和博大的情怀。

闽西苏区金融初创，谁也没有经验，尤其是办现代的闽西工农银行，一切都是以前从来没有接触过的陌生事物，怎么办呢？只好如列宁所叮嘱的，学习、学习、再学习！世界上的事情，向来是从无到有，从不懂到懂乃至后来成为行家、专家。闽西苏区金融先辈认真学习、勇于开拓创新的精神，堪称楷模。一个时代，一个社会，是应当有精英的，他们就是苏区金融业令人崇敬的精英！

值得现在人们深思的问题是，我们这个时代也急切地呼唤精英，他们是社会的栋梁之材。精英来自何处？仅仅是高学历的人吗？不完全是，最为重要的是在实际工作中不断学习且能够科学借鉴他人的经验、成果，并在这一基础上联系实际进行新的创新、创造的人才。金融作为国家命脉，当然应当提倡精英持家、管家，提倡会聚国内外的高层次人才。时代虽然不同了，需要与时俱进，但新时代的金融精英，同样应当是如当年的闽西苏区金融界的前辈一样，是具有一颗为党、为民之心，而且在实践中不断提高业务水平的行家乃至专家级的英才。

建立一支觉悟高、眼界开阔、勇于开拓创新、无私奉献、业务精通并且真正懂得全心全意为人民服务的精英团队和严密而科学的制度，是闽西苏区金融之能够取得成功并至今值得金融界传承的重要经验之一。

人治还是法治，是现代人们十分关注的热点之一。回首闽西苏区金融，尤其是闽西工农银行，令人钦佩之至的是，工作人员尽管每天都和金钱打交道，但多年过去，只出英雄、烈士，没有出过贪官污吏。当然，这与当年闽西特委和苏维埃政府严格选择进入银行工作的干部以及工作人员有关。流水不腐户枢不蠹，还有一个极为重要的原因，那就是建立了一整套严密而科学的制度。习近平总书记多次说过，要把权力放到制度的牢笼里。当时，虽然没有这样的提法，但富有经验的闽西苏区党和政府的领导人，在闽西工农银行成立之前，曾经开过七次筹委会即相当于今日的董事会，认真研究包括拟定银行章程等有关制度的事宜。从现存的闽西工农银行的历史档案资料看，当时所制定的金库管理制度、会计制度、出纳制度、现金支付审批制度以及日计表等，均颇为完整和严密。用制度管理银行并规范、约束人们的言行，以防微杜渐，是闽西金融值得如今的人们高度重视的成功经验。

闽西苏区金融是一部光荣史，一座直摩云天的里程碑，更是一部厚重的大书，值得人们细细地研读。它开拓了人民共和国金融的源头，汇聚成滋润和养育革命根据地以及新中国金融的乳汁。它提供的宝贵经验至今依然在金融业中闪烁着迷人的异彩。

闽西青山绿水阅尽飘飞的岁月，深深植根于该地的闽西苏区金融，如今已经成长为人民共和国金融大业中的茂林嘉树，不仅美不胜收，而且堪称时代的绝响，永存史册！

并非尾声

树有根，水有源。

传承至今的人民共和国红色基因密码的最初链接在哪里？闽西苏区！

人们往往很难想象，这片千山万壑的山区，居然是红旗飘拂战歌遏云，为中国革命做出巨大贡献的革命根据地。成千上万的劳苦大众在中国共产党的领导下，英勇无畏地起来闹革命，谱写了无数感人肺腑的篇章。他们无愧是人民共和国伟业的开创者，其中，包括最早的苏区红色金融人。

翻开这页尚未远去的历史，人们惊喜地发现，苏区金融业的先辈们虽然完全是白手起家、艰苦创业，但他们以无比的忠诚、惊人的毅力、超乎常人的睿智，把红色金融办得风生水起，使之成为和枪杆子一样重要的钱袋子，从无到有，从小到大，从弱到强，不仅支持当年苏区的生存和发展，而且成为红军坚定的保障。

闽西苏区金融的诞生、发展、成熟，不仅是时代的缩影，更重要的是开创了一个全新的领域和战线，其实践经验和提供的借鉴，是如此的丰富和相对的完整、科学、缜密。这是一个奇迹，也进一步证明，中国共产党人不仅会运用枪杆子，打碎一个旧世界，建立一个新世界，而且同样能够运用钱袋子，滋养这片贫瘠的土地，谱写惊天动地的大业。

"不忘初心，牢记使命。"中国共产党人尤其是金融业的中国共产党人，"初心"和"使命"是什么？无情飘逝的岁月，或许会冲淡甚至淹没人们的记忆，但却如最为公正的天平，称出辉煌史册的分量。人往往是容易健忘的，但山水不会忘记；更让一代代人感到无比惊讶甚至不解的是，令人眼花缭乱的现实，会情不自禁地一次次深情呼唤似乎远去的时代和历史。

这就是历史的活力和魅力。

有句老话，"忘记过去，就意味着背叛。"回首作为人民共和国金融之源的闽西苏区金融，解读闽西苏区红色金融的密码，对于今天的特殊的意义和作用就在于此吧！

      2021年3月26日 初稿
      2021年4月25日 第一次修改稿
      2021年4月30日 第二次修改稿
      2021年5月6日 第三次修改稿

附　录

一、主要参考文献

1. 中共福建省委党史研究和地方志编纂办公室、福建省农村信用社联合社编：《闽西　中国红色农信诞生地》，中共党史出版社2019年版。

2. 蒋伯英主编：《福建革命史（上册）》，福建人民出版社1991年版。

3. 裘有崇、杨期明编著：《信用合作社起源与发展》，江西人民出版社1997年版。

4. 高小琼主编：《共和国金融摇篮》，中国金融出版社2005年版。

5. 中共长汀县委党史工作委员会编：《长汀人民革命史》，厦门大学出版社1990年版。

6. 中国社会科学院经济研究所中国现代经济史组编：《革命根据地经济史料选编（上册）》，江西人民出版社1986年版。

7. 谢济堂选注：《阮山诗歌选集》，1985年内部资料。

8. 罗华素、廖平之主编：《中央革命根据地货币史》，中国金融出版社1998年版。

9. 中共龙岩地委党史研究室、长汀县委党史研究室编：《福建省苏维埃政府历史文献资料汇编》，鹭江出版社 1992 年版。

10. 中国人民银行金融研究所编：《曹菊如文稿》，中国金融出版社 1983 年版。

11. 余伯流、凌步机：《中央苏区史》，江西人民出版社 2001 年版。

12. 柯华编：《中央苏区财政金融史料选编》，中国发展出版社 2016 年版。

二、提供有关材料的主要单位

古田会议纪念馆
红色农信诞生地展览馆
福建省中央苏区博物馆
蛟洋革命历史陈列馆
闽西工农银行旧址长汀纪念馆
闽西工农银行旧址龙岩纪念馆
永定太平区信用合作社旧址裕安堂展馆
永定丰田区信用合作社旧址新盛昌店展馆
上杭临江楼
江西瑞金叶坪革命旧址群

三、提供有关材料的主要个人

陈雄（新罗区）、王松基（永定区）、巫中民（连城县）、傅碧宁（上杭县）、卢弓（长汀县）、王英（长汀县）。